U0907637

有一种力量，叫文学；
有一种美好，叫回忆；
有一种感动，叫青春；
有一种生命，在鲁院！

鲁迅文学院·百草园文集

北边在哪边

李晓平◎著

BEIBIAN ZAI NABIAN

人自从懂得了思考，就开始了迷失，
生存的过程，其实就是孤独寻找的过程。
寻找的不仅仅是方向，
更是关乎人性的深层次的思考……

知识出版社

图书在版编目（CIP）数据

北边在哪边/李晓平著. --北京：知识出版社，2017. 1
（鲁迅文学院百草园文集）
ISBN 978-7-5015-8586-1

Ⅰ. ①北… Ⅱ. ①李… Ⅲ. ①中篇小说-小说集-中国-当代②短篇小说-小说集-中国-当代Ⅳ. ①I247. 7

中国版本图书馆 CIP 数据核字（2017）第 009606 号

北边在哪边

出 版 人　姜钦云
责任编辑　易晓燕
装帧设计　游栀渲
出版发行　知识出版社
地　　址　北京市西城区阜成门北大街 17 号
邮　　编　100037
电　　话　010-88390659
印　　刷　北京一鑫印务有限责任公司
开　　本　787mm×1092mm　1/16
印　　张　15. 5
字　　数　280 千字
版　　次　2017 年 2 月第 1 版
印　　次　2020 年 2 月第 2次印刷
书　　号　ISBN 978-7-5015-8586-1

定　　价　42. 00 元

目录 Contents

空城

深深的水里，觉得渴……

——题记

有一座山，很陡峭，离老远就看得见，却叫不见山；有一潭水，深不可测，让人看一眼就忘不了，却叫忘河。

不见山下，忘河边，布满许多欧式别墅，那是有钱的人家，钱多了没处花，买下来休假住的。但大多数有钱的人都很忙，忙得总是无暇休假，有一些楼就空下来了。

一幢幢空楼连成了一座座空城。

拥挤的空城随处可见……

书桃是长年累月住在空城里的。

每天早晨，她都形孤影孑地从别墅里走出来，每天晚上，她又形孤影孑地回别墅去，白白的瓜子脸，柔柔的水蛇腰，长长的黑辫子，走一步，那辫子摆了摆，走两步，那辫子又荡了荡，且无论冬夏，总是一系冷色调的古典衣裙，第一眼，觉得美，第二眼，觉得冷，第三眼，就不知所想了。

无论什么样的眼神儿，书桃都视而不见，依然娉娉婷婷地独自来去。天热的时候，夹一本书，打一把伞；下雨的时候，依然夹一本书，却忘了打伞，而是在雨中缓缓地走，幸亏这里的雨总是小雨，细细的，郁郁的，如纱，如雾，就像程派唱腔里的鬼音。

一年过去了。

十年过去了。

有人知道：那个女人叫书桃。

但大家都只知道：那个女人叫书桃。

再细打听，得知别墅里还有个风姿绰约的女子，她是书桃的妈妈，书桃和妈妈一起住。

妈妈也像女儿一样，形单影只的，总是把自己关在楼里，基本上与外界没有往来。妈妈经常做的一件事是踩缝纫机，做针线活儿。隔那么几天，女儿就会把妈妈做好的针线活儿带出去，再带一些布料回来。更多的时候，女儿臂弯里夹着的，只是一本书。

夜深人静，小楼里死寂死寂的，除了偶尔传出缝纫机咯噔咯噔的响声外，再听不到一丝别的声音。

——这都是站在别人的角度。

书桃的内心喧闹得很呢！

有一个梦，一个很疼很疼的梦，书桃总是重复着做。梦中，书桃一直用她那只胖嘟嘟的小手，解一串系在裤带上的钥匙。记不清那是什么样的绳索了，反正那个绳索很硬，那个死结也很紧，书桃在解绳索的时候，不仅焦急，而且害怕，心都吓得停止跳动了，书桃费力地解啊解啊！她的手因此很疼很疼，常常把书桃疼醒了。

醒了，书桃就要哭那么一小会儿，翻了个身，再也睡不着了，黑暗中，一双迷离的眼睛只是盯着那斜压下来的黑乎乎的屋顶看。

书桃所住的别墅楼，真的很大很大，大到可以在客厅里开舞会；可书桃所住的房间，又实在太小太小，小到稍一粗心就会撞到头。书桃的小屋子在楼梯的下方，原来是舅舅家堆杂物的地方。当初妈妈和书桃搬进来时，书桃本来是和妈妈住一个屋子的。为了能单独住进这间小屋子里，书桃可是动用了不少心思呢。这幢二层欧式洋楼是书桃舅舅家的别墅，尽管楼上那几个宽敞的房间平时总是闲得四敞大开的，可妈妈还是知趣地选择了楼下的那间紧挨厨房的小房间住下了。

当初住进来的时候，妈妈就旗帜鲜明地向舅舅一家表明了自己的身份：你们不来住时，我们给你们照看房子，修剪园林；你们来住时，我们就给你们洗衣做饭当保姆。听了妈妈的话，舅舅和舅妈当时只是笑笑，什么话都没说。但什么话都没说才更狠呢！那里面蕴含的可就不仅仅是默许了。

书桃小床的上方就是楼梯，无数个不眠之夜，书桃总是盯着那个斜压下来的屋顶看无声电影，书桃无聊的时候，总把那个四四方方的洁白的斜面当成电影屏幕，当然，电影里放映的都是书桃和竹天在一起时的缠绵镜头。有时，书桃觉得那斜斜的屋顶更像一列火车，它就那么无声地向书桃的身体下方碾压过来，似乎马上就要轧到书桃的身体上了，书桃吓地闭了眼睛，隔了一会再看，那火车竟然还在行进着，紧擦着自己的脚轰然前行……更多的时候，书桃觉得这个屋顶像极了妈妈对她的逼视，这么多年来，书桃总担心妈妈会掐死自己，就像她经常压着嗓子所咒骂的那样，先掐死书桃，然后再把她自己掐死。如今，书桃有惊无险地活到了现在，妈妈的手也曾几次放在了她的脖子上，放的时间之长足以让她忘记了心跳，但妈妈最终没有掐死她。

这天晚上，书桃又在重复做那个很疼很疼的梦了。与往日不同的是，这次在梦的上方，书桃还看见了一双惊厥的眼睛。——那是谁的眼睛？书桃想啊想啊，一着急就醒了。当醒来的书桃意识到那双眼睛是正卿的眼睛时，书桃就不仅仅是手疼了，她的心也疼了……

犯贱怎么了？为了正卿……

书桃突然被自己的想法吓了一跳，她翻了个身，试图把那种犯贱的想法翻走，可刚一翻动，眼中的泪水就流出来了，一滴滴地流落到枕头上。

啊？为了正卿！我竟然流泪了？

——书桃不知道这算不算也是犯贱。

书桃和肖正卿相亲，是在一周之前。

那天晚上，按照三娘事先的约定，书桃和肖正卿在附近的不见山凝然亭里见了面，在开口说话前，正卿突然用那双又黑又亮的眸子责怪地瞪了书桃一眼，张口便说：“怎么穿的这么少呢？”

两个陌生人第一次见面，第一句话竟然是埋怨，这可是件稀奇的事情！书桃惊讶地问正卿：“你以前认识我吗？”

“不认识呀！”正卿愣了一下，脸就渐渐红了。脸红的正卿，眼神有些慌乱，但慌乱的眼睛不知为啥，显得更黑更亮了，是那种幽深幽深的黑，幽深幽深的亮，深如沉潭。

书桃的心无缘由地一动，突然有一种喘不过气来的感觉，她不敢再看正卿的眼睛，便转过头去看桃花。

“我只是……替你觉得冷。”正卿说。

书桃抱了抱肩膀，她的确觉得冷。书桃身上穿的，是她最新设计的一款比纸还薄的旗袍，冷色调的清白，无论谁在暮色里看了，都会觉得冷。正卿的手下意识地放到了自己的外衣纽扣上，似乎要脱下自己的上衣。但那双手在纽扣处游移了片刻，到底还是停滞不动了，接着又慢慢地滑回了裤兜里。

书桃想：如果自己刚才不问那句话，正卿会不会把衣服脱下来，披在自己身上呢？暮色中，正卿一系青色的笔挺套装，露出里面洁白的衬衣，这身衣服穿在正卿身上合身极了，文雅极了，高贵极了。当书桃意识到了这一点，心里就有些着急起来，她也说不出为什么要着急。——这就是妈妈经常骂的犯贱吧？

书桃的妈妈经常骂书桃犯贱。“随你那个死爹，见到好看的女人就迈不动步。”书桃的爹的确犯贱，他平生最爱两样东西，一个是女人，一个是钱，并且他爱女人胜过爱钱。书桃怕自己真的像爹那样犯起贱来，就强迫自己去看桃花。三天前，书桃也来凝然亭里相过亲，那天来时，那些桃花还都打着朵儿，可此时却全开了，硕大的花朵一堆儿一堆儿，拥拥挤挤的，红得有些假，就像表姐身上的那条闪着炫耀光泽的长裙。有几个枝条在凝然亭外刮刮蹭蹭的，好像非要挑逗书桃去闻一闻不可，书桃果真拽过来一枝闻了闻，却只闻到了一股子土腥味儿。书桃顺手就撸下一串花握在了手心里，一回头，看到正卿皱了皱眉，书桃就后悔不该去撸那串花了。正卿的嘴唇动了动，但他没把责备的话说出来，正卿的眼睛却替他说了，而且句句都像刀子一样刮人的脸皮，书桃的心里就有些堵。书桃看了看手中的花瓣，不禁又想起了表姐身上的长裙，索性一不做二不休，恶狠狠地把那些娇嫩嫩绵绵软软的花朵揉搓成了一团泥饼，在揉搓的时候，那红红的花汁就像血一样顺着掌心流淌下来，书桃恶狠狠地看着那血汁，心里涌上了一股子淋漓的痛快感。

“花开堪折直须折，莫待无花空折枝。”书桃这样想。

书桃一甩手，把那一团花泥扔到了凝然亭外。那血汁却浸在掌心里了，红红的一片，搓两下也搓不掉，在暮色里就像脱了皮的疮疤。书桃把红渍攥在手中，然后抱着双臂在凝然亭内慢慢地踱起步来，一边走，一边用热辣辣的眸子挑衅地看正卿。和书桃的竹天相比，正卿应该算是更高一筹吧？正卿的个子比竹天高，眼睛也比竹天大，虽然身材比竹天纤细了些，但这是不是就叫修竹临风啊？书桃猛然想到竹天那宽厚坚硬的胸脯，心就再次疼痛起来。为了把疼痛甩掉，书桃甩了甩长发，冲正卿莞尔一笑说：“你坐呀！”之后她就先行坐到了冰冷的栏杆上。

正卿犹豫了一下，果然听话地坐在了对面，但他在坐之前，先用手套拂了拂栏杆上的灰尘。书桃这才注意到正卿手里还攥着手套呢，薄薄的线手套，是米色的。真是太巧了！书桃的竹天也有一双这样的手套。

书桃强迫自己把心思用在正卿身上，于是认真地端详起正卿来，看着看着，就暗自庆幸起自己那天的突发奇想了！要是没有那天的突发奇想，书桃怎么能突然决定让三娘给介绍男人呢？要是三娘不给自己介绍男人，书桃又怎么能认识面前的这个正卿呢？书桃的三娘是爹爹的第三个暗妾，这在当地俗称小四儿的。当然，三娘给爹爹当暗妾的时候，三娘是秘密工作者，不但和书桃母女没有来往，即使是见着了，她也总躲得远远的，要不然咋能叫暗妾呢！可自从爹爹在家里弄了一个很大的响动，又堂尔皇之地携着他的第四房暗妾——也就是妈妈的闺蜜刘欣然离家出走以后，三娘和书桃的妈妈就成了同命相怜的姐妹，虽然她们的心里依然有隔阂，但在关键时刻，她还是比别人强。比如那天，当妈妈把毒药掺到了米饭里，准备和书桃同归于尽的时候，是三娘明察秋毫发现了妈妈的异常，也是三娘力挽狂澜，及时劝阻了妈妈，从而保住了书桃娘俩的小命。书桃也说不出为啥，自从认识三娘后，就一直和三娘亲。三娘也住别墅，就在书桃所住的别墅附近，妈妈私底下猜测，三娘的别墅，一定是爹爹给她买的，但到底是不是爹爹给她买的，书桃是无法考证了，即使能够考证，书桃娘儿俩也只能干看着，谁让爹爹愿意给人家买呢？三娘早就挑唆过书桃，叫她趁早离开竹天，尽管三娘也没见过竹天，但三娘不知为啥，就是觉得竹天不靠谱。三娘最常说的一句话是：三条腿的蛤蟆找不到，两条腿的男人有的是。

书桃直瞪瞪地看着正卿胡思乱想，突然发现正卿有些不自在了。正卿的不自在提醒了书桃，书桃便奇怪自己为什么敢毫无顾忌地看正卿，就好像认识正卿很久了似的。——也许的确在哪里见过吧？不然怎么会觉得亲近呢？可到底是什么时候认识他的？在哪里认识他的？

“听说，你是律师？”

“是的。”

“律师……一定都不喜欢诗情画意吧？”书桃无话找话。

“不是不喜欢，而是没有那才华。没事时倒喜欢读读小说。”也许嫌栏杆太凉吧，正卿也站起身来了，双手交叉放到腹前，面对书桃站着，书桃觉得他的姿势很像自己班里最蔫最坏的那个男生顾前程。

“读过《麦田的守望者》吗？”

“噢！粗粗地翻过一遍，像是一个美国作家写的。”

“我和塞林格同一天生日。”

“塞林格是谁？”

书桃的脸上现出明显的失望：“刚才我们还在说他的书。”

“你是说《麦田的守望者》的作者吗？”正卿有些沮丧，“我读外国小说，总记不住作者的名字，连主人公的名字也记不住。你很喜欢那本书吗？”

“不是喜欢那书，而是希望现实中真有那么一个守望者，能够守望住那片没有虚伪、没有欺骗的纯真儿童的麦田。”

“可如果一个人非要跳崖，外人又怎么能守望得住呢？”

书桃突兀地：“我和塞林格都是一月一日出生的。”

“我的生日也是一月一日。”

书桃就惊在那里了：“你是说……你也是一月一日出生的？”

“是啊！还是自然生的！”

“这么说，我们俩……是同年同月同日生！”因为震惊，书桃的声音反倒低了。

正卿却波澜不惊：“是很巧！”

书桃低着头原地踱了几步。“出生的时辰知道吗？”

“不知道。”正卿很冷似的缩了缩肩膀。

“我也不知道，这就弄不清咱俩谁大谁小了！”书桃的心思终于被眼前的这个肖正卿占满了，她甚至想跑回家去，问问妈妈，自己到底什么时辰出生的。

正这么热烈着呢，正卿却突然说：“回去吧，太冷了！”说完，正卿就向前走了几步，见书桃不动，他回头催促地看了书桃一眼。

就像一堆熊熊的火，突然被人泼了一盆水，几条小火舌虽然也挣扎地向上舔了舔，但终于被那股白气湮没了。书桃慢慢地走下凝然亭，走一步，意识到一个问题，走两步，意识到两个现状，再往前走，那脚步就粘到地上了。在书桃的后面，正卿始终无声地跟着她走。书桃倾听着正卿，希望他能再说些什么话，可正卿始终都没有说话，始终那么一步一步冷冷地走。书桃的心就随着冷冷的脚步声一点一点地坠下去了，渐渐地和周围的冷风一样冷了。书桃觉得自己滑稽极了，可笑极了，人家并没有看上自己，自己却不知好歹地和人家纠缠起谁大谁小的问题了，有意义吗？如果两个人毫无关系，即使是同年同月同日同时生，又有意义吗？书桃越想越无趣，不由得加快了脚步，很快就走到了小区的大门边。

“我进去了！”书桃为了找回面子，不仅没有再回头看正卿一眼，也没客气地让正卿到别墅里坐一坐。三娘事先交待过了，如果书桃看中了正卿，就把正卿请到别墅里坐一坐，如果正卿能到别墅里坐，就证明他也同意了。但书桃的大脑只剩下了一片空白，蹭蹭蹭走到大门边，刷了门卡就推门进来了。直到啪地一声关上了大门，书桃才模糊意识到这个肖正卿已经被自己关到门外了，把肖正卿关于门外意味着什么？当然意味着这个肖正卿从此便和自己再没有一丝关系了。

刚开始，书桃还为自己的表现庆幸呢，庆幸抵制住了爹爹从血缘里传给她的犯贱，所以当妈妈审视地瞪着她时，她甚至微微地抬起了头，平生第一次觉得自己的头颅是如此高贵。可接下来，她就怅然若失了。那天晚上，舅舅家的人不知道要商量什么家庭大事，都回到别墅来了，这么多人聚在一起，竟然没有一个人向她询问相亲结果。书桃在和舅舅一家人吃晚饭的时候，明明把自己要去相亲的事告诉大家了。或者大家都在忙着自己的事，谁都没有听到书桃的话？妈妈当然就更不会询问书桃了，舅舅一家团聚的日子，就是妈妈劳碌的日子，这种日子只要妈妈不压着嗓子骂书桃那么几句，或恶狠狠地瞪书桃几眼，就已经是对书桃天大的恩赐了。照这么说来，书桃这次相亲没成，并没有丢掉一点面子，所以书桃完全可以像扑打灰尘一般轻轻地把正卿扑打掉，就像三天前的那次相亲一样。

但书桃无法把正卿当灰尘了，接下来的几天里，她的脑子里充满了正卿那又黑又亮的眼睛，一想到这么让人亲切的眼睛，竟然和自己没有一丝关系了，书桃的心就觉得疼了，并且越来越疼，渐渐地就疼得流了血。

那天下午，书桃强挺着上完了课，就早退回家了。她实在太难受了，头昏脑胀，鼻子不通气，浑身哪儿都疼。更令她难受的，还有她的后悔。这么多天里，书桃一直都在后悔，肠子都悔青了。她后悔自己为啥死要面子活受罪，在与正卿分手的时候，为啥就没有回头勾他一眼呢？三娘说过：书桃的眼睛要是用好了，也是很能勾人的，可书桃那天为什么就没有勾勾正卿呢？也许自己热情一点、主动一点，正卿就能到别墅里坐一坐呢。书桃也后悔那天三娘问自己时，没放下脸面去求求三娘，如果把心里的想法告诉三娘，三娘兴许能力挽狂澜，帮她留住正卿呢！特别是回想到正卿刚见面时说的第一句话，书桃就更加地后悔了。

“怎么穿得这么少呢？”

如果没有感觉，哪个人在刚刚见面时会如此埋怨？

更糟糕的是，书桃甚至想不起正卿的模样了。也不知咋的，一想起正卿，她的眼前就会先行跳出顾前程的模样。上课的时候，书桃特意让顾前程回答了两次问题，可顾前程答题的时候，并没有把两只手交叉地放在腹前，也没有显出高贵的样子。书桃还发现：在顾前程身上，她一点都找不到正卿的神韵，当然也就再也想不起正卿的模样。她只记得正卿的眼睛黑黑的、亮亮的，但具体是怎样的黑、怎样的亮，书桃却说啥也想不出来了。

就这么一路沮丧着一路后悔着，书桃昏昏沉沉地回了家，走得磕磕绊绊的。打开了大门，映入眼帘的是绿意充盈的庭院，这个季节，正是树们尽显风流的时候。最热闹的当然是甬路旁那乱蓬蓬的丁香树了，虽然那一朵朵的小白花开得闪闪烁烁的，可刺鼻的香气却是实打实地香啊！还未进大门就闻见了，让书桃无缘由地想到了那句“笔未到而气已吞”。别墅的门死气沉沉地紧闭着，平时这个时候，妈妈都会午睡的，门也一定是反锁着的。书桃刚把手伸进小兜，还未摸到钥匙，就听里面传来一声轻笑。——书桃一惊，僵立在那里了。

谁在笑？

多少年了，妈妈除了恶狠狠地压着嗓子骂人以外，书桃还真没听她笑过，书桃甚至怀疑她还有没有笑的功能了。可此时诺大的别墅里，就住着妈妈一个人，如果不是妈妈在笑，那就一定是鬼在笑了！舅舅一家早就离开了，并且据表姐说，近一段时间里，他们谁都不会回到别墅来住的。

可妈妈为什么要这么怪地笑呢？或者她本来就是这种笑法？

书桃迫不及待地摸出钥匙，刚要插进钥匙孔，突然，一个男人的声音传了出来。是的，就是男人的声音。

“这幢楼房真的很漂亮，买了有十几年了吧？”

“正经十多年了！”

“那时的房价应该很低吧？”

“那时的房价虽低，可大家的收入也低，里外是一回事！”

“这楼上楼下，得四百平方米吧？”

“估计得有吧!”

“照现在的房价算，这幢楼可值钱了!”

“是啊，一定值钱……”

书桃第一个反应是：妈妈有男人了；书桃第二个反应是，这个男人把妈妈当成了富婆，他是奔着她的钱来的。

书桃悄悄地走到窗边，想探头往里面看一看，但她又犹豫了。下午的阳光这么足，窗子当然会反光，自己要想看清屋里的人，一定得遮住光线并附在玻璃上的，如果这样去看，自己还未看清里面的人，里面的人就先把她看清了。

正犹豫呢，又听男人说：“我听说，您还有一个女儿?”

“是啊!”

“这么多年，你们娘俩相依为命的，吃了很多苦吧?”

“吃苦倒在其次，就是愁人!”

“愁人?”

“我家这孩子，太独!”

“独?”

“和任何人都不接触，不仅对象不会搞，连女朋友都没有一个。”

一股怒气直冲脑际！——你粘男人不怕你粘，干嘛贬低起自己的女儿了？平时总骂这个犯贱，那个犯贱的，临到自己头上，这不也像苍蝇见了血似的吗？书桃气得手都抖了，想把钥匙插进钥匙孔里，可因为手抖，几次都没能插进去。没想到这么一用力，那门却自己开了，原来门并没有锁。

诺大的客厅里，长长的真皮沙发上，与妈妈相对而坐的，竟然是……肖正卿。

书桃闭了闭眼睛，又睁开，可坐在沙发上，正用那双油黑油黑的眼睛惊诧地瞪着自己的，还是肖正卿。

书桃的大脑有些不够用了。——肖正卿怎么来了？他是怎么打听到这里的？他为什么不请自来了？他怎么如此在乎这幢房子的价格呢？他到底是奔人来的，还是奔钱来的?

“这就是您……女儿吗?”正卿站起了身，微微地冲书桃点了点头。

——这就是您……女儿吗？装得还真像，想制造什么意外邂逅吗？

书桃突然有一种要哭出来的感觉，当然，书桃没有哭出来，她也没有笑出来，书桃就那么神情木然地冲肖正卿点了点头，算是打了招呼，便转身向小屋子里走去。

“你这孩子，来了客人，怎么连句话都没有？”妈妈恶狠狠地冲她喊道。幸好妈妈肯恶狠狠地冲她喊了，只有妈妈这么喊，书桃才没有梦幻感，才觉得活在现实中。

“没关系的，没关系！”肖正卿假惺惺地说。——就是假惺惺的。

还用绕弯子吗？不如直奔主题罢！

书桃缓缓地站住脚，慢慢地冲肖正卿回过头去，她一句废话都不想说了，真的直奔主题而去：“这幢楼是我舅舅家的，我们是给他看屋子的！我和我妈妈一无所有！”

“噢！”肖正卿点了点头。

“你这孩子，怎么说这种话？好像人家来串门，是图你家什么似的！人家是你表哥的朋友，是你表哥让他来取文件的！”

书桃就有些懵了，怀疑地看了肖正卿一眼，肖正卿便笑了，指了指桌子上的文件说：“大罡让我来取份文件……原来你就是大罡的表妹呀！”

大罡是表哥的名字。

书桃狼狈极了，嘴努了努，一句话都没有说出来。

妈妈看了看时钟，就站起身打圆场：“这也快到饭时了，肖同志，你要是不见外，晚上就在家里用些便饭再走吧！”

肖正卿看了书桃一眼：“这多不好意思？”

“这有啥不好意思的？阿姨也不把你当外人！咱们就家常便饭。”妈妈用一种怪怪的眼神儿瞪了书桃一眼：“还在那儿发啥愣呢？过来陪肖同志唠唠嗑，我给你们做饭去！”

肖同志，这称呼也太老土了吧？——书桃怎么听着那么的别扭呢？

但书桃无法在意这种别扭了，也许是感冒的原因吧，书桃觉得周围的一切都假假的，包括肖正卿的假笑。

书桃还是真实地坐下来了，真实地坐到了还留有妈妈体温的长沙发上。

“哧！”正卿笑了：“你说话，怎么总像打枪似的？”

书桃的脸就有些发烧，她抚了抚头上的乱发，没有说话。

“我听阿姨说，你直到现在还不会上网？那你可真够落伍了，现在的年轻人，哪有不会上网的？”

“网络太虚幻！”

“交交朋友也好啊……”

“朋友哪有可靠的？”

“总不能一辈子独身吧？”

“婚姻是放置在枕边的一枚炸弹，如果不爆炸，当然很好……”

“照你这么说，这世上就没有真爱了吗？”

“有真爱，就像水晶一样美，也像水晶一样易碎……”

“你太偏执了！应该看看心理医生了！”

“得了吧！这年头，心理医生还不知道找谁看病呢！”

正卿笑了，无奈地摇了摇头。

书桃摸了摸自己的头，奇怪，怎么不觉得热了。

“我听你三娘说，你原来也处过一个对象，是不是遇到什么挫折了？”

书桃苦笑：“是处过一个，他叫竹天！”

书桃初识竹天，是一个非常热、非常热的夏天。

那天，是书桃第一次来潮的日子，也是书桃第一次旗帜鲜明地站出来反抗妈妈的日子。在那幢只有书桃和妈妈两个人的别墅洋楼里，当妈妈因为一件小的不能再小的事，把书桃骂得狗血喷头时，书桃突然站了起来，声音低沉地说：“行了，别再骂了！我去死还不行吗？这就去死！”

书桃说完，就步履铿锵地走出了那幢小楼，走得气定神闲。

那天上午，书桃刚学会了一则成语，叫视死如归！下午，书桃便视死如归了。

“你早该死了！”书桃刚刚走出门，妈妈的这句阴沉沉的低吼就从门里射了出来，和这句话一同射出的，还有一口洁如水晶的唾沫。

尽管已经下决心去死了，可书桃走出大门时，还没忘记把大门轻轻地关好，并从小门洞里伸手把门反锁上了。头一天刚刚下了雨，此时阳光明媚，大门边氤氲着一股酸溜溜、湿乎乎的草叶发酵的气味，书桃觉得那是生命的气味。书桃贪婪地吸了一口气，便大步流星地向忘河边走去。这之前，书桃曾认真地想过好几种死法，但她最终还是选择了投忘河，忘河的水多美啊，忘河的水多蓝啊！就那样身姿优美地向忘河里飞去，不凭别的，仅仅凭着那一瞬间的飞翔就算不白活一回了。

书桃为了让自己飞得更高些，她甚至爬上了忘河边那座长满鬼柳的不见山。

书桃在舅舅家的别墅寄居，最大的慰籍就是能够读到很多很多的书。舅舅家的楼上有一个小小的书房，那里面的书渐渐成了书桃珍爱和留恋这个世界的网。为了防止书发霉，书桃每年夏天都会帮舅舅把所有的书搬出来，在阳光下晒一晒，晒书的过程，其实就是书桃偷偷地挑选书籍的过程，那本普希金的诗集，就是书桃在蓝天下晒书时发现的。

书桃说，她就是在不见山的山顶上，见到竹天的。

书桃说，竹天穿着天蓝色的衣裳，他的手里也拿着一本诗集，一本普希金的诗集。

那的确是一个令人流连忘返的美丽夏天，天蓝得醉人，忘河水也蓝得醉人。书桃向蓝得醉人的忘河里望了望，就慢慢地伸展开双臂，做出了飞翔的姿态。

假如生活欺骗了你
不要悲伤，不要愤慨
忧郁的日子需要镇静

相信吧，快乐的日子必将到来

……

就在书桃将飞未飞之时，竹天突然高声朗读起这首诗来了。

书桃没有理他，只是慢慢品味了一下轻风吹拂耳边乱发时那微微有些痒的感觉。尽管书桃没有照镜子看，但她知道此时自己很美，书桃看书看累了的时候，有对镜自照的习惯，自己房间的墙上有一面小镜子，书桃经常对镜自观。座落在楼梯底下的小房间，当然不会有来自窗外的太阳光扰乱室内的光线，所以那盏有着卡通造型的小夜灯，才有了聚光灯的效果。那盏卡通灯，还是小时候，爹爹给书桃买的呢，多少年了，书桃随母亲搬了N次家，但她始终把那盏卡通灯带在身边，并经常在卡通灯柔和的光线里，对镜自照。书桃发现自己在头发微微有些乱的，反倒是最美的时候。有了那缕光的渲染，那丝丝缕缕的乱发便有了一种迷幻诡谲的韵味，把个白皙柔美的瓜子脸托衬得如女神般飘逸和神奇。于是，书桃在对镜自照的时候，常常故意把头发弄得微乱一些，好乱出那种女神的神韵。

心儿永远向往着未来

虽然活在阴暗的现在

一切都是短暂的，稍纵即逝

而那逝去了的，终将会变得可爱

……

“行了，别念了，那都是普希金骗人的鬼话！他自己不是也想不开，年纪轻轻的就去送死了吗？”书桃回头冲竹天微微一笑，接着就飞下山去了，啊！那一瞬间，她真的尝到了飞翔的滋味。

书桃说，她是在飞翔得最畅意的时候进水的，随着啪地一声巨响，书桃就什么都不知道了。

等她醒来，发现自己正躺在湖边，准确地说，正躺在竹天的怀里……

“死很容易的，反正我已经死过了！我不会再怕死了！但我想明白了！我得活着，我要为他而活！”

那天晚上，一身是水的书桃呱叽呱叽地踩着那双注满水的鞋子，“横”着走进家门。站在诺大的堂屋里，书桃甚至还理直气壮地往地板上拧了两把衣袖上的水，然后，书桃就梗着脖颈站在那里，冲着在长沙发上端坐如佛的妈妈说了上面的那番话。

“编！接着编！”妈妈脸上的冷笑似乎都凝固了。

“你爱信不信！反正，我活着，真的不是因为怕死！”书桃说完，便呱叽呱叽地跨进了自己的小屋，理直气壮地换衣服去了。是的，为了竹天，她也一定要厚着脸皮活下去。

也就是从那天开始，竹天便融入了书桃的生活。书桃隔几天就会向妈妈宣布一次她和竹天的约会。当然，对于书桃的每次宣言，妈妈都表现出满脸的不屑，也从来没有过问一句。这也就省了下一步把竹天带回家的程序。倒是三娘经常问起竹天的事，书桃也愿意把她和竹天在一起的所有细节讲给三娘听。

书桃说，有一段日子，她不知为什么，经常会无缘无故地昏倒，每次昏倒时，竹天都会及时雨一般地赶到书桃身边，让书桃在饱受眩晕的同时，也感受到人世间最美丽最浪漫的温情。

“其实，晕倒的滋味很好的，就像飘到了仙境。”

是的，晕倒的滋味的确是太好了！身体轻飘飘的，一切都在瞬间飘远了，飘远了，就像那次从不见山上向忘河里飞翔。当然，最幸福的是从此别再醒来，如果从此真的不再醒来，那就不再有痛苦了，不再有恐惧了。

可令书桃倍觉沮丧的是，她每次昏倒后，还都会醒来。并且每次醒来时，还总有竹天抱着她。

“竹天啊！你怎么又来救我了？”每次醒来，书桃总要这么责备竹天。

书桃喜欢写诗，竹天也喜欢写诗，所以两个人在约会时，所谈的内容大多都是切磋诗艺。在书桃的心目中，竹天是天底下最帅最美最会疼人的王子，他所写的每一首小诗，书桃都视若珍宝，都能倒背如流。这一晃多少年了？书桃到底背过竹天多少首小诗？书桃记不清了。书桃觉得最幸福的时候，是带着炫耀的表情，向三娘高声朗诵竹天小诗的时候。书桃觉得最最幸福的时候，是在一个彩色的梦中高声朗诵竹天的诗！

那是一个飘着霞光的梦，正因为梦太美了，所以书桃才清晰地记得每一个细节。全世界只剩下竹天和书桃两个人了，在那个洒满霞光的悬崖峭壁之上，在竹天的臂弯里，书桃用天籁之音，高声朗诵了那首名为《赤裸的房间》的哲理小诗。

我准备用空白的信封
阐述它的寂静
或者用和光同尘
回答它的尖叫与喘息
更多的情形，自我即是深渊
他人即是地狱
时间却不值一文
这是多么激烈的事情
在聚拢的月光下
故事尚未开始
无法控制的音乐已经结束
……

那天的梦，书桃是被自己的天籁之音震醒的。啊！太令人难忘的美梦了！

但那天的梦，也第一次“严重地”提醒了书桃：梦，真的只是一场梦而已。

为了从梦中真正地醒来，书桃才突然不管不顾地跑到了三娘家，让三娘给自己介绍男人的。

“你真的下决心忘掉竹天了？”

“不忘记怎么办啊？竹天的心里并没有我。”

“并没有你？”

“他和我表姐好上了。”

“你表姐？她不是你最好的闺蜜吗？”

“是啊！最好的闺蜜才有条件成为最坏的敌人。”

……

正卿狐疑地看着书桃：“可是，我咋听你妈妈说，你所说的那个竹天，原本就是一张画……现实中根本没有这个人。”

“她没看到的，都不是人。”书桃无所谓地挥了挥手。

书桃真的无所谓了，有了正卿，便有了新的世界，竹天的一页已经翻过去了。

饭后，妈妈建议书桃陪正卿去忘河边走一走，书桃低下了头，假装没有听到妈妈的话。正卿却大大方方地站起身，微笑着说：“走走吧！我正好有话要对书桃说呢！”

书桃的心一动，抬头看了看妈妈，她看见妈妈笑了。——当时书桃正好对着妈妈坐着，真真切切地看见妈妈咧开嘴笑了。书桃突然觉得妈妈很可怜，这可是书桃第一次觉得妈妈可怜。妈妈骂人的时候，妈妈有病的时候，包括妈妈哭泣的时候，书桃总是觉得很厌倦。

通过妈妈和正卿在饭桌边的交谈，书桃得知正卿是清华大学的博士生，年薪七十万元……这人呀，就是这么的怪，也不知是正卿的学历抬高了他，还是年薪抬高了他，当得知正卿的这些情况后，书桃再看正卿，就觉得正卿哪儿不一样了，具体哪儿不一样了，书桃又说不清。

忘河的水真蓝啊，忘河的水真清啊！两个人慢慢地在忘河边走，谁都没有说话，只有嚓嚓的脚步声。透明的清风慢慢吹乱了书桃的长发，书桃用想像中的镜子照了照自己的面庞，便自信地微笑了。她甚至自信地瞟了正卿一眼，并站在正卿的角度，狠狠地在心里夸奖了自己一句。

对于书桃的微笑，正卿却是一幅浑然不觉的样子。他还像第一次见面时那样，一直都在她的身后沉默地走着，脚步冰冷冰冷的。但此时的书桃却不是彼时的书桃了，她甚至在他冰冷的脚步声中听到了一种温暖。

书桃突然就决定犯贱了！犯贱之前，她还哧地笑了一声：“怎么不说话呢？”书桃特意在声音里掺了一勺蜜。

“也许……是想说的太多，不知道从哪儿说起吧！”正卿也笑了，他的声音里有一丝别样的颤音，撩拨得书桃周身发热。

书桃抽了抽鼻子。呵，什么时候已经通畅了！原来爱情就是医治感冒的良药啊！

“我妈妈说我独，你觉得呢？”

“哪个不独呢？”

书桃叹了口气：“突然想讲故事给你听了！”

“噢？”

“很长，可别不耐烦啊！”

“只要你觉得有趣！”

“我认识一个女人，是一个大家闺秀，本来，她是一个非常幸福的女人，嫁给了一个如意郎君，还生了一个聪慧漂亮的女儿。她的父亲临死前，偷偷地给了她一笔巨额财产，她怕自己的丈夫富贵思淫逸，没敢把财产的事告诉丈夫，而是把这笔钱藏匿在一个镶嵌在墙体里的保险柜里，她始终把保险柜的钥匙挂在身上。当然，这个女人也知道人世无常的道理，怕自己遭遇什么意外，从而使这个秘密永远成为秘密，她便左挑右选，终于选中了一位可以托靠终生的闺蜜，把这个秘密告诉了她，并希望她能成为女儿的第二监护人。”

书桃看了正卿一眼，见他面无表情地听着，棱角分明的嘴抿得紧紧的，一双黑油油的眼睛也微觑着，这就使他的眼神更显得深如沉潭。

书桃只好兀自说下去：“然而……”

书桃笑了：“你是不是在想：你的故事也这么俗气呀！也离不开‘然而’……”

正卿依然没有说话。

“然而，令这个女人万万没有想到的是：恰恰是她的闺蜜，把这个消息透露给了她的爱人，也恰恰是她的闺蜜，和她的爱人一起，偷走了她的巨款并且私奔了！”

正卿还是一言不发。

“你知道当时是谁从女人身上成功地偷走钥匙的吗？就是她最疼最爱的女儿……”

正卿微微皱了皱眉头：“她的闺蜜这么做，还解释得通，可她的女儿怎么也掺和进来了？她是不是有些缺心眼儿啊？”

“那一年，她的女儿刚刚五岁。”

正卿意味深长地看了书桃一眼，欲言又止。

“更让人不能接受的是，女人的丈夫在离家出走之前，还狠心地把家里唯一的一所房子变卖了，直到新房主来索要房屋时，女人才知道天已经塌了！”

“父亲离家出走后，女儿的生活便从天堂堕到了地狱。当时别说妈妈恨不得要掐死她，随着对人情事故的逐渐通晓，她也渐渐地厌烦起自己，要掐死自己了。但令女儿奇怪的是，她并没有因此而恨过父亲，她也想恨来着，可就是恨不起来，也许父亲留给她的那些短暂的记忆，真的太奢华太美丽了？等到女儿越来越大了，她甚至怀疑是不是某个人设计并制造了什么骗局，父亲是迫于无奈才偷了那些财物。或者父亲根本就没有携巨款出逃，而是被什么人给害死了？从那以后，小城里一旦发现了什么无名男尸，女儿就总会分外地关注，女儿真希望那具男尸就是自己的父亲，当然，女儿也害怕那具男尸就是自己的父亲……”书桃说着说着，突然热泪盈眶。

正卿幽幽地叹了口气：“如果我没有猜错的话，你所说的那个女儿，就是你自己吧？”

书桃哀哀地摇了摇头，没有说话。

是啊！还能说什么呢？无论书桃对爹爹存有什么样的猜测和什么样的想法，爹爹还是非常彻底地从自己的生活中消失了。无论书桃对妈妈是多么的厌烦、多么的忿恨，书桃还是靠着妈妈做针线活的所赚来的分分角角念完了大专，并在一所私立中学当了教师。这么多年来，书桃真是听着妈妈的骂声活过来的。回忆十几年来这磕磕绊绊的时光，书桃总像是做了一场恶梦，是的，那就是一场恶梦。

正卿用那双黑油油的眼睛，向远处看了看，思索地说："你讲述的故事，其实就是一个守不住财产的故事。"

"难道它一点都不悲惨吗？"

正卿思索地看了书桃一眼："如果硬要说悲惨，根源也是缘于你母亲的有眼无珠。"

"苦就苦在女儿身上了，因为这件事完全改变了她人生的走向！"

"一个故事……真的能强大到那种地步吗？"

书桃突然气愤起来了："你这是站着说话不腰疼。"

"因为有眼无珠，你和妈妈已经丢失了财产。可你们也犯不上因为这个错误，葬送掉接下来的美好岁月吧？"

"什么叫葬送？我们只是过早地认清了人生的真相。"

"你所谓的真相，就真的是真相吗？"

"你这个人，是不是冷血？"

正卿一笑："我们俩之间，真有一个冷血。我并没有忘记，你刚才进家门时，说了一句什么样的话。"

书桃的脸就红了："对不起，我进楼前，听你一直在问楼的价格，我就以为……你是奔着这幢楼来的！"

正卿突然收住了笑容："还真让你说中了，我这次来，还真就是奔着这幢楼来的。"

书桃愣住了。

"我虽然是大罡的朋友，但我今天来，并不是以大罡朋友的身份来取文件的，我是受当事人的委托，以一名律师的身份前来处理问题的。"

"处理问题？什么意思？"

"我就单刀直入吧！我的委托人，想让我告诉你们，他们希望你们搬出这幢楼去。"

"搬出这幢楼？他们破产了吗？"

"没有，他们的生意做得越来越好。"

"那他们为什么要撵我们搬家！"

"这幢楼，已经被你舅舅转到大罡的名下了。"

“噢？真现实！侄子刚刚继承财产，所做的第一件事，就是要撵走自己可怜的姑姑吗？”

“如果不撵，姑姑就准备这么一直住下去吗？据我所知，你们已经在这里住了十年了吧？”

“可是，我们并没有白白住在这里啊！”

“你是说当保姆吗？可人家压根儿没有雇你们当保姆的想法，当初可是姑姑强行来给他们当保姆的。并且，让自己的亲姑姑当保姆，他们感到很不自在。”

“我们也没有影响他们的生活啊！并且我们一直舍尽全力，拼命地照顾他们的生活！”

“你的意思，他们应该感谢你们呗？”

“我倒没有这么说。”

“你们当初的被骗，是大罡一家造成的吗？”

“不是！”

“那你们凭什么让他们帮你们承担后果？”

书桃冷冷一笑：“这个世界，穷得只剩下钱了！真是世态炎凉！”

“如果没有亲情，大罡他们凭什么让你们在这里白住十年？”

……

“你换位思考一下，如果换你姑姑给你当保姆，你会觉得自在吗？因为你们母女在这里住，大罡他们小夫妻已经放弃过很多次休假的机会了。说得再明白一些，他们已经忍了你们十年了！”

书桃的眼前突然浮现起妈妈那怪怪的笑脸，心就干巴巴地疼了。她一摆手：“行啦！不用再说了！他人就是地狱！”

“那是站在你的角度，如果站在大罡的角度，你们又何尝不是‘他人’呢？”

“外国有一句谚语：人之与人是狼！这的确是一个狼的世界。”

“既然知道了这一点，那你们为什么不做一只快乐的狼呢？”

书桃的脸红了：“你不用说了，我们不是无赖，我们很快就会搬走的！”

正卿的声音柔和了些：“大罡也正是考虑到了亲情，才始终都没好意思把这话说出口，才委托我来处理这件事情的。”

还没等正卿说完话，书桃已经快步向别墅那边走去了，正卿看了眼书桃的背影，他发现书桃的背影真的很有特点，特别是那长长的黑辫子，此时正在急促地左右甩摆着，仿佛要鞭打什么似的。

可是，那么柔软的鞭子，又有多大的力量呢？

第二天，小区的大门里，驶出了一辆小货车，货车车斗上装满了大包小裹的杂物，其中最大的杂物，是一台蝴蝶牌脚踏缝纫机。窄小的车斗里，驾驶座的旁边，挤坐着两个围着围巾的女人，透过污浊斑斑的玻璃，谁都无法看清她们的模样，当然也看不清她们脸上的表情……

从此以后，不见山下，忘河岸边，人们再也看不见总是形孤影孑、独自来去的书桃了。

这里依然经常下雨，每次下雨，人们总会想起书桃，下大雨的时候，还有人自言自语：幸亏那个叫书桃的女子不在这里住了，不然，她一定会被淋坏的。

还有人好奇，要是真下起大雨来，书桃还会在雨中走出那样的风景吗？她能不能也狼狈地疯跑起来呢？

枕边的战争

这一夜，方芳一直都在枕边和牛小牛打着嘴仗，尽管吵架的只是她的心，并不是她的嘴，可她依然吵得口干舌燥的，极累，累极了。在她和牛小牛吵的时候，牛小牛一直在她的耳畔打着呼噜，那呼噜声时而大，时而小，时而如呼啸北风，时而如缠绵细水，此起彼伏。

“为什么我说的话你都当耳旁风，她说的话就是圣旨呢？那个工作，我早就让你辞早就让你辞，可你总说先对付干着，先对付干着，等找好了下一个工作再辞。可她刚刚说了几句话，你就把工作给辞了，你怎么不和我商量商量呢？”

“呼——呼——呼——”

“为了让你上这个班，我付出多少代价你知道吗？光请那个林主任吃饭就花了五百多元，这还不算，那天酒后离席时，他还趁乱狠狠地掐了我的大腿一下呢，这有多屈辱啊？本来，我想发怒的，可一想到我要是发怒了，这顿饭就白请了，这五百元钱就白花了，传出去了大家也会嘲笑的。我更害怕这件事传到你的耳朵，要真的传到你的耳朵里，你这个脾气，不得和他打架吗？”

“呼——呼——呼——”

“这个班再不好，每个月也有两千元的进项，可你现在说辞就辞了，我们的日子怎么过呀？靠我那点工资够干什么的？孩子上幼儿园得花钱，妈的肺气肿病眼瞅着一天比一天重，万一挺不住要去住院怎么办？你不是还要参加公务员面试培训吗？学费从哪儿出？”

“呼——呼——呼——”

“能考上公务员当然好，可你不是考不上嘛！你不是连续考了两年都没考上嘛？我知道你行，笔试年年入围，可面试你不总是过不去吗？我知道你不甘心，我也支持你最后再拼一把，但你不一定非要辞了工作呀！该工作还工作，边工作边复习呀！这两者怎么就不能兼顾呢？”

“呼——呼——呼——”

“我知道你今天晚上去参加同学会了，我猜参加聚会的同学里也一定有她，要不然你不会突然就改变主意的。你明明说好了要在家里安心复习，不去参加聚会的，可你为啥突然又去了？是不是她又给你发短信了？战友会战友，就是喝大酒；同学会同学，就是搞破鞋，——大家不都这么说吗？可即使这样，我依然相信你，依然笑呵呵地把你送到了门外。可你们怎么就那么不自觉，怎么就聚会了那么长的时间啊？四个小时零二十五分钟啊！这四个小时零二十五分钟，你们到底在干些什么？你知道这四个小时零二十五分钟，我是怎么熬过来的吗？怕你喝多了酒伤身体，怕你酒后驾车出事故，更怕你……可即使这样害怕，我也没给你打过一个电话，为啥没给你打，当然是怕影响你的心情，当然怕你说我不信任你呀！就这么盼星星盼月亮似的，终于把你给盼回来了，可你一进屋除了呵呵呵地傻笑了两声外，一句话都不说，我这么高的个子站在你的面前，难道真的就是空气吗？傻笑了那么两声后，你连衣服都不脱就躺下了，怕你睡觉不解乏，我不仅给你脱了衣服，还给你洗了脚，我虽然做得轻手轻脚的，但我还是掐了你一把，让你有一点感觉。是的，我不指着你感谢，我只希望你有一点感觉……可你依然对我不理不睬的。对了，刚才你为什么要那个样子傻笑呢？你是不是背着我做了什么亏心事了？天啊！你到底背着我干了什么？”

方芳越吵越激动，越吵越紧张，吵到后来，连身子都绷成一杆枪，连拳头也攥成一个小铁锤了。直到大汗淋漓了，她才意识到自己的紧张，才慢慢地放松了身体。直到这时她才发现牛小牛已经不打呼噜了。此时的牛小牛，正半张着嘴酣睡着，睡得实在是香极了，他怎么就睡得那么的香呢！在那四个小时零二十五分钟的时间里，他到底干了些什么呀？他为什么要那么累？——想着想着，方芳的身体就又绷成了一杆枪，拳头又攥成一个小铁锤了。

方芳终于躺不住了，默默地坐起来，就那么直着眼睛呆呆地瞪着牛小牛。有那么一段时间，她甚至想去推牛小牛，想马上问个究竟。可当她把手放到牛小牛的身上时，方芳就不忍心了，就舍不得了。夜色里的牛小牛，整个身体都浸在夜的混沌里，显得黑黝黝的，黑乎乎的圆脸憨态可掬，就像一个憨皮的孩子，那黑黑的剑眉，那肉嘟嘟的厚嘴，比白天瞧着还觉诱人。自己怎么看都觉得好看的男人，别人看了当然也会觉得好看了，——那么她看了呢？她当然更会怦然心动了！她的男人方芳见过，又矮又瘦，萎萎缩缩的，连牛小牛的一个犄角都比不上。并且她的眼睛又不是泡……想到这里方芳突然生气了，气得直喘粗气：——是的，你既然这么相中牛小牛，那你早干什么去了？当初和牛小牛同学时干什么去了？为什么那时候你不去追牛小牛？对呀，不用追的，牛小牛不是也给你写过情书吗？既然那时候你把牛小牛放过了，那你就彻底地放过他呀！你现在频频地在他面前亮相到底是什么意思？你到底对牛小牛存了什么心？

就这么质问着质问着，那个脑海里的她就被方芳质问到现实中了，在那片混沌里，方芳见她由气体到液体，由液体到固体，渐渐地就定型，渐渐地就清晰了，最后甚至仪态万方地扭立在了方芳的床前。——为啥叫扭立？当然是她那千骚百媚的站姿了。她咋就那么会扭呢？隔着那黑黝黝的透明的夜，方芳看见她高耸的前胸、微凸的屁股都扭到了同一方向。是的，她的确很美，美得妖冶，美得诡谲，无论那含着勾儿的眉眼儿，还是带着翘儿的嘴角，全都笼着一抹雾状的诱惑。别说牛小牛看了会心动，连自己看了都扳不住要心猿意马，想象力也拐着弯儿顺着她那带着花边的衣服领子长驱直入，在沟沟壑壑里游走。——更何况她还会打扮呢，她咋就那么会打扮呢？是不是把所有的心思都用在穿着上了？——更何况她还会写诗呢！到底是从什么时候开始的？那些印有她诗作的小书都一本一本地飞到牛小牛的书桌上了。

古人说：“明月千里，悬于一檐。”
而我们要做的是，在黎明到来之前
让青草澎湃，让五月提前睁开
滴翠的双眼，看人世如烟尘
亦如桃花开开落落。如果还有
更多的闲情，你可在谢幕前摆一摆
云袖，对我轻嗔：“英台，你的头发
逆光乱窜，像老不死的时间。”
……

方芳永远也忘不了牛小牛朗读她写的这首小诗时，那种陶醉忘我的神情。这首诗真的就那么好吗？真的像牛小牛形容的那样既有哲理，又有情趣吗？“那滴翠的双眼，透过人世的烟尘”，牛小牛到底看到了什么？他是不是早已把自己想象成她的梁兄了？

方芳越想越恐惧，越想越害怕，混沌的夜色，为她的想象力模画了无数个触角，那些触角就在黑暗里张牙舞爪的抓挠着，每个触角里都隐藏着一个令她撕心裂肺的故事。她惊悚地看着牛小牛那厚嘟嘟的唇，想象着他吻她的样子……这个晚上，他和她是不是已经吻过了？仅仅是吻过了吗？——黑暗中，方芳柔柔的手突然变得凌厉而坚硬，就像一只魔爪，不知什么时候已经伸进了她心的位置，接着，那铁钉状的指甲就一根根地抠进了乳房里，渐渐地抠出了血印，可她不疼。是的，与她疼痛的心相比，她真的一点都不觉得疼。

再不，给她打个电话吧！现在就打，就在是午夜二时，正是人在深度睡眠的时刻，如果这个时候电话猛然响起，心怀鬼胎的她一定会吓得从床上蹦起来……对，打给她，现在就打给她，让她的心也和自己一样，不得安宁。方芳这么想着，魔爪一样的手也慢慢地伸到了床头柜，那上面平展展地放着的，就是牛小牛的手机，稍稍伸一下手就拿得到。方芳当然知道她的号码，因为方芳曾不止一次地偷看过她发给牛小牛的短信，尽管她的短信总是很短很短，短得令人生疑。

面试视频已发，接。

经常就是这样几个字，没有称呼，更没有落款。

她也是连续考了三年，才考上了市政府的公务员。考上了公务员的她，就马上不再是她了，虽然也穿着同样的衣服，虽然也扭着同样的姿态，但她真的就不再是她了。连方芳那么锐利、那么挑剔的眼睛看她，也不得不承认她真的不再是她了。那么牛小牛呢？牛小牛考上了公务员以后，会不会也不再是牛小牛了呢？如果牛小牛真的不再是牛小牛了，那牛小牛会变成谁呢？如果牛小牛变了，那牛小牛眼睛里的方芳，会不会也跟着变了呢？

是吧！

就像配合自己似的，牛小牛突然口齿清晰地说了这么一句话。方芳惊悚地看了牛小牛一眼，才知道他在说梦话。牛小牛翻了个身，接着又嘟囔了一句什么，这一句他却说得乱乱呼呼的，方芳虽然侧耳细听了，可还是没有听清。“——你说什么话？你刚才说了什么话？”方芳忍不住，问了牛小牛一句，但牛小牛却什么都不肯再说了，方芳摒住呼吸听了半天，听到的只有一声断断续续、若有若无的幽长的呼噜声。根据牛小牛那含混不清的胡话，方芳在黑暗里对了对嘴型，可对了半天，那句胡话也和她的名字不挨边儿。唉！方芳暗暗地舒了一口长气，方芳是多么害怕他的胡话会和她的名字挨上边啊！细品牛小牛的胡话，有点像凯子，又像是海子，还像是孩子……啊？孩子？想到了孩子，方芳周身突然一震，一股子暖流也呼地一声涌遍了全身。——夜是什么啊！夜里人的神经怎么就这么敏感呢？仅仅一点小心思，就能引发全身上下的汗珠。是的，方芳不应该担心什么，因为他们有小牛小牛，他们的小牛小牛是多么的健康，多么的可爱啊！牛小牛像爱自己的眼睛一样深爱着小牛小牛，不对，牛小牛爱小牛小牛，胜过了爱自己的眼睛，胜过了爱自己的命。要是这么说，仅仅为了小牛小牛，牛小牛也轻易不敢辜负自己的。想到了小牛小牛，方芳就坐不住了，怕小牛小牛蹬被子凉到肚子，方芳马上下了床，轻手轻脚地走进小牛小牛的小屋里。在更幽更暗的小屋里，方芳看见小牛小牛正搂着被子沉沉地大睡着，他真不愧是牛小牛的儿子，连那种憨态都像极了睡梦里的牛小牛。

给小牛小牛盖完被子，方芳的心也渐渐地平复了。——回想起自己刚才的担忧，她不禁暗笑了。自己是不是过于多疑了？什么时候变得这么不自信了？“老婆呀！你可是我们老牛家的有功之臣呀，我牛小牛即使敢伤害全世界的人，也不敢伤害你呀！”——牛小牛在说这番话时，甚至还高高地举起了一只手。举着手大声说话意味着什么？当然意味着发誓了！是的，就凭牛小牛的誓言，牛小牛也决不会移情别恋的，他决不会的。方芳一边想着，一边忧心忡忡地走回了自己的屋子，未上床前，先站在那里端详了一番睡梦中的牛小牛，看着看着，方芳的心就放下了，因为她在牛小牛的脸上看出了一种纯净，一种坦荡。是的，有着这种纯净、这种坦荡的牛小牛，怎么能背着自己去做苟且的事情呢？决不会的。

心啊！到底是什么东西啊？刚才还像被什么东西紧紧地包裹住了似的，仅仅转了一点心思，那绷紧的绳索就自动解开了。心变得宽松了，困倦也慢慢地袭来了。牛小牛睡得多香啊！自己凭啥在这里胡思乱想呢？方芳觉得自己实在是太不值得了，打了一个幽长的哈欠后，方芳就拖拖沓沓地爬上床去，慢慢地躺下了身，头一歪就沉入了梦乡。

很快，牛小牛就来梦里找她了，他怯生生地拉了拉方芳的手，接着就笑了，接着就领着方芳在草地上疯跑了起来。——那里好美，那里到底是哪里呢？怎么就那么美呢？那里当然是五彩河畔了，那条流着五彩霞光的河，就是家乡那条没有河岸的小河吗？那条小河不知怎么回事，总会定期闯进方芳的梦里来。无论是忧伤的时候，还是快乐的时候，它总会定期地闯进来。故乡的那条没有河岸的小河啊！宽宽的，就像在平展展的大地上自由铺开了似的，自由流淌着，仿佛它想流到哪里，就能流到哪里。虽然它现在已经干涸了，已经不存在了，但在方芳的记忆中，它总是那么清澈，总是那么宽广。并且梦中的小河还飘着五彩的光晕，浸着五彩的暗流呢。小时候，方芳和牛小牛经常在河边打仗，是的，那时候的男孩子和女孩子除了打仗，真的是一句话都不说。方芳的脚裸处有一块很小很小的疤，很小很小，不仔细看一点都看不出来，那个小疤就是牛小牛给自己留下的。当时牛小牛正和一群男孩子在河里洗澡，看见女孩子过来了，他们就一边喊，一边狠命地向女孩子们撇石子，方芳的伤疤就是牛小牛用石子打伤的。尽管牛小牛直到现在也不承认自己的“滔天罪行”，他说即使他真的用石子打到了方芳，那也只会出现一些淤青，不会留下伤疤的。但方芳却坚持这么认为，并且把这个伤疤当成了牛小牛留给自己的最珍贵的纪念品。后来牛小牛和方芳分别从不同的大学毕业，又分别回到了自己的家乡，可即使大学毕业了，两个人在河边相遇时，依然还是不说话，因为他们真的已经认不出对方了。经介绍人介绍，两个人仅仅见了一面就再也分不开了，见两个人这么快就成了，那个介绍人便居功自傲，甚至嘲笑他们说：“你们的大学都白念了，虽然在大城市里念了那么多的书，可念来念去，最后还是连对象都不会搞，还得回到家乡靠介绍人给介绍对象。”介绍人这么蹊落他们时，他们都不说话，都闷着头哧哧地笑。但在两个人的心目中，那条小河才是他们真正的介绍人，因为当听到对方都是在河边长大的时候，他们心里的琴弦才真正被对方拨响。是啊！那条美丽的河，真的已经渗进了他们的灵魂，与他们的生命密不可分了，并且每次回忆都会幻发出更新更美的奇丽景象。——记忆是什么啊？记忆就是俗世的过滤器，总能滤掉俗气，留下美丽。

梦里，方芳翻了个身，不小心碰到了牛小牛，牛小牛呼地就坐起来了，这一坐把方芳惊醒了。睁开睡眼，方芳看见牛小牛正在动作狠狠地给自己盖被子，他怎么就那么恨自己呢？连盖被子都盖得这么凶狠。——方芳看着看着，终于看明白了：原来牛小牛还没有睡醒呢，原来牛小牛还在睡梦中呢。在迷茫的夜色里，方芳看见牛小牛微闭着眼，一边继续酣睡着，一边举止机械地给自己盖被子。此时别说看他的神情了，仅仅听那呼吸，就知道他真的还在沉睡中呢。——人在睡梦里的举动，一定是最真实、最原始的举动吧？不会有一丝的隐瞒和欺诈。一个男人，一个在沉睡中还想着给妻子盖被子的男人，他该是多么地疼爱自己的妻子啊？像他这样的男人怎么能轻易地就移情别恋，去关爱另一个的女人呢？如果这样的男人妻子都不信任，她还会去信任谁？不是说很多出轨的丈夫，都是妻子硬硬地给推出去的吗？

想到这里，方芳的心就涌出了一股子甜蜜，那可真叫甜蜜啊！比蜜都甜呢。

是啊！多好的爱人啊！可自己刚才却那么歪曲他，那么怀疑他，自己怎么这么歪，怎么就这么不相信人呢？回想起这两年牛小牛一边工作，一边应付公务员考试的艰难历程，方芳的眼泪就慢吞吞地流出来了。牛小牛第一年报的那个职位，只有两个名额，他笔试第二，面试却第三。第二年，脾气倔强的牛小牛又报了同一职位，这一次他虽然笔试第一，面试却一下子降到了第四名。后来，牛小牛把失败全都归咎到运气上了，他也真是太背运了，面试抽签，偏偏就抽到了第一号，蒙蒙登登地刚一推门进去，主考官就冲他喊起来了："还没叫你呢，你怎么就进来了！"牛小牛愣了愣，立即就明白主考官为啥和他生气了，因为他看到了不应该看到的一幕，他看到几个主考官正在传看两位考生的照片……主考官在考试前为什么要传看考生的照片呢？这里面的含义只要你绕着弯儿想一想，自然就会想明白的。于是，牛小牛当时就蔫了，那天的面试，虽然他使出了浑身的解数一直在拼，可最后的结局还是名落孙山了。

"我再不考这破玩意了，再不考了！去他妈的！"

——从面试考场回来后，轻易不骂人的牛小牛竟然也骂起人来了。骂完人以后，他就把自己关进了那个黑黑的没有窗户的电脑屋里，半天都没有出来。尽管第二天他神情平静地上班去了，但从此以后，牛小牛就再没有真正地笑过，再也没有，最起码在方芳面前没有。——直到邂逅了他的大学同学——刚刚考上了公务员，摇身一变成了市政府官员的她。

"不要相信那些谣言，我向你发誓：我考公务员一分钱的人情费都没花！"

牛小牛就是听了她的这句话后，才下决心再次报名的。也就在那一天，他毅然决然地辞去了工作，全力以赴地准备考试。"我要背水一战了！"牛小牛当时就是这么对方芳说的。如果牛小牛这次真能考上公务员，那他这次选择就是对的了。——可是如果他再一次失败了呢？那么他该怎样面对接下来的人生？方芳觉得有些乱，就抚了抚自己的乱发，似乎想绺清她乱乱的思绪：如果成功了，牛小牛的选择就是对的，如果失败了，牛小牛的选择就是错的。要是这么说，人所谓的对错，全都靠运气评判呢！运气是什么？运气是上帝吗？在运气的评判下，对的就真的就是对的，错的就真的就是错的吗？方芳越想头越大，越想心越沉。一晃有多少天了？围绕牛小牛辞职的对与错，方芳到底又听了多少的评论了？正因为听的太多了，她才更糊涂了，才更不知道什么是对，什么是错了。

“你应该换一个角度想，你这样想：假如牛小牛因为不辞职，在一边工作一边学习时出了事故……”

这句话就是那天她来送书时，小声对方芳说的。尽管她说这话时的神情显得那么的贴心、那么的亲密，可还没等她说完这句话呢，方芳的汗毛就根根直立了！尽管当时方芳一句责备的话都没说，但那股子气愤还是直冲上来，冲得她的脑袋嗡嗡直响：——你什么意思？在诅咒他吗？但此时方芳却不这么想了，此时方芳想的是：假如他出了事故，那么一切就真的都完了！要是从这个角度想：那牛小牛的辞职就是绝对正确的了。牛小牛的工作实在是太危险、太繁重了，一整天一整天地面对着那些轰轰作响的机器，眼珠儿都不敢错一下。在那么危险的环境里，他怎么能做到一心二用？怎么能做到一边工作一边学习呢？万一他因为学习被机器绞伤了怎么办？去年，仅仅是去年，牛小牛的单位就有两个人被绞伤了，一个被绞掉了一只手，另一个更悬，差点送了命。要是这么说来，牛小牛及时地辞去了职务，还是不幸中的万幸呢！回忆这两年来，牛小牛连续考了两年都没能考上公务员，仅仅是因为世道险恶吗？是不是也和他繁重的工作有关呢？和他的心乱有关呢？清空你的杯子！——那是在哪里看到的话？清空你的杯子。是的，一心不可二用，一个人要想注入新的知识，必须得先清空心灵的杯子，要不然哪一件事都做不好的。这么想着，一种罪过感就袭击了方芳的心。

要是这么说，牛小牛的辞职还真是对了？

要是这么说，她才是牛小牛真正的知音！

方芳越想越内疚，越想越不安。不行，绝不能让她真的成了牛小牛的知音！牛小牛在这个世界上的知音只能是一个人，那就是我方芳！决不是别人！一定要留住牛小牛，一定要紧紧地捆住牛小牛的心！——怎么去捆？当然用爱的绳索了！方芳拍了拍热热的额头，一个计划就渐渐地在大脑里成型了。她甚至还给这个计划起了一个非常唯美的歌名——《爱情三十六计》。第一计：瞒天过海，要在不知不觉中改善牛小牛的学习环境，让他没有一丝后顾之忧，让他感受到幸福和温暖；第二计：围魏救赵，一定要管理好小牛小牛，把这个淘气包儿管理得老老实实的，不让他影响到牛小牛的复习；第三计：借刀杀人，借美味佳肴这支生力军，占领牛小牛全部的胃，借妈妈的私房钱，替牛小牛交上面试培训的学费；当然还有第四计：美人计；第五计：反间计；第六计：连环计……她相信妻子的力量，她更相信爱情的力量。——这样想着，方芳就再也躺不住了，是的，她必须要马上付诸行动了！——她相信自己能创造奇迹，因为有爱就一定有奇迹！

思想真的是生命的发动机啊！这边突突突地刚一发动，那边方芳就觉得浑身上下充满了力量。附下身子，方芳用爱的眼睛，再仔细地端详了一下牛小牛，方芳便笑了，发自内心地笑了。牛小牛还在酣睡着，他咋就那么能睡呢？这都睡了一大宿了，可他依然睡得那么香甜。牛小牛啊牛小牛，在这个无眠的夜里，我这么煞费心机地在这里苦修战略战术，究竟是为了啥呀？不就是为了争夺你吗？你这个小犊子，我就不信这个劲儿了！我就不信攻不下你这个小山头，我方芳要是攻不下你，我马上就颠倒姓名，大头朝下见你。就这么暗骂着，轻笑着，方芳一边拢着乱发，一边慢吞吞地走到了窗前，她轻轻地撩开窗帘，一缕霞光照射到了她的脸上，转眼就为她脸上的笑靥抹上了一层柔美的晨妆。

啊！新的一天已经来了……

丑陋的疤痕

一

也许外面的金子容易捡吧，要不然，为什么操着南方口音的人大多要到北方来挣钱？身在北方的人也都成群结对地跑到南方去淘金？

我一个女孩子，十六岁就孤零零一个人来到南方打工，绝不是为了捡南方的黄金，而是因为在北方呆不下去了。十六岁，正是在父母身旁专心读书、尽享春光的大好时节，然而我无忧无虑的青春时光却过早地消逝了。我就像一朵含苞待放的花蕾，花瓣儿刚一张开，一阵风雨就突然袭来，于是，这朵娇滴滴的小花儿立即就枯萎了，枯萎得让人猝不及防。

我是一个地地道道的东北人，出生在东北一个偏远的小县城里，在当地人的眼里，我是一个伤风败俗、浅薄无知的贱货，父母一提起我的名字就脸红，就觉得无地自容。在他们心里，我就是他们脸上一块丑陋的疤痕，这块疤痕藏又藏不了，撕又撕不去，他们只能任它那么丑陋地裸露着，无论他们走到哪里，那块疤就裸露到哪里……是的，我深知他们的心痛，他们拿我真的是一点办法都没有。

我的父母在那个小县城里，应该算得上是比较体面的人，正因为他们是体面的人，所以他们才非常在意自己的体面，当然就更在意脸上的疤痕了。我的父亲是某校最年轻的副校长，母亲是一家街道办事处的主任，当然，他们都是正局级的，我之所以特别强调这一点，是因为他们把这一切看得都非常重，经常挂在嘴边。当今社会，下岗的人那么多，能有个固定的工作就已经非常令人羡慕了，更何况他们都是正局级的领导呢！尽管父亲的校长前边有个副字，但对于这一点父亲却想得很开，他曾经指着永远光彩照人的母亲笑着说："我永远是个副校长，她永远是个正主任，哪怕有一天我真的扶了正，可我也还是个副校长，她真的当了二把手，可她还是个正主任。唉！我们的命运是老祖宗们早就给安排好了的！"

凡是了解父亲母亲的人，听了这话就会会心地一笑："是啊！两口子，一个姓'付'，一个偏偏要姓'郑'，并且姓付的，还真的不争气，偏偏当不上正手；姓郑的，管他官大官小，还果真是个正的，真巧啊！所有的巧事都让你们一家给占了！"

父亲便笑着拍了拍我的脑袋说："要不我的女儿咋就叫付巧巧呢?"边说边亲昵地揉搓我的脑袋。父亲说这话的时候，那件丑闻还没有发生呢！那时的父亲还十万分地疼爱我，对我的未来抱有十万分的希望。那时的我也是十万分的快乐，并且以为幸福的生活是永远继续下去的，我永远是父母膝下最招人疼的乖女儿，对于未来我更是充满了幻想，充满了希望。

任何的成功都是要付出代价的。我的父母都是土生土长的农村人，他们是一所中等师范的同学，毕业后都被分配到了农村。他们之所以能够双双调到城里来，并且挤身于上流社会，成为一对体面人，既缘于父亲的博学与大度，又缘于母亲的美丽与善交。父亲的博学就不用说了，它来自于父亲无数个等待娇妻归家的清闲夜晚，父亲把每个这样的夜晚都用在了挑灯夜读上。单只说说父亲的大度吧！父亲的大度可是名副其实的大度，他不但能容忍母亲把自己打扮得花枝招展，在男人中间左右逢源，顾盼神飞，甚至也容忍母亲的晚归。在我的记忆中，母亲是个永远像蝴蝶一般流光溢彩、翩翩飞舞的大忙人，她的忙是没日没夜的，不是去上班，就是去喝酒，再不就是去跳舞，实在不用上班、不用喝酒、不用跳舞了，她还要去做美容美发，那可真是梦一般没完没了的美容美发，之所以是梦一般的，是因为小时候我也曾有幸陪着母亲去过那里几次，每次我都是中途就睡着了，最后被人抱回了家。有了手机后，母亲的应酬就更多了，真是难为了那么小的手机了，一天到晚总是吱吱吱地唱个不停，前段日子还声音清丽，不久就变得声嘶力竭了。声音变哑了，母亲就该把它换掉了，好在母亲换手机从来不用自己掏腰包，有很多傻男人心甘情愿地用自己的新手机换母亲的旧手机，换完了还都表现得欢天喜地，仿佛占便宜的是他而绝不是母亲。

对于母亲的忙碌，我常常表现得很委屈，也许这也是父亲的一块心病，所以每次我提起此事，父亲都要烦躁一会儿，然后总是不厌其烦地解释说母亲出去喝酒也是工作，也是为了这个家，每次说完都会感叹着加上一句："现在你还小还不懂，有些事等你长大了，自然就会明白的。"是的，有些事现在我的确是明白了，然而越是明白得深刻，我的心越有一种悲凉之感。

上中学的时候，我看过一篇课文叫《哨子》，作者是富兰克林，这篇课文给了我很深刻的印象。有一天晚上，我问刚刚归来，已累得花容失色的母亲："您这样忙碌，究竟想得到什么呢？为了您的哨子，您是不是付出了太高的代价？"然而母亲的回答比父亲还显得不耐烦："小孩子，你懂得什么，好好学习是正确的，反正我们所做的一切都是为了你！"

唉！一切都是为了我，一切都是为了我，可当我需要他们的时候，他们在哪里？

母亲的频频忙碌，导致了父亲的频频升迁，也导致了我日益的孤独，——我真的很孤独，那是具备了说话的功能却偏偏无处说话的孤独，那是身在水中却感到饥渴的孤独。正如母亲所说的，为了能让我出人头地，父母的确是花了最大的本钱，十二岁刚上初中，我就被父亲送到了一百公里以外的一所特别出名的贵族学校，开始了我独自一人的求学生涯。在那所学校，我衣食无忧、吃穿不愁，学习条件、学习环境都是一流的，父母经常指着那个造型独特的美丽校门对我说："孩子，你得珍惜你所拥有的一切啊！你一定要好好学习，你一定要对得起你的父母啊！父母为了你可是下了最大的血本了，有多少孩子想来这里念书，又有多少孩子甚至连想都不敢想啊！所以你千万要珍惜呀！”话说一遍，车轮一转，可车轮转得多了，我的耳朵也就听不到车轮声了。在这个美如仙境的学校里，我真的一点也快乐不起来啊！——因为这里再好，没有父母也不是家啊！

二

孤独的时候，我像一只苍蝇四处乱撞，不久终于撞到了一个快乐之所——那是离学校不远的一个网吧，在那里，我干涸的心田终于得到了甘露的滋养，我寂寞的灵魂也终于得到了欢娱的抚慰。那是一个喧闹的地方，更是一个令人消魂的地方，我偷偷地在那里尽情地玩乐着，同样的时光，在学校里总是显得慢腾腾的，可一到那里就变得箭一般飞快。为了能够经常光顾那里，我学会了撒谎，先是和同学撒谎，继而和老师撒谎，最后和父母撒谎。我的谎言渐渐地达到了炉火纯青的境界，以至于在一年之中，我几乎每个周日都要去网吧渡过，老师以为我回家了，父母却以为我还在学校里。在网吧里，我还结识了一位特别知心的网友，一开始我们只是泛泛之交，但当我得知他就是那位让我崇拜得五体投地的大作家野狼的儿子时，我们的交往就显得更密切了。野狼是一个活生生的作家，之所以用活生生的词语来形容他，是因为他就是这个县城里的人，是在我的世界里唯一能够看得见、遇得着的写书的人。我之所以如此崇拜他，是因为我读过他送给父亲的一本书，在书的扉页上，他用那种狂草的笔体，写了“请付兄雅正”之类的话语，那狂草的字体，那简洁的语言都给我留下了特别深刻的印象，与他相比，我觉得我的父母都白活了，尽管他们在朋友间总要拐弯抹角地表白他们很成功，因为他们已经进入了正局级，可正局级怎么能和书相比呢？因为正局级既不能贴在脸上到处张扬，也不能签上自己的大名把它送给所有人。更令人惊喜的是，不久我还有幸见了野狼一面，他比书中的照片还要潇洒，还要英俊，我仅看了他一眼，心里就怦然乱动。那是在一次酒会上，因为母亲经常不在家，所以我经常参加父亲的酒会，和其他参加酒会的人不同的是，他显得特别尊重我，与父亲交谈的空隙，他时常冲我微笑，如果我回报了微笑，他还总是礼貌地冲我点头致意。总之，他的一举一动都让我感到自己是个大人，在他的注视下，我也果然变成了大人，我一有机会就大模大样地与他低声交谈、微笑，我们越谈越觉得投缘，总之，那天晚上，我的眼里我的心里装的全是他，我真的是太崇拜他了，我无法用语言来形容我对他的狂热。自从我认识第一个字开始，我就在读书了，十几年来，我读了无数本书，但我从来没有想过书是人写出来的这个道理。而他，就是我见到的第一个活生生的作者，那么多美丽的文章都是由这个人一个字一个字地写出来的，你说我怎么能不为之疯狂呢？

如今有幸认识了野狼的亲儿子，你说我的情绪能不激动吗？野狼的儿子的网名叫毛毛虫，是这个网吧里战无不胜的小霸王，他长得像极了那个大作家野狼，特别是那双明亮的大眸子，简直就是野狼的翻版。毛毛虫告诉我，他爸爸正在创作一部新的长篇小说，这部小说马上就要出版了，小说名字叫《欲望之谷》，毛毛虫还答应把小说的样本给我偷出来，并且他说到做到，有一天还真的给我偷了出来。当天晚上，我一口气读完了那部小说，我一边读一边哭泣，那部小说写得真是太精彩了，它一下子就把我击中了。

那是一部具有魔幻色彩的爱情小说，在那部小说里，人的精神和肉体是能够分离的，精神脱离肉体就像脱一件衣服那么容易。小说里的人都是绝对自由的人，他们可以做任何想做的事，所以他们活得都十分尽情。那个世界没有各种约束，没有伦理道德，更没有条条框框，他们想爱就爱，想恨就恨，两个仇恨的人相对争斗，他们斗的不是武力，也不是体力，而是意志力，仅一个注视就能把对方击倒，仅一个诅咒就能让对方毁灭。特别吸引人的是，关于男女主人公的爱情描写，真是太刺激，太完美，太令人羡慕了，他们神奇的爱情经历，让你觉得眼前的世界黯然失色、俗不可耐，别说是一所小小的贵族学校了，就是天堂也没有书里描写的那样美好。在那部小说里，我还看到了大段大段的关于性的描写，那天晚上，正赶上我月经来潮，读到最消魂的时候，我的月经就像泉流一般汹涌而出，那种感觉真是太美妙了！读到最尽情的时候，我不禁泪流满面，也就是从那时开始，我平生第一次意识到自己是个女人，并且平生第一次知道女人还能做很多事情。

接着，便自然地发生了那件事情。我和毛毛虫就像两个偷食禁果的孩子，我们都显得很紧张，很胆怯。我们偷偷地躲在他爸爸的一间专门用于写作的小房子里，那里面很小很窄，除了一张床，一张书桌，剩下的便只有灰尘了。毛毛虫告诉我，一个月以前，他爸爸和一个坏女人一起离家出走了，他们是突然之间消失的，消失得干干净净、无影无踪，不但扔下了老婆孩子，也扔下了一屁股的恶债。毛毛虫还告诉我，在这张床上，他爸爸经常和别的女人玩同样的游戏，毛毛虫指着与猪圈相临的那扇小窗户上的一个窟窿说：他爸爸每当要写作时，总是要把自己关在这间小房子里，他说他写作时最怕别人打扰，于是，毛毛虫的母亲便真的不敢去小屋里找他，也不让毛毛虫打扰他。毛毛虫是在一次玩耍时偶然发现这个窟窿的，他透过这个窟窿看到父亲正和一个女人在床上玩耍，他看呀看呀，都看傻了，觉得十分的刺激。后来每到父亲写作时，他都要躲在猪圈里偷偷地窥视爸爸的行为，每次窥探他都大有收获。毛毛虫还故作老成地学着他爸爸的样子，用好几种姿势和我玩耍，可无论他用什么样的姿势，我都觉得没劲，非常的没劲，我十分渴望进入书中所描写的那种美丽的境界，但我最终还是失望了，除了害怕，除了疼痛，我什么滋味都没有尝到，更别提那种消魂的滋味了。

所以，这件事做过以后，我便再也不愿去想它了。后来在毛毛虫的万分恳求下，我又勉强地和他做了两次，但每一次都以厌烦而告终。接着就是紧张的暑假了，之所以用紧张，是因为暑假期间，我的学习任务反倒比上学期间更显得繁重，并且监视我的人又不是那么好欺骗的，因为他们是我的父母，在父母的监视下，我真是一点自由都没有。几个月不见，父亲显得憔悴了许多，脾气也比以前暴躁了许多。他还添了许多新的毛病，比如说磨叽唠叨，开了头就没有个结尾。在这个世界上，一个女人的唠叨似乎还能够让人接受，可一个男人的唠叨就显得令人恐惧了，因为他唠叨到了极限，就要使用暴力，而这种暴力常常是具有巨大杀伤力的。当然，父亲犯这个毛病的时候，大都是母亲在家的时候，在父亲那不高不低的文绉绉的唠叨声中，母亲总是显得十分平静，她总是一边在镜前做面膜，一边耐心地听任父亲的唠叨。实在听不过去了，她也不和他大吵，她只是冷笑，那张永远年轻、永远漂亮的脸上有时还会闪出不屑或鄙夷的神情，而这种神情恰恰会让父亲更加的唠叨，更加的咆哮不止。实在忍无可忍了，母亲便会扬长而去，高扬起那总是一丝不乱的盘着各种发式的头颅，挺直苗条的身段扬长而去……我最恐惧的就是母亲的扬长而去，因为她一走我就完了，我就该开始遭罪了，在这种时候父亲总会发现许多以前他发现不了的我的毛病，然后便会恶狠狠地训斥我，恶狠狠地摔东西……是的，在这个家里，我的存在只有在这个时候才显得比较有价值。

当然，他们也有挂免战牌的时候，那是母亲不在家的时候。每到这时，父亲便会出去喝酒，如果父亲与昔日的同学聚会，他也会领我出去。在这样的聚会上，父亲总会喝得酩酊大醉，每次醉后，父亲都要即兴作诗。直到那时我才知道我的那个正局级的父亲还是个诗人。他作的诗都是特别有趣的，属于那种打油诗，他的诗常常把他的那些同学逗得捧腹大笑。很遗憾当时光顾着笑了，忘了及时记下诗的内容，如果能把每首诗都记下来，没准将来我还会为父亲出一本诗集。当然，我也能断断续续地想起两首来，比如“不恋寸草恋黄金，多年的和尚吃了浑，贞洁烈女失了身，世上哪有正经人！”……父亲每次作诗都会博得大家的喝彩，父亲有时高兴了还会大喊，还会怪笑，甚至还会手舞足蹈，此时的父亲与在单位里不苟言笑的那个严谨的正局级的父亲相比判若两人。

父亲的同学当然也是母亲的同学，但同学们的聚会，母亲却很少参加，即使参加了也总是姗姗来迟，虽然她每次参加聚会都要体体面面地坐着一辆名牌小轿车。母亲一来，聚会的气氛就有些变味，表面看似乎是变文雅了，其实是变冷了。在同学们面前，母亲总是显得彬彬有礼，一举一动都做得有板有眼，恰到好处。在母亲的带动下，父亲也会不由自主地进入角色，他总是很积极地配合母亲演戏，他们彼此装出十万分恩爱的样子，然后便十万分恩爱地领我回家去。他们把恩爱表演得比真的还像真的，有时连我都给骗过去了，还以为他们真的言归于好了呢！然而，一回到家，一关上家门，他们就又回到了原来的样子，常常不知为什么，战争就已经开始了。

应该承认，我的父母那时还都很年轻，所以他们的战斗力才会如此强大，才会如此地经久不息。尤其是父亲，他总是斗志昂扬，一触即发，仿佛身上永远燃烧着一股使不完的力量，逼着他去争去斗。尽管引起他们争斗的导火索都是一些鸡毛蒜皮的拿不到桌面上的小事，然而他们却乐此不疲，无休无止，一直到那件丑闻的发生。

医学中有个术语叫以毒攻毒，自从那件丑闻发生后，父亲母亲便再也不争吵了！有时候压力太大了，他们还会搂在一起抱头痛哭，那种有些悲壮的恩爱只有在电影里才会看到。如此说来那件丑闻对于父母亲来说，已不仅仅是一剂毒药了，它在某种意义上也可以被称为良药。

三

那件丑闻的主角是我，发生丑闻的时候我刚刚十四岁。描述那个丑闻其实也用不了几句话，但它像天塌了一般压倒了我，也压倒了我们全家。……十四岁的我初中没毕业就迷迷乎乎地成了个小妈，生了一个干干瘪瘪的小儿子。

这件事当时在这个小县城曾轰动一时，我也因此成了家喻户晓的败类。孩子出生后，母亲只让我看了他一眼，就把孩子给“卖”了。事后母亲曾辩解说她根本就没有卖孩子，她只是把他送给了一个陌生的人，大家之所以把它说成是“卖”，原因是那个陌生人在抱走孩子时，曾当着许多的人的面给母亲扔下了三千元钱。总之，无论是卖也好，送也好，反正孩子是不见了，具体到了谁家我不知道，也许将来永远也不会知道。在处理孩子的问题时，母亲连问都没有问过我，虽然我是那个孩子的母亲，但因为我当时也是个孩子，所以我便失去了一个做母亲的权利。我说不出我和那个孩子到底有没有感情，孩子出生后，我只看了他一眼，所以孩子给我的记忆至今依然是那个干干瘪瘪的小老头的模样，瘦弱单薄的身子骨还没有一只野猫大。总之，因为这件伤风败俗的事，我全身心地垮下来了，身体垮了，精神更垮了。我不但初中没毕业就辍了学，还丢尽了父母的脸，也让我的班主任老师挨了一个不大不小的处分。

我在家里勉强呆了两年，这两年是我人生中最难熬的两年，因为我成了父母脸上一块难看的疮疤，他们不但把我关在家里不让我出去，连他们自己也轻易不敢出去见人。这件事对父母的打击真是太大了，特别是永远年轻漂亮、永远光彩照人的母亲，仿佛一下子就衰老了。"唉！报应啊！报应啊！"这是那段时间母亲常说的一句话。母亲说这句话是有原因的，因为当初母亲就是未婚先孕的，她结婚还未到七个月，我就出生了。但她和我不同的是：她的孩子没有被"卖"给陌生人，她嫁的男人也是孩子真正的父亲。

十四岁的我，能懂得多少道理呢？之所以能把孩子生下来，就是缘于我的"不懂"。

我不懂，毛毛虫当然更不懂，我们的玩，就是纯粹的玩，就像玩一个玩具，图的是一时的新鲜，玩完了我们就把它给忘了，就把玩具给扔到一边了。妊娠反应期间，我还回家呆过两天，母亲见我吃啥吐啥，还以为我犯了胃病，还带我去我家附近的一个个体医院检查了一下，他们查得很认真，把一个十几岁的孩子可能犯的毛病都检查了，就是没有想起去检查妇科病。接着我就又去上学了，因为学习成绩下降，父母给我下了死任务，他们让我必须进入班级的前十名，所以开学后，我再也没敢去网吧玩耍，当然也就再没有遇见毛毛虫。后来，随着学业的日益紧张，毛毛虫这个男孩子便从我记忆的磁盘上慢慢地被抹去了，仿佛我人生的座标上根本就没有出现过这个人。

孩子五个月时，我的肚子渐渐地变大，因为那时我的饭量很大，我便把这一切都归于自己的"能吃"，依然专心致志地全力学习。后来，肚子越来越大了，我就有些害怕了，直到那时我依然没有想到我会怀孕，我还以为自己的肚子里长了一个会动的瘤子。孩子七个多月的时候，我终于把这个担心通过电话告诉了我的母亲，母亲便马上来看我了。母亲看了我的肚子，显得比我还要担心，她马上领我去班主任老师那里请假，她甚至当着很多老师的面就哭起来了，以至于弄得全校老师都知道我患了病，我的肚子里长了瘤。到医院一检查，结果很快就出来了，听到诊断的结果，妈妈顿时傻到了那里……事情发展到这一步，是她始料不及的，这时想瞒都来不及了，消息不胫而走，转眼全县城的人就都在传说：

"你没听说吗？一个十几岁的初中女孩要生孩子了！"

"是吗？谁家的女孩子呀？"

"谁家的？说这个孩子你当然不认识，但是她妈妈你一定知道，她的妈妈就是郑大美人！"

"郑大美人？郑大美人的对象不还是个副校长吗？他们的孩子怎么会……"

俗话说：好事不出门，坏事传千里。我就这样在这个小县城里出了大名，比周杰伦红得还快，比赵薇红得还要持久。无论我走到哪里，都有人认出我，指点我，用那种特别的目光追着我看……在众人的眼睛中，我生命的花朵顿时枯萎了。因为我曾几次自杀未遂，所以父母亲并没有太多地责备我，但我更受不了的，是他们绝望的眼神，那是一种空前绝后的绝望啊！在那种绝望的目光中，我真是欲生不能、欲死不能。

在母亲反复的询问下，我终于说出了那个已经被我忘却了很长时间的毛毛虫的名字，但要想在这个诺大的县城里找到一条小小的毛毛虫，简直比登天还难。出院后的一天，我曾偷偷地去了一趟毛毛虫的家，但他们家的房子早已转卖给了别人，买房子的那家人告诉我，毛毛虫一家因为欠了很多的债，他们早于半年前就把房子抵债了，至于他们的儿子，也因为偷盗被抓了进去。有一天在街上，我还遇见过毛毛虫的母亲，她穿得破烂不堪，蓬头垢面，正用一个小铁勾在垃圾箱里翻着什么，我怕她认出我来，赶紧把脸转开就飞快地从她身边溜过去了！我要去南方的想法，就是在那个瞬间萌生的，是的，我必须要离开这个令我伤心的地方，因为这里到处都是熟悉的脸……

四

就这样，在经历了人生的一次最大打击后，我独自一人踏上了南方的火车，开始了新的人生旅程。

有人说：苦难是一所大学。这么说来，我是不是真的要感谢那件“丑闻”了？因为如果没有那件丑闻，父母绝不会在我刚刚十六岁的时候就放我出来，让我这样满世界地瞎闯；如果没有那件丑闻，我也绝不会有勇气这样义无反顾地来到南方，我会依然做父母膝下的乖乖女，一边忿忿不平地服从父母的各种安排，一边用嗲嗲的声音向父母乞讨自由……

我虽然是父母亲脸上的疤痕，但毕竟是长在他们脸上的，尽管他们对我十万分的失望，可他们还是不得不疼爱我，所以我在南方的日子并不怎么凄苦，——因为我有钱，尽管钱不太多，但足以应付一个人的各种开销。更何况到了南方以后，因为心情舒畅了许多，我无论是工作还是业余创作，都日趋可心了起来，并结出了微小的果子。由于我操着东北三省那比较标准的普通话，加之父亲给我弄的那些假证件，使我在这里很快就找到了一个教师的工作。闲着无事可干时，我还经常在网络上发表一些小块文章，这些文章让我在网友中间渐渐有了名气。后来，我甚至能陆续接到些许稿费了，虽然稿费时多时少，但这毕竟是意外之财，是成功的象征。总之，来到南方以后，我的生活发生了质的变化，尽管我依然很孤独，尽管那个疤痕依然像小老鼠一样时时地撕咬着我的心，但有时它们恰恰能赐与我灵感，使我写出更加凄美绝伦的散文来。

因为南方人都很忙碌，很少有时间关心别人的私事，并且我没有遇见过一位认识我的北方人，所以，在南方人的心目中，我只是一个性格有些内向、有些孤僻但却自食其力的北方姑娘，我也开始有了几个新的朋友。年轻的身体，本来就容易痊愈伤痛，更何况这里并没有人提醒我的痛苦，于是，心中的忧伤就这样一点点地淡去了，我渐渐地适应了南方的生活。过年时，父母还专程来这里看过我一次，因为这里也没有人能读懂他们脸上的伤痕，所以他们面对我，也第一次变得如此轻松和坦然。见我生活得衣食无忧，人也长高了，脸上也出现了健康的红晕，所以他们的脸上也终于有了笑容。唉！多么难得的笑容啊！我已经有好几年没有看见这样的微笑了，于是，我流泪了，我仿佛又回到了幸福的童年。

伤疤是在突然之间被人撕开的。

也许是太顺利了，顺利得让我忘记了过去的寒冷，当然也就忘记了抵御寒冷的手段。

作为一个崭露头角的网络作家，我渐渐引起了网友们的青睐，先是陆续接到了许多读者的来信，在信中，他们大都称我为姐姐，在他们的心目中，我是一个满心沧桑的中年妇女，他们写信多数是向我诉苦，有的还请我帮他们指点迷津，尽管他们之中有的甚至比我父亲的年龄还大，可他们依然一口一个姐姐叫个不停。因为时间宽裕，我是每封信必回的，为了免除尴尬，我从来也没有挑明自己的实际年龄，任自己在他们的思想中老去。我常常想像着他们日后见到我时的惊诧，并常常忍不住要得意地笑出声来。

然而，平静的日子被一次研讨会搅乱了。

作为一个名气渐旺的网络作家，我应邀参加当地文联组织的一次文学研讨会，在这次会议上，我就像一块小小的五彩石，在文化人中间激起了不小的波澜。——因为我的年龄太小了，刚刚十七岁，他们无论怎样都不能把我和那位叫伊评的网络作家相提并论。在他们的印象里，伊评无论再怎么小，也不能小于四十岁。

“你怎么会是伊评呢？真是太难以置信了！”他们都笑着看我，仿佛看一个奇怪的动物。

与我住在一个寝室的女人是个三十来岁一直都没有成过家的大姐姐，我叫她曲姐。曲姐是个漂亮而清纯的南方女子，她给人的感觉就是纤弱，纤细的腰肢，纤细的手指，走起路来娉娉婷婷的，有一种病态的美。因我是个东北人，她突然就对我有了好感，并主动要求和我住在一个寝室里。也许是她正在谈恋爱的缘故吧，她显得比实际年龄要年轻许多，她高兴地告诉我，她热恋中的情人也是东北人，本来这次也接到了会议通知，但因为他临时有了别的事情，没能及时赶来。说这话时，那种遗憾溢于言表。开会那几天，曲姐把所有业余时间都用在了与她恋人的通电话上，他们聊啊聊啊，常常我一觉醒来，他们依然在聊。睡不着觉时我曾偷听了一会他们交谈的内容，在我听来，他们交谈的全都是废话，也不知道他们哪儿来的那么多废话，他们把那些废话唠得柔情蜜意的，就像嘤嘤怪叫的蜜蜂，让人不知不觉地又堕回了梦乡。“话聊”终于结束了，可曲姐依然不尽兴，依然要跟我聊。曲姐告诉我，她的恋人是一个特别成功的作家，他的成功既来自于他坚强的意志，又来自于他高尚的品格。他曾经是非常不幸、非常坎坷的，他的妻子卧病在床十几年，他为了妻子不但牺牲了自己的事业，也牺牲了自己年轻的时光，他既要帮妻子解除病痛，又要抚养幼小的儿子，直到他的妻子死了，孩子也自食其力了，他才得以从那个令他心力交瘁的小地方逃脱出来，开始从事自己热爱的事业。俗话说苦尽甘来，也许他受的苦太多了，上天才赐与他如此的成功。来南方刚两年多一点，他不但成为了一位出色的大作家，也发了一笔横财，他现在已经拥有了自己的豪华别墅，购买了轿车，他还答应曲姐，年内就和曲姐结婚。一想到自己的未来，曲姐那白皙的脸上，洋溢的全是幸福的光茫。

“他叫什么名字?”我好奇地问。

“他叫吴侃！——他可是全国闻名的大作家呀！怎么，你没听过吴侃这个名字吗?”

我的脸便红了，为自己的孤陋寡闻而羞愧。我支吾地说：“我对这些知道的很少……”

“是啊，你还太小了点。”曲姐宽容地说。

第二天，按照会议程序，我们去当地的旅游区游览观光，我们刚坐上那辆大客车，曲姐的手机便响了，通了几句话后，曲姐便高兴地告诉我：“我不能和你们一起去了！吴侃来了!”

吴侃的轿车随即滑到了客车边，曲姐从大客车上下来，便直奔那辆小轿车而去。就像电影中曾经演过的那样，他们一见面就热烈地拥抱了起来，丝毫没有背着大家的意思。看来，人的幸福要是太多了，就总忍不住要把这种幸福卖弄出来给人家看，就像突然暴富的人总要不自觉地显显阔一样，这也是一种大众心理吧！

曲姐好容易和她的恋人恩爱完了，见大客车还没有走，便敲着车窗让我下去，然后不由分说地把吴侃介绍给我。此时，我早已呆在了那里，之所以发呆，是因为我一时还无法相信自己的眼睛——那位风流潇洒的男士不是别人，正是野狼。

我的脸先是发白了，继而全身颤抖了起来。此时此刻的野狼早已今非昔比，无论是穿着，还是神态，都仿佛换了一个人似的，但我却一眼就认出了他，特别是那双过大过亮的野眸子，它已经深深地印刻在了我的心上，使我永远也不会忘记。然而野狼却似乎没有认出我来，他热情地向我伸出了那只过大过长的手，并微笑地询问我在东北时住在哪里。我没有回答他，而是反过来询问他的家乡，他便笑了，顺嘴说出了一个地名，他撒谎的神态十分自然，仿佛他真的出生在那里。我笑了，脸上试图作出惊喜的神情，说："真是太巧了，我也正好是那里的人！"凭着自己可怜的一点地理知识，我还说出了一个更具体的地名，我说我就出生在那里。他听了，脸上也马上露出了惊喜："这么说，咱们俩可是纯老乡啊！"然而还未等他脸上的笑意散开，他就回头和曲姐说别的话了。

曲姐却偏又把话拉回来，她高兴地说："太巧了！你们两个竟然是老乡？这样吧！伊评，我看你也别去旅游了，咱们应该找一个地方庆祝一下，喝他个一醉方休！"

吴侃干涩地笑笑说："按理是应该好好喝喝！可咱们不是计划去购物吗？"

"计划不如变化快，我决定了！今天咱们哪儿都不去，在这么大的一个城市里，能遇见一个家乡人该是多么的不易？今天我请客，我要让你们好好聊聊！"曲姐仗义地说。

野狼的突然出现，已经勾起了我许多不愉快的回忆，一想到接下来还要和他一起聊天，我更是觉得懊丧至极，于是，我马上笑笑说：“既然你们已经计划好了，我看你们还是去购物吧！这个风景区我还没有来过，我真的想独自一个人好好逛逛呢！”说罢，我礼貌地和吴侃握了握手，便在曲姐惊讶的目光中转身上了大客车！

五

我的好心情就这样被无端地搅乱了。

接下来的旅游可想而知，我心不在焉地走在作家们的后面，不知道自己究竟看见了什么风景，我只勉强地跟大家走了两个景点，就再也走不动了，于是，我便独自一人回到了客车上，坐在车上认认真真地发起呆来。

我不相信！我不相信！我不相信！

以前，我天真地以为，那块伤疤随着岁月的磨损，会很自然地消失，可事实告诉我，我错了！是的，我错了！伤疤也许真的会消失，但那种痛却已经根植在我的心灵深处了！它就像我的影子，将永远地伴随着我走下去，除非世界永远变得黑暗无光，除非死亡突然降临。

一失足成千古恨，再回头是百年人！古训之所以能够流传至今，就因为它是真理。

在真理面前，我的头脑纷乱如麻，我觉得曲姐真的很可怜，尤其是她那自以为很幸福的微笑，可怜得几乎要让人堕下泪来。我想起了至今还在狱中的毛毛虫，想起了那位一身破烂在垃圾箱边翻找东西的毛毛虫的母亲，我还想起了那个干干瘪瘪的小老头模样的我的儿子，我甚至恍惚听到了他那无力而嘶哑的哭声……于是，我的眼泪不禁奔涌而出了！

“罪过啊！罪过！”我的心里突然响起了在电影里常听到的一句话，此时，这句话就像刀子一般狠狠地扎在我的心上。

想起那个孩子——是的，他是我的儿子！他也必须要度过他的一生……那一定又是一个痛苦的人生。他本来是可以不来人世间遭罪的，准确地说是不应该这么早就前来！正因为时辰不对，所以他的人生才一定会痛苦。他痛苦的人生恰恰是因我作孽作来的，我这是犯了多么大的罪过啊！我不禁一阵发冷！——是的，我犯了一个不能让人饶恕的罪过！

然而，我的罪过又是谁造成的呢？

事情都是我自己做出来的，按理，我不该去怨恨别人，但我却抑制不住地要去怨恨！是的，我怨恨！

我怨恨父亲那永远也填不满的欲望，怨恨他的虚伪与自私；我怨恨母亲那永远也没有完的交际，包括她的美丽与风骚；我怨恨那位对我不负责任的老师，以及网吧里的那个唯利是图的女人；我还怨恨野狼的书，还有给野狼的出书提供条件的所有人……

当然，我更怨恨那个正在监狱里服刑的毛毛虫，是他让我蒙受了如此的耻辱，虽然直到现在，他还不知道自己已经做了父亲！

那么，毛毛虫的一切又是谁造成的呢？

孩子们做了错事，大人们便会无情地惩罚孩子！那么大人们做错了事，又由谁来惩罚呢？

“妻子死了，他在病榻边精心地护理了她十几年，并且又当爹又当妈地把孩子抚养成人，直到把所有的责任都尽到了，他才开始了自己的追求……”这是多么美丽的谎言！

如今，他有了自己的别墅，有了自己的轿车，又马上要有自己的娇妻了！想起他幸福而坦然的微笑，想起他真诚而自然的谎言，我不禁又是一阵发冷。

难道他真的不知道他的儿子已身陷囹圄，难道他真的不知道他的妻子正靠乞讨为生？

难道，大人们的良心真的能够死去？

如果不是亲身经历，我真的难以相信，这一切都是真的！

突然，一个可怕的念头出现在我的脑际：我要把真相告诉曲姐！我不能让悲剧再次降临到另一个无辜之人的身上！我要揭穿他的谎言！

当然，我知道我这样做的代价是什么！

我这样做，无疑是把我那刚刚愈合的伤疤再撕裂开来给人家看，那样我的名誉不但会再次受损，我也可能会再次失去这个让我可以苟且偷生的安逸之地。

我这样做，也可能会让沉浸在幸福之中的曲姐误解我，她也许根本就不会相信我的话，她会以为我是别有用心，有意棒打鸳鸯……

我这样做，甚至可能遭到野狼的怨恨甚至报复……这恰恰是我这个年仅十七岁、独自在外漂泊的女孩儿尤为害怕的！

可是，我的良知没有死去啊！

孩子的心灵是一块没有被污染的净土，尽管我的肉体被污染了，但谁能说我不是个孩子呢？我才刚刚十七岁呀！

于是，为了那个没有死去的良知，我毅然决然地下了决心！

我慢慢地从车上走下来，并长长地舒了一口气，心也渐渐地变得轻松。我向远处望去！此时，阳光正好，风景正好，旅游观光的人，脸上都洋溢着天真的笑容！

望着那种笑容，我开始有了一线希望。

一庭风雨

在她们成为亲人的那一天，她们就已经成为了仇人。

她们争夺的是同一个男人，但这绝不是三角恋。

——题记

一

三个女人一台戏，三个结婚的女人戏更热闹，东家、西家、柴米、时装、丈夫、孩子，叽叽喳喳山雀似的，开了头就舍不得结尾，而唠得最投机、最能取得共鸣的话题，便是唠婆婆。刚熟悉那阵，都是夸自己婆婆的，但唠得熟、唠得久了，婆婆的不是也就一点一点地显露了出来，唠到最深处，甚至会声泪俱下……于是，闲唠便变成了浸着血泪的控诉。

时至今日，除了听刘姐一直感恩戴德地夸自己的婆婆外，小软还真没听谁自始至终地夸自己的婆婆的，平时总不声不响、文文静静的小软心里却有她独特的见解。她认为：只有处处夸婆婆的人，才真正是最贤慧、最孝顺的人。于是，小软便在心中暗暗地敬佩刘姐。

那天，小软晨起上班，正在幼儿园上学的薇薇见了她，马上小鸟一般地向她飞来，她气喘吁吁地冲小软仰起那扎着白花的头，奶声奶气地对小软说："告诉你一个好消息，我奶死了！"

“你奶死了，怎么会是好消息？”小软惊讶至极。

“当然是好消息了，我妈就是这样对我姥说的。”

小软便愕然——薇薇的妈妈就是刘姐。

二

小软到了成家的年龄，也有了婆婆。

婆婆守寡，有三个孩子，前两个是女儿，都嫁出去了，最小的是儿子，叫继峰。继峰刚过二十，婆婆就开始为他物色对象了，但婆婆选中的人继峰都相不中，后来，继峰自己选中了一位，就是当幼儿园教师的小软。

小软第一次到婆婆家去时，婆婆正坐在雪白的炕单上做小孩子的棉衣服。婆婆家真干净，干净得让人哪儿都舍不得踩，哪儿都舍不得坐。婆婆却长得一点也不见干净，脸又紫又黑，均匀地布满点点的斑痕，眼睛混浊而外凸，却出奇地发亮。小软一进屋，她便目光灼灼地冲小软看，看得小软一阵害怕，想说的话不知怎的就都没了，小软便回头看继峰。

继峰面如皎月，双目含情，怎么没有一点像婆婆？

那天，婆婆招待得十分符合礼仪规范，每一句话，甚至每一个举动，都做得没有一点多余，让你挑不出一丝不是来，也让你有一种无法介入的疏远感。从婆婆家回来后，小软总有一种感觉，她感觉婆婆没有相中她。小软把这一感觉告诉了继峰，继峰便马上表现出不高兴的神情来，连连声明：“妈妈肺不好，又患有甲亢，所以脸色不好，妈妈在背后净说你好了！”

小软说：“说我不好你也不会告诉我。”

继峰说：“说你不好我就不来找你了！”

小软说：“看来，我在你心中的位置远远低于你妈。”

继峰说：“正是这样，如果分手，现在还赶趟。”说完，便不看小软，只是腰板挺拔地等小软的反应。

继峰是个大孝子，按理，这该令小软高兴，但小软就是高兴不起来。

第二次小软去时，婆婆正在锅前摘菜，小软把兜子放下，就堆着笑来到婆婆跟前，一边亲热地无话找话，一边帮婆婆摘起菜来。婆婆的手指头又粗又弯曲，并且裂痕累累，摘起菜来显得很笨拙，小软见了，心里便一热，那种做好儿媳妇的决心便上来了，手中的菜也摘得麻利起来。摘完菜，小软便主人似的找盆洗菜，一回头，却见婆婆正面目痛惜地从小软甩出的废叶中捡可吃的菜叶，小软的心便忽悠了一下，一种莫名的烦恼渐渐地在心里汪了个泉儿。

那天中午，小软第一次在婆婆家吃了饭，小软虽没看婆婆，却一直感到婆婆的目光在扫着她，于是她吃得很别扭，嘴也不敢张得太大，也不敢嚼得太响，吃菜的时候，不小心还是掉在桌上一块肉，小软便为难了——夹起吃吧，怕婆婆说她太埋汰；不夹起吧，又怕婆婆说她太浪费。幸亏继峰顺手夹起那块肉放进嘴里。

吃完饭，婆婆命令继峰去睡一会儿，继峰看了小软一眼，便真的进屋去睡了，小软便和婆婆一起收拾饭桌。小软放好水，刚刷完第一个碗，婆婆便过来了，小声说：“碗不要一起全放进水里刷，这样动静太大，这屋子不隔音，继峰有点动静就睡不着觉的。”然后便用她的粗手给小软做起了示范，小软马上退到了一旁，恭恭敬敬地看。见小软如此，婆婆似乎高兴起来，嘴里的话也多了：“你马上就结婚了，我也不把你当外人，该说的话我就说。往后照料继峰的事，我就不插手了，成家后要让继峰一天一遍澡，要把水端到他跟前逼他洗，要不这孩子能拖就拖……”

小软恭恭敬敬地听着婆婆的每一句话，直到继峰睡醒。当小软终于和继峰单独在一起时，小软便想哭，想和继峰说：“将来咱别和妈一起过了。”但小软终于忍住没有说，终于忍住没有哭。

三

小软没有提出分开过的话，没想到婆婆竟提出来了。婆婆坐在雪白的炕单上，用那种仿佛上世纪录制下来的古老而嘶哑的语调，絮絮叨叨地说了很多理由，最后还是那句话：婆婆不希望和他们一起过。

婆婆家只有这两间新盖的砖房，如果一起过，婆婆住小屋，继峰住大屋，留一个小屋做厨房，还勉强住得开，可若分开，就实在难安排了。婆婆便提出收拾门前那两间堆杂物的小仓房，自己要搬出去。

继峰一个大男人竟孩子一般嘤嘤地哭了，他抽抽搭搭地说："自己宁可不结婚，也不和妈妈分开过。"

婆婆说："现在就这风气，谁家都过不到一块的。何必非憋了巴屈硬往一起凑？早晚都是要分开的，不如趁现在和和气气地分。"

小软很不自在地坐在椅子上，心里涌着从未有过的羞愧感。她偷偷地瞟一眼婆婆，见婆婆的脸色依旧那样又黑又紫，一滴眼泪正从混浊的眼睛里流出来，在皱纹里涩涩地蜿蜒着，泛着暗紫色的光泽。瘦弱的身躯很别扭地弯曲着，勾勒出一种千古未有的孤独与无奈。小软心一热，便开口说："大娘，咱们将来就在一起过，我一定会对你好的！"

婆婆说："可我嘴碎，啥看不惯就忍不住要说。"

小软说："您是妈妈，您不说我们谁说我们？再说，您说我们才是关心我们。"

几个回合，婆婆终于不再坚持了，尽管她那混浊的眼神分明地告诉小软，她还做着分开过的思想准备。可思想归思想，行动是行动，那是两码事。

四

结婚后的日子并不像婆婆和小软预想的那样一团糟，反而是相当和谐、相当甜蜜的。白天，小软和继峰上班，晚上回家后，婆婆已把饭菜做好，于是，一家人便说说笑笑地吃饭。吃完饭，小软推婆婆在炕上坐着，自己到厨房收拾。继峰呢，则哼着走了调儿的小曲儿，在屋里屋外干一些男人的力气活。

结婚后的日子，小软过得十分卖力气，她几乎把所有的精力都投入到这个小家庭中了，甚至在上班的时间，还惦着给婆婆和继峰织点什么。早晨也总和婆婆比赛似的起早做饭，并且总是动脑筋为婆婆单做点好吃的。所以，婆婆对小软十分满意。

但小软最怕二大姑姐回家。

大姑姐还好，离娘家很远，回来次数有限。大姑姐脾气随和，性格憨厚，只要把她招待好了，便不会有什么说道。尽管大姑姐每次走时，都要带走大包小包的东西，但那几个东西又能值几个钱？小软不会计较。小软最怕二大姑姐回来，偏偏二大姑姐离娘家近，几乎隔几天就要回来一次，每次回来就要给婆婆带回来一些永远做不完的针线活儿，并且每次回来，都要带着那个娇得像气球儿、淘得像皮球儿的儿子。小软一点也不喜欢那个吊着眼稍儿长着稀疏黄头发的男孩儿，然而那男孩儿偏偏喜欢往小软的屋里钻，小软屋里新鲜，有许多怕碰的东西，他偏偏什么都要看一看，什么都要摸一摸，遇到自己喜欢的便背着他妈朝小软要，达到要求了，便更加地和小软近乎；达不到要求，便在新房里打着滚儿地哭。但这一切小软都可以忍受，小软最不可忍受的，是二大姑姐的嘴。

二大姑姐眼尖、心细，嘴总像炒苞米花似的说个不停，每次回来，她都能发现家里的一些弊端，并且每次回来都能给婆婆提几个醒儿。结婚一个月以后，婆婆突然晚上直挺挺地等着小软回来做饭，便是二大姑姐的“功劳”。

所以，二大姑姐一回来，小软的心便会笼罩一层不祥的阴影，心里笼着阴影，脸上就会有所表现，尽管小软的脸上依然挂着笑，但她的不快终归没能逃过二大姑姐的眼睛。

信息马上就传递到婆婆那里，婆婆便马上进入了戒备的状态中，尽管婆婆的脸上也勉强地挂着笑。

只要是笑，不管是挂着的还是含着的，毕竟不是哭。所以，一家人依然和气，继峰那走了调儿的小曲依然在屋里屋外唱着，热乎乎的小家庭依然令那些整天摔盆摔碗、明争暗斗的人家羡慕。

五

然而，就在这时，小软的一首小诗发表了。

小软爱写诗，这已经是很久以前的事了。以前，小软把当大诗人当做自己最大的理想，就连找对象也必须要找一位有诗人气质、有写作修养的，然而一看见继峰，小软便放弃了长期以来一直固守的这种想法，继峰对于诗一窍不通，但继峰本身就是一首诗。

认识继峰以后，小软再没有写过诗。一方面，是因为小软沉浸在和继峰的爱情中不能自拔。但主要的一方面，是因为投出了很多首诗都石沉大海，使小软对自己失去了信心。然而，命运实在能捉弄人，就在小软终于不再存有幻想，一心一意过起小日子的时候，小诗竟突然发表了。诗能够发表，证明了小软是个写诗的材料，于是，那一直在小软心底沉着的理想便涌了出来，涌得小软周身热血沸腾。

那天晚上，小软郑重其事地把自己的小诗拿给继峰看，并情绪激动地和继峰说起了自己长期以来固守的理想、追求，总之一句话，是希望继峰能支持她。她的声音缥缈而又颤动，以至于眼泪都流出来了，润湿了继峰的衣襟，弄得继峰的情绪都有些恍惚起来。

继峰从小到大，学过不少课文也看过几本大书，可就是没有想过书是人写出来的这码事儿，尽管他也背过一些作者的名字和简历，但越背诵，越感觉作者的神秘……现在分明看见自己老婆的大名竟被方方正正地印在书上，他着实吃了一惊。再看小软，竟发现了诸多的陌生与神秘，就连那串串晶莹的眼泪，也令他万分珍惜了。继峰是个干体力活儿的粗人，最做不来舞文弄墨的活儿，但也最羡慕那些舞文弄墨的人，没想到自己总不声不响的老婆，竟然就是这样的人。于是，他死劲死劲儿地搂着妻子，连连承诺只要小软把功夫都用在看书写诗上，所有的家务活儿继峰都包了。

于是，便有了妻子歪在床上看书，丈夫蹲在地上洗衣服的镜头。

于是，便有了婆婆的气。

继峰是婆婆小心翼翼捧大的，磕一点碰一点都心疼，更何况让他干那种下贱的侍候人的活计呢？并且是为了自己的老婆。自己守寡多年孤独无助地往前苦熬，难道就是为了给一个自己都看不上眼儿的小女人培养出一个奴隶吗？婆婆怎能不气？现在的女人可真是越有福就越会享福啊！想当初自己当儿媳那阵子，不但要侍候自己的丈夫，还要侍候公公婆婆，还要抚养小叔小姑，况且那时又是什么日子？哪顿饭不得一把柴火、一把柴火地烧？哪件衣服不得一针一线、一针一线地缝？哪像现在？穿衣做饭都是现代化！到了自己有了孩子，那更是没日没夜跟头把式地忙啊！有时两手实在到不了一块儿，便只有眼瞅着孩子在屎里尿里哭，这时，哪怕丈夫是在炕上躺着，自己也不会让他帮一把的，她不能让丈夫丢了大男人的面子，更何况，自己的婆婆也不会允许他那样做的。

想起自己的婆婆，她突然不寒而栗起来，二女儿的话不禁又在耳边响起："啥孝顺？啥贤慧？我看一句话，就是你太怕我奶了！你看我奶当老婆婆当得多压茬子？天天在小火盆儿边盘腿儿一坐，大烟袋一叼，让你干啥你敢说一个'不'字？哪像你，窝窝囊囊的，连自己的儿媳妇都不把你放在眼里，要换了我奶，小样儿，看她还敢放肆不？"看来二女儿说的话确实有道理，当老婆婆的，是得压点茬子啊！要不，不但自己受气，儿子也跟着受气。——辗转反侧了一宿，婆婆终于得出了这一结论。

于是，第二天一早，婆婆就试着压起了茬子。

婆婆压茬子，不管是什么方式什么程度，对于小软来说都是一种折磨，这种折磨虽不算太残酷，但天天你都得经受，天天你都得品尝，甩不掉，逃不脱。面对这种折磨，小软有三条路可走：第一条路是恢复刚结婚时那样，不思理想，不讲抱负，全身心地把精力都投入到这个永远也不会干完的家务活中，像婆婆那样度过一生；第二条路是破釜沉舟打破鼻子撕破脸，与婆婆斗个高低；第三条路就是忍耐。小软既舍不得放弃自己的理想，也想当个孝顺的儿媳妇，所以，小软便只有忍耐。可忍是什么？忍是心上插的一把锋利的刀啊！

小软有时实在忍不住，便在晚上睡觉的时候对继峰哭，但哭着说出来的委屈都是一些乱七八糟抬不到桌面上的小事，所以，不但引不起继峰的同情，反倒引起了继峰厌烦的情绪。继峰埋怨小软心眼太小，无事生非。小软当然不服，于是，二人便在被窝里压着嗓子展开辩论，但有时情绪上来了，小软的嗓音便会有些扳不住，要拔高儿。这一拔高儿可就糟了，不但加剧了继峰的愤怒，还会把婆婆引进来参与战争。于是，内部矛盾激化成了“敌我矛盾”。

继峰是那种温柔透顶也倔强透顶的人，他认为孝顺母亲是应该的，他便容不得任何人对母亲有一点伤害；他认为支持小软是正确的，他也一直任劳任怨地做小软的奴隶，哪怕别人指着鼻子笑他是“气管炎”，也依然无悔。和继峰闹矛盾，要么和他彻底决裂，要么向他彻底屈服，小软别无选择。

所以，和继峰斗争的结果，便是小软的更加忍耐。

小软也终于没有发表第二首诗。

不知是小软的忍耐力感动了婆婆，还是婆婆对自己的做法倦怠了，总之，从一天早晨开始，婆婆突然不再指桑骂槐，摔摔打打，借题发挥与小软为难了。也就是在同一天早晨，婆婆竟出奇地起了个大早，出去做香功了。

不知从什么时候开始，这个小县城开始风靡了香功，小城东西南北，凡风景好一点的，地场宽一点的场所，每天早晨都会聚集很多男女老幼在那里“发功”，去得最多的还是老年人。小软家附近就有一处，小软曾经劝婆婆也去做做，婆婆却说：“能出去做功的，都是些不正经的闲人，正经过日子的，平时的活计都干不过来呢，哪有起大早出去疯的?”所以婆婆说啥也不去。

然而这次婆婆竟怎么也“不正经”起来了？看来，无论什么人都是可以改变的，关键只是她能够想得开。

婆婆的确是变了，每天除了给二女儿做点针线活外，对于家里的能与小软沾得边的活计，便再也不插手了，甚至连话都懒得和继峰与小软说了，任继峰二人每天忙得翻天覆地，她也不管不问。继峰喊她吃饭，她便坐过来稳稳地吃饭，吃完饭饭碗一推，她便该忙什么就去忙什么，听听小曲了，温习一下香功书籍了，闭目养神了，活得比年轻人还自在。她甚至注意起自己的打扮了，每天出去做香功前，总要在镜子前转上半天，甚至还会往脸上扑一些不知何时买回来的化妆品。

也许是婆婆那庄重的形象已在小软心中形成了模式，也许是时代已在小软心中烙上了偏见，总之，打扮起来的婆婆在小软看来，总有一种不伦不类的感觉，看一眼心里便会不舒服半天。于是，小软对婆婆的所有敬畏都慢慢消散了，尽管小软嘴里并不说什么。

日子依旧这样往前过着，二大姑姐依旧还是三天两头地来，来了依旧炒苞米花似地说个不停，但那嗓音分明地变小了，她甚至不理继峰二人了，就连那长着稀疏黄头发的孩子也不再和小软粘乎了，见了小软他便只是斜着眼睛偷偷地剜她几眼，然后便一抽鼻涕跑回了他姥姥的小屋。

然而，这段日子却是小软收获最多的黄金期，她连续投出的三首小诗都陆续发表了。

一天在班上，小软正专心致志地看一本《世界抒情诗选》，和小软较为要好的一位同事带着满脸的神秘到小软面前，她悄悄地问小软："你婆婆谈恋爱了，你知道不？"

小软马上从诗里跳跃了出来——这可是天大的奇事！

"我们是好朋友，我知道了就得告诉你，好让你有个底儿，你婆婆搞的那个对象，就是天天领人做香功的方老头，你要是能搅黄他们，就赶紧搅黄了吧。那方老头儿就住在我家后院，他家啥事我都知道。说句实话，那老头儿可是个出了名的老不正经，都已经离三次婚了，他这样的人要是和你婆婆成了，那你们家可要遭殃了！"

小软低头想了想，竟有些高兴起来。婆婆竟搞起对象了，这可是她万万没有想到的。如果对象搞成了，她的精神也就有了依托，这样肯定不会管闲事了，岂不更好？至于老头儿正经不正经，这倒是客观的问题，现在的人对老年再婚还不能完全接受，所以对于想找对象的人都认为不正经。其实所谓正经与否又有什么固定模式呢？总之，婆婆既然能开始找有对象了，这就是好现象，就应该去支持她。于是，她抬起头对同事说："行啊，这是好事啊！儿女再孝顺也不如自己的老伴，她要真有对象了，这倒是好事呢。"

同事马上捅了她一下说："大诗人，你可别傻了。那老头已经和他的儿女们闹翻脸了，他是在家过不下去了，才想起和你婆婆搞对象的，要不，就凭你婆婆那个样子，他能相中她？他相中的是你家的房子，相中的是你们两口子的为人。不信你们就瞧着：他们要是真成了，他一定会住到你家里去的，到那时，你们侍候的可不仅仅是一个老婆婆了，你呀，纯粹是个书呆子。"

小软一听，心里便烦恼起来。是呀，婆婆脾气再不好，也是自己的亲婆婆，不看媳妇的面，还有儿子那一层关系呢！可那老头子来了，事情就不那么简单了。谁知道将来能出个啥节目来呀？到那时别说是写诗，也许连哭都来不及了呢。

小软不说话了，心如坠入了云雾里，她再也看不进去书了，马上离开了办公桌，去找继峰。

继峰穿着油腻腻的工作服，从单位里被叫了出来。他愣愣地看了看小软，以为家里发生了什么大事。听小软说了事情的原委，他的脸色便阴沉了下来，阴沉了半天才硬梆梆地对小软说："你回家时，心里就当不知道这码事儿，对谁都别说，往后也不要提。"说完便转身大步流星回单位去了。

小软知道继峰的脾气，便真的没和任何人说，包括自己的娘家人。但小软却做不到和继峰不提，因为她每天都能听到关于婆婆恋爱进展的消息，所以，晚上睡觉的时候，总忍不住对继峰学，继峰每次只是认真听却什么也不说。

七

一天晚上，在饭桌上婆婆突然一反常态，和他们叙起话来。她先是回顾了自己守寡二十年的辛苦波折，然后诉说了自己现今的寂寞心境。说了半天，才进入正题。她认为继峰已成家立业，自己的责任也算尽完了。现在，自己的存在似乎有点多余了，为了不给儿子增加负担，她想找个老伴儿。说这话时，那张罩着白霜的又青又紫的脸上竟没有一丝羞涩。

继峰像往日那样端端地在饭桌边坐着，一声不吭地吃饭，仿佛没听到婆婆说了什么，小软便捅了他一下。这一捅，继峰的脸色便阴沉了，但他还是没有说什么，依旧在那里端端地吃，吃了一碗，又盛了一碗，婆婆的脸色便也阴沉了下来，也不说话了，看着继峰吃。

直到吃完饭，继峰才开口说话。继峰说："妈妈把我们侍候这么大，遭了很多罪。按理早该找一个对象了。做儿子的，我并不反对您找对象，但你不能和那个姓方的老头儿搞，那老头的底细我都已经摸透了，他的品质很不好，所以我不同意你和那样的人结婚。要找对象，我们可以给你找一个条件好一点的。"

婆婆冷笑着说："我就相中他了，除了方老师，我谁也不找。"

继峰的眼圈儿有些红了，他依旧一字一顿："那你就出去和他单过，别让他登我家的门。"

"这是我的家，房子也是我的房子，我想让他啥时候来就让他啥时候来，看不惯你就走。"婆婆提高了嗓门，又青又紫的脸抽搐着。

"你的房子？"继峰呼地站起来，眼泪也随之而出，他哭声哭气地说："这房场儿是我爹留给我的，这房子是我一把血一把汗盖起来的，这房子是我的。"

于是，一场母子之战平地而起。

两位平时都不善于言辞的人，打起仗来却相当激烈，战争在最高潮时，继峰甚至气势汹汹地拿来了那把雪亮的斧头，放在他妈妈手边，眼泪都干了："你砍死我吧，不然，我绝不会让你和他结婚。"

"我不砍你！"婆婆说："我要见官！"

"见官也行！"继峰的眼泪又涌出来了："可要是我输了，我也绝不能让那个姓方的活着住在这里。"继峰又拿起了那把斧头。

事情发展到这一步，是小软始料不及的。战争开始时，她一直都没有开口，也不知怎样开口。可事情到了这份上了，她便不能不劝了。她劝继峰，继峰只是对她吼；她劝婆婆，婆婆突然对她凄厉地喊道："你别假惺惺地和我来这套了！啥事都坏到了你这个小妖精身上，要没有你一直在挑，我们继峰不会是这个样子的，我们继峰从来都没这样待过我！都是你，都是你这个小妖精造成的！"说罢便大哭，哭声凄厉，绝不亚于当初哭自己的丈夫。

小软颓丧地坐了下来，她万万没有料到：原来这一切的根源都在她身上。

第二天，婆婆没有去见官，也没有去做香功，只是在床上直挺挺地躺着，长嘘短叹，泪流成河。

继峰把饭做好，妈妈不吃也不动，依旧长嘘短叹，泪流成河。早饭端上去了，又原样端下来。晚饭端上去了，又原样端下来。第二天，婆婆不哭了，也不叹了，死了一般。继峰便哭了，他跪在妈妈的床边，长泣不起。

小软也怯怯地随继峰跪了下来，婆婆马上凄厉长啸："你给我滚出去！"

小软便马上滚出去。

继峰哭了一整天，跪了一整天，在日落西山的时候，终于使婆婆坐了起来，吃了半碗面条。

吃饭了，就证明屈服了，于是，日子便继续往前过，但婆婆不再去做香功了。

八

就在这时，小软怀孕了。

无论从哪一方面来说，怀孕都是件大喜事。

怀孕给小软带来了崭新的希望，怀孕也给继峰带来了崭新的希望，怀孕更给婆婆带来了崭新的希望。一天早晨，婆婆甚至扭扭捏捏地走进厨房和儿子一起做起了家务。

于是，一家人又归于那种恬静的和睦，继峰那走了调儿的小曲儿又唱起来了。

然而，小软生了个女孩。

生了女孩，婆婆那充满希望的脸便黑了下来，她虽没有说什么，但家务活再也不干了。

生了女孩，继峰的脸虽然还有笑，但小软看出了些许不尽情来，不凭别的，就看干家务的劲头也似乎不如以前了。

生了女孩，别说别人，小软都看不起自己了。面对继峰她总有一种深深的内疚感。对于继峰的侍候，也产生了一种受之有愧的感觉。尽管她天天都能头头是道地说出遗传学的一些知识，尽管在和别人谈论的时候她也能摆出男女平等的诸多道理，但在内心深处，她还是无法原谅自己。

于是，小软再不敢理直气壮地看书写诗了，更何况，乱糟糟的处境和乱糟糟心绪已不容她有这份雅兴。

多一个孩子，会多那么多的事，这是小软以前万万没有想到的。换尿布，捆绑婴儿，洗尿布，喂奶，喂水……更何况孩子不是感冒，便是拉肚，活计永远也没个头绪。更遭心的是，自己的奶水不足，孩子却怎么也不肯喝一口牛奶。孩子吃不饱，便永远嚼着小软的奶头儿不肯松嘴，白天嚼，晚上更嚼，不让嚼就大哭，哭得小软心里一剜一剜的，最后弄得大人和孩子都身心疲惫，意乱心烦。所以别提再写诗了，只要足足睡一觉，小软都心满意足了。

婆婆那边，却依旧该怎么闲着，还怎么闲着，并且闲得十分充实，因为二大姑姐也和自己的婆婆打起来了，她已搬回了娘家，瞧那架式要长住了。这样，婆婆整天都会有人陪了。

于是，小软天天都可以听到那炒苞米花似的声音。以前上班时，还有个地方能躲躲，这回完了，自己被拴在家中了，想不听都不行。听了便要联想，联想便会心烦，最后，所有的烦恼都化成了一股股的长气，在小软心里鼓着。

偏偏这时又来了小软的娘家人。

小软生小孩，娘家人是不会不来探望的，探望了小软，也探望了婆婆，更探望出了小软在家受婆婆气的端倪来。探望出来了便要气愤，气愤了便要发泄便要鸣不平。当然这种发泄的种类是不尽相同的，有的是回到自己家叨咕，有的是冲小软叨咕，更有厉害的，是直接和小软的婆婆理论。

这只能增加了小软的气。

这时的小软因为不再写诗了，便也没有了那种诗人的胸怀，诗人的气度。当婆婆脸色阴沉，对自己的娘家人有所侵害时，当二大姑姐那炒苞米花似的话语另有所指时，当自己的孩子哭闹没人问津而婆婆却在百般疼爱那个黄毛男孩时，当大姑姐又从娘家带走大包小裹的东西时，小软便会马上做出恰到好处的反应来。那种渲泄以后周身连细毛孔都剧烈跳动的快感，令小软体味出连写诗都未能体味过的欢娱。

于是，小软家便有了女人们在屋里斗嘴，引得屋外的女人带着幸灾乐祸的神情前来劝架的镜头……

由于小城里的房子急剧增多，可供乘凉的大榆树便逐渐地少了，但女人们还是能在茶余饭后寻找到一块凉爽舒适的地方聊聊闲话。三个女人一台戏，三个结了婚的女人戏更热闹，东家、西家、柴米、时装、丈夫、孩子，叽叽喳喳山雀似的，开了头就舍不得结尾，而唠得最投机、最能取得共鸣的话题，便是唠婆婆。其中，那位话说得最多，情绪最激动，声音最尖厉的，便是那位曾经总是文文静静、不声不响、发表过几首小诗的小软。

逝　者

大道如砥，善行者逸
大道如硎，跛行者疲

——题记

我死了。

——我不甘心就这样死了。

我死于一场殊死的战争之后，我战争的对手是我的丈夫。我先是用最大的声音辱骂他，我把这几年日积月累的骂人话都重复了一遍，可我还是无法消除心中的怨恨。因为，他也一直在骂我，他骂的比我还恶毒，还内行，还有力度，我实在发泄不了这心中的怨气，于是，我随手操起火炉边的铁铲向他狠狠地扔了过去。这个窝囊透顶、烦人透顶、无能透顶的王八犊子狗驴养的竟也知道珍惜他那条狗命，铁铲飞出后，我看见他那趿拉破棉鞋的破脚飞快地捣动着，以至于把一只破鞋片儿甩出去老远，接着，砰的一声，他把那屋的木门关紧了，任凭我怎么咒骂也不再出来。我是在咒骂的时候倒在床上的，我只觉得我的脑子里轰的一声爆响，然后我就感到血管儿在脑袋中破裂了，转眼，苦涩的血就从我的眼里、鼻里、嘴里涌流出来，接着我就倒下去了，接着我就死了，连叫一声都没来得及，连挣扎一下也没来得及，就进入了死亡的状态。

丈夫见我这屋没有了动静，便慢慢地把门推开了一道小缝儿贼一般地朝这屋看了看，见我躺在床上一动不动，便恶狠狠地剜了我一眼，便兔子似的一闪身儿溜了出去。我知道，他一定又去买酒了，我知道他兜里有四元三角钱，那是他从我衣兜里偷出去的。过了一会儿，他果真把酒揣回来了。他把酒瓶揣进他那坏了一个角的衣兜里，宝贝似地用手护着，连看都没敢看我一眼，一闪身就又躲进了他的东屋，并慌忙地插上了门。我感到好笑，我已经死了，他还怕我。他一进屋，便忙不迭地朝肚子里灌酒，灌着灌着，就流出了眼泪，先是默默地流，流到嘴里，便和酒一齐进了肚，后来就哭出了声，哭出狼嗥的声音："你骂呀，你这个臭老娘们！骚×养汉的，你的能耐呢？你别给我装死！"他突然又骂起我来了，喝一口骂一口，把我当成了下酒的菜。我这个恨呀，我恨我真的死了，不然，我一定会跳起来，我一定再让他尝尝吓尿裤子的滋味。丈夫依然在一口一口地往他的那张臭嘴里灌酒，一边一句一句地骂着我，像吃馅饼似的骂得津津有味，直到把瓶子里的最后一滴酒滴进嘴里，直到灌得上下漾水儿，弄得满屋子臊臭。酒瓶里再倒不出一滴酒了，他就拎着那个空瓶子，突然咣当一声踢开门，一歪一斜、气势汹汹地从东屋走出来。他用那双一大一小、一高一低、充满挑衅、通红如血的眼睛瞪了我半天，然后狠狠地把酒瓶子抛到了我的床下，酒瓶子哗啦一声碎了，他也开心地大笑了起来，笑到最后甚至笑弯了腰。笑累了，他便跌跌撞撞、歪歪斜斜地出门去了，走得理直气壮，走得雄赳赳气昂昂的，连门都没有给我关上。

炉火早已熄了，在我死的时候就已经熄了，先前还有些热度，但渐渐地就和屋子里的温度一样冰冷了。外面的冷风呼呼地从门里灌进来，刮得门咣咣直响。后来，又飘起了清雪，雪花越来越大、越来越密，就这样无声地飘了很久，暖气管的水便开始结冰了。后来，我便听到暖气片冻裂的咔咔声。墙上的石英钟始终嘀哒嘀哒地走着，有一种压水井的声音，使寒冷的小屋里显得十分静寂和凄凉，此时此刻，我突然产生了一种很久都没有产生过的感觉，那种感觉到什么来着？我想了很久，终于想起来了，叫……叫伤感！活着的时候，我已经很少尝到那种特殊的感觉了，每天我们都生活在战争的硝烟中，神经始终是紧绷的，血管一直突出着，连身体中的每个毛孔都时刻张开着。我万万没有想到，一直信奉斗争就是幸福的我，会这么容易的就死了，并且死得这么孤零，这么凄惨。如果我没死，我一定会号啕大哭的，就像刚结婚那阵，因柴禾湿，我点了三次炉子都没点着便踹了炉子独自坐在冰窑一样的屋子里号啕大哭。细细算来，我已有十几年没再哭过了，不是没有眼泪，而是我把它咽进了肚里，即使我儿子离开我时，我也没有流过一滴眼泪。此时，我却突然想大哭，可死神已经把我想哭的权利都剥夺了。

我倒在床上的姿势很别扭，像一个痉挛患者，一只手枝丫般地张开着，还保持着扔铁铲时的姿态，另一只手却被压在身下，弯弯的如虬枝状，我的半个脸都埋在床单里，血还未等浸透床被，就凝固、结冰了。石英钟依旧压井般地走着，在寒冷的屋子里，那声音也有一种冷冻感，敲在人的心上，有一种寒冷的回声。门依旧在寒风中无规则地响着，雪越下越大，刮进来的雪花已经在屋门旁边堆成了一座小雪山。在这寂静和寒冷中，一切都僵化，都死去了，只有我那未死的灵魂在幽幽地哭泣。此时此刻，我多么渴望有人能发现我呀！——我渴望有人为我流一滴温暖的泪，我渴望有人扶正我这别扭的身体，我渴望有人用温暖的手合上我半张的嘴巴和眼睛，我渴望有人用爱怜的心擦去我脸上这狰狞的血冰……如果是那样，我将会万分感动。可我知道：这一切都是奢望，都是奢望啊！在这个世界上，我已经没有了爱我的人，是的，我已经没有了爱我的人。

爱我的人曾经有过，但他们都陆续地消失了。丈夫曾经爱过我，儿子曾经爱过我，我的亲爹和我的继母也曾经爱过我，还有朋友、近邻……但这一切都已经消失了，如同一个遥远的迷梦一般消失了，远去了。就像一个被封存起来的旧屋，虽然只剩下了空荡荡的回忆，但那回忆也已经不属于我了。

丈夫爱我的时候，也爱他自己，也爱生活。也就是说，他还有爱的感觉，还有希望，还有梦。我和丈夫属于自由恋爱，我们是一个工厂的工人。当时的工厂，濒临破产的边缘，一向勤勤恳恳、要求上进的我，实在无法面对失业的事实，在工厂快要“放假”的那段日子，我一直是失魂落魄的。有一天，在工厂的大门边，我遇到了曾同在一个车间工作近半年的他，平时我们从来没交往过，见了面也只是擦肩而过，可那一天，他却叫住了我。他问起了我将来的打算，问起了我现在的心情，正问到了我的心坎上，于是，我们越说越多，说到工作，说到将来，我们甚至都流出了眼泪。从那天开始，我们便算是相恋了，那段日子，他用浑厚的声音和魁梧的身躯为我支撑起一座挺拔的心之山脉，使我在失望中看到了崭新的希望、崭新的梦。婚后的日子尽管充满了颠簸和困窘，但面对扑朔迷离的未来，我们却是充满信心。我们在城郊的一片树林边租了一间小土房，在那间低矮的房屋里，我们度过了婚后最美好、最幸福的一段时光。白天，我们四处找活干，尽管每天挣得很少，但我们十分充实、十分满足、十分愉快；晚上，当月上中天的时候，我们常常相拥而坐，一齐倾听林中的各种声音，一齐畅想美好的未来。月光透进只有半块玻璃的纸糊的小窗棂，在屋地上反射出一块美妙的图案，我总是一边琢磨那个图案的形状，一边倾听丈夫那浑厚的声音，于是，回忆中，那声音便和那月光交相辉映，以至于声音里都闪烁了月色的奇妙，月光中都掺杂了声音的磁性。至今想起，犹在耳畔，犹在眼前。“我们借一些钱，把这个房子买下来，我们在门前盖一排猪圈，我们非整他几十头猪不可……等猪出栏，还了饥荒，我要让你穿金戴银，想吃什么我就给你买什么……”丈夫的声音使整个小屋都明亮起来，靠着丈夫那宽阔的胸膛，我仿佛看到他描述的未来就在眼前，于是，我不禁微笑了。月光下，我的笑脸一定非常好看，因为丈夫立即拥紧了我，对我百般爱怜起来。那时的我，是多么幸福啊！

后来，我们果然大张旗鼓地养起了猪，我们自己设计猪舍，自己动手砌猪圈，自己下乡购买猪种、饲料，我们干得热火朝天，浑身有使不完的力量。丈夫按照几乎是磕头讨来的科学养猪配方，精心喂养，把一个个小猪崽儿当成了自己的孩子，猪崽小的时候，他甚至每天取牛奶喂养。为了保证喂养及时，他每天都是早晨三点钟起床，烧水，拌猪食，想起他拿着小秤按比例调配饲料的神情，想起他穿那套沾满猪饲料、猪屎猪尿散发着骚臭味的衣服时的潇洒，至今，我还要苦笑。在我们抓猪还未到一个月的时候，猪饲料、玉米的价格上涨了，并且越涨越高，后来几乎是一天一个价格了，养猪的费用眼瞅着增高。为了保证饲料及时供应，丈夫在喂猪的同时，还得四处借钱，但即使如此，我们也没有灰心，我们相信水涨船高，我们相信猪肉的价格也会上涨的。丈夫的确有不怕吃苦的那种精神，每天从早忙到晚，生命力是那么的旺盛，即使是经常满身臊臭，依然让我爱恋无比。有一次，我拖着怀孕的身子在小屋里做饭，透过蒸气，我突然看见丈夫在那半块玻璃窗外跳跃，我以为看花了眼，便把头伸出，见丈夫果真如精神病患者一般地跳跃着，我马上叫了他一声，以为他累出了毛病，听我喊他，他立即不跳了，甚至有些不好意思起来。我问他："你怎么了？"他说："我有些冻脚。"蓦地，我明白了，望着丈夫脚上那双湿漉漉的破烂鞋子，我的心一阵酸楚。丈夫见我如此，马上安慰我说："这都是暂时的，将来，我们什么不会有？何况一双鞋子？"丈夫说这话时，是面带微笑的，却笑出了我满眼的热泪，那时，我的丈夫是多么让我爱恋啊！

也许是老天不想成全我们吧？后来，我们的确连一双鞋子都买不起了。在我们的第一茬猪就要出栏的一个可怕的夜晚，几个壮汉明目张胆地抢劫了我们的肥猪，他们是开着车来的，乱哄哄的分不清到底有多少人。他们把我家的屋门从外面顶上，就公然地跳进圈里抓起猪来，猪嗷嗷地叫着，打破了深夜的寂静，可他们依然那么明目张胆地抓啊！尽管丈夫暴跳如雷，却一点办法也没有！我们是眼瞅着圈里的十几头大猪被他们一只一只抓走的。也许他们还算有些人性，也许是他们怕时间太长节外生枝，总之，他们竟然为我们剩下了几头略小一些的猪……站在空落落的猪圈里，望着那几头正用受惊的眼睛看着我们的猪们，我和丈夫先是傻了一般，继而便抱头痛哭了。丈夫连夜去报警，可警察第二天才姗姗而来，虽然问了许多问题，也圈里圈外查看了好一会儿，最后依然没能把我们的猪找到。虽然当时猪肉的价格正处在高峰，可当我们把剩下的几头猪全卖出后，我们的结果依然还是很凄惨：我们不但没有挣钱，反而连投入的钱都没有拿回来。俗话说：有耕耘就有收获，可我们的耕耘却白费了。债主们见我们被洗劫了，生怕借出的钱收不回来，纷纷前来要债，甚至我的父亲、我同父异母的哥哥们也来要钱了。面对他们那冷酷无情的脸，我第一次对亲情失望了！我们把卖猪的钱拿出来，丈夫又到一个朋友家借了一部分钱，我们首先把父亲和哥哥们的钱还清了，从此，我再也没登过父亲和哥哥们的家门……我暗暗发誓："我一定要发家！我一定要发家！我一定要发家！"

当我的儿子出生后，丈夫又开始四处奔波，张罗养第二茬猪了。孩子的出生，给我们带来了言之不尽的喜悦，也增添了我们拼搏下去的决心。孩子刚出生几天，丈夫便扔下我下乡选猪崽了，一走就是三四天，留下我一个人抚养刚刚几天的儿子。由于营养不足，又得不到休息，我的奶水很少，孩子吃不饱，便如小老虎一般咬住奶头不松口，小脸儿表现出狠狠的样子。可是，他却不哭闹。我知道，孩子是饿啊！可我没有钱为孩子买一瓶牛奶。没办法，在孩子还未满五天的时候，我就给孩子喂米汤了，可怜的儿子，他从小是喝米汤长大的。

经过近半年的扑腾，我们的第二茬猪终于又长起来了，为了防止猪再让人抢走，丈夫不知从哪里偷偷地弄来了一把砂枪，天天晚上拎着枪在院里巡视……有时睡着觉，也会突然一惊而起，迷迷登登地拿起枪就往处跑……唉，那段日子，我们简直生活在战争年代，甚至比战争年代还要紧张。到最后，猪虽然没有丢，但猪价却陷入了低谷，并且没有一点回升的势头。然而，我们再也借不到一分钱购买饲料了。亲戚朋友见了我们都躲得远远的，我们的日子过得越来越艰难。丈夫每天跑几十里以外去挖野菜，撸树叶，有一次，因为薅了人家的一筐甜菜叶，甚至被人家打了一顿……唉！那段日子，真是悲苦交加呀！屋里，孩子因营养不足病弱不堪，屋外，满圈皮包骨的瘦猪都饿得要吃人了！面对一跌不起的猪肉行情，许多养猪的人家都纷纷"挑圈"，洗手不干了。我们也只好把猪连猪圈、房子一同以较低的价格兑给了一位狠心的趁火打劫的亲戚，还了一部分外债。然后便开始了更加艰难的日子。从此，那间小土房连同我所有的安逸，一齐在我的生活中消失了。

儿子爱我的时候，他还不懂得爱。但我知道，我的儿子是这个世界上最爱我的人。每当想起他那圆圆的，总像是笼罩着一种神奇光彩的小脸儿，我的心就要痉挛，要疼痛。那是世界上唯一没有一丝缺陷的孩子啊！我的小儿子，他是那么的好看，那么的懂事，甚至一出生，就表现出善解人意的天性。当接生婆把他包好，放在我身边的时候，他便再也不哭一声，而是睁着一双黑葡萄似的大眼睛认真地看着周围，看着我，仿佛他什么都能看懂，早已认识了似的，我惊讶地看着他那有些陌生的小脸儿，我不相信他竟然会是我的儿子。我小心翼翼、有些笨拙地把他托在我的胸前，我的心突然净化了！我的儿子，他简直就是一个小天使啊！

后来，当他终于抛下我，离我而去的时候，我便越来越相信：他是天使！他不属于我，我也没有福气留下他！他对于我，只是一个美丽的梦，梦醒之后，我什么都失去了，我什么都未曾拥有过，我所有的，只有满身心的疼痛和创伤……

儿子死去的那年，我们正在包稻田。稻田在我们这里，是新生事物，我的丈夫——我那敢想敢干的丈夫，瞄准了种稻子挣钱，便冒险以五分的利息抬了三万元钱，在一个乡镇包了一片地，我们在地边搭了一个临时的窝棚，便算安了家。从此，我们便开始了无尽无休的忙碌。从汲苗，到修池埂；从灌水，到插秧……每一个环节都是一场战役。为了少雇人，我把两岁的孩子独自锁在窝棚里，和丈夫一起在稻田里忙碌。每天都累得浑身发软，但我们还是苦撑着！因为我们还有希望啊！我的儿子的确是个天使，他仿佛什么都懂。我把他锁在窝棚里，他从来不哭不闹，只是显得生气的样子，睁着一双黑葡萄似的大眼睛可怜兮兮地盯着你。锁上门离开很远了，还感觉那双诱人的眼睛在看着你的背影……他刚刚两岁就已经学会自理了，我们把一个小盆子放在门边，有屎有尿，他总是自己便在盆里，从来不弄到身上。刚开始的几天，我们不放心孩子，曾偷偷地回来看过他，每次看他，都见他低着头玩儿着什么，默默不响的，小小的身影显得十分寂寞。有时是坐在地上，玩地上的蚂蚁，有时是趴在地铺上，玩露在外面的草棍，仅仅两岁的孩子，他的内心到底装着什么样的世界啊！每天独自捱过那么漫长的日子，他是否懂得孤单？懂得恐惧？懂得空虚？有时，做母亲的柔情上来了，我真想走回窝棚，好好陪儿子玩一玩，给他讲上一千个故事，然而，一面对稻田，这种想法便会被焦灼所冲击。雇人是需要现钱的，所以，为了少花钱，我只能委屈了我的儿子。可怜的孩子，也许他真的是个天使，不想和我们一同生活了，不然，他可以在窝棚里大哭大闹的，如果那样，我也许宁可每天花钱雇人，也不会把他独自一人锁在家里的。离开窝棚的时候，我总是对儿子说："儿子，再见，好好给妈妈看家！"每到这时，儿子总会抬起圆圆的小脑袋，有些无助地看着我，嘴里却说着与他脸上的神情相反的话："淑文，你走吧，我不哭。"儿子自从会说话，就一直学着他爸爸的样子，叫我的名字，我也乐意他这样叫我。"淑文"，本来一个很普通的名字，经儿子一叫，便显得特别好听。我的儿子，实在有他与众不同的地方啊！每次关好门以后，我都要通过那个搭窝棚时临时留下的小窗户往里看看，每次都看见儿子睁着一双黑葡萄似的眼睛痴痴地往外看着，水汪汪的大眼睛里全是内容，但我却说不出那里面到底藏着些什么啊！有时，他也会发现我看他，每到这时，他总是很憨厚地笑一下，高兴了，还会长舒一口气，张开臂膀跳几下，奶声奶气地说："淑文，我没有哭，是不是？"可是，我的儿子，你为什么不哭？为什么不哭啊？中午回来的时候，儿子总是站在门前等我们的，因为他总是早早地就听到了我们回来的脚步声，门一打开，他便会快乐地扑过来，张开一双小脏手分别拥抱我们："淑文，你回来了！""淑文，我饿了！"儿子的声音是世界上最好听的声音，儿子的笑脸是世界上最明媚的笑脸，儿子，每当我看到儿子那无暇的笑脸，听到那诱人的声音，我都会欢喜异常，心花怒放！于是，所有的劳累，所有的烦恼，所有的苦衷，都不堪一提了。晚上回来的时候，儿子大多已经睡着了，有时是睡在铺上的，有时是玩着玩着就睡在地上了，小小的身躯团成一小团儿，像一个脏兮兮的猫，又小又瘦，脸上，总是浮现着无限的心事。看到儿子的神情，我总会感到难过，并升出一缕愧疚感，愧疚的结果，是我更加拼命地干活儿、干活儿，因为我觉得，只有多挣钱，才能对得住儿子。那时，我有多傻啊！我们把一切精力都投入到创建未来上了，我们因为创建未来而把眼前的一切都忽略了。“为了果实，错过花卉”，后来，我曾在一本书里看到过这样一句话，然而，当我懂得它的含义的时候，一切都已经发生了：是的，我不但错过了花卉，也丢失了果实。

儿子是掉进窝棚边的一个水坑里淹死的，我那聪明漂亮、完美无缺的仅仅两岁半的儿子，他竟然自己打开了窗户，并跳到了窝棚外面玩耍，并不知怎的掉到坑里去了。也是我粗心，光记住锁门，却忘了关窗户，我那可爱的天使般的儿子，他是怎样把那窗钩打开的呢？实在是不得而知了。孩子掉进坑里的时候，我们正拔稻草，我们甚至连哭声都没有听到，连不好的预感都没有感觉到。我的儿子是被一个雇工在壕边发现的，等我们跌跌撞撞地赶到时，儿子早已平静地离开这个世界。我把儿子那小小的湿漉漉的身躯抱回窝棚里，我万念俱灰，心一点一点地破碎了。我默默地把一件别人送的一套八成新的衣服从纸壳箱里找出来，我还没舍得给孩子穿过。脱去孩子身上那层湿漉漉的破烂不堪的衣服时，我那已经破碎了的心因疼痛而痉挛了，孩子小小的身躯瘦弱不堪，并且满是蚊虫叮咬的伤痕——我的孩子，他到底遭了多少罪呀？我用我那双因插稻秧而变得又黑又粗的手掌轻轻抚摸孩子身上的每一处伤痕，我没有眼泪，我没有眼泪，我没有眼泪！可我再也不敢目睹他的身躯了。我几乎是闭着眼为孩子穿上衣服的，我感到一阵窒息，我高兴地觉得我也要死了。孩子的小脸此时是那样的洁静，那样的安详，依旧笼罩着一层说不出的光采，只是那双黑葡萄似的眼睛还没有闭严。我把孩子冰凉的小脸儿贴在我的脸上，我用嘴唇闭上他的双眼，我喃喃地说：“我的心肝儿，你可让淑文怎么活呀？”话还未说完，我就听到一声狼嚎似的哭声从身边响起，我知道，那是丈夫的哭声——那是丈夫第一次当着我的面嚎啕大哭。从此，这种哭声便经常出现在我的耳畔，伴随在我的每一个日子里。

那天晚上，我一直抱着我的儿子，足足抱了一宿，我仔细地端详着儿子那漂亮的小脸儿，那长长的睫毛，那花朵般微微有些上翘的小嘴儿，我不相信，我的儿子真的离我而去了。我的儿子没有死，没有死，没有死。但丈夫那狼嚎一般无休无止的哭声却一直在提醒我，这一切都是真的。有一个雇工劝我把孩子抛到荒野上，我把他破口大骂一顿，我的儿子虽然小，可他是个天使啊！我的儿子活着的时候，没有享受过一天的好日子，如今他死了，我怎么能忍心把他抛到荒野上去？我把孩子小小的身体安放好，然后拿着家里所有的钱上路了。这是我包稻田后第一次离开稻田，我给我的儿子买了一套新衣服，买了一个漂亮的小棺材，又买了许多孩子没有吃过的水果、糕点，我找了一个幽静的小树林，我亲手埋葬了我的儿子。我的儿子，我在这个世界上唯一至亲的亲人，他就这样离我而去了！他走了，把我的心带走了，把我的希望带走了，也把我的一切快乐都带走了。以后的日子，我便成了一个行尸走肉，一个没有灵魂的躯壳，我变得越来越暴躁了。丈夫所做的一切事，我都看不上眼儿……从此，我们便战争不断，每个日子的上空，都充满着迷漫的硝烟。

那一年，我们的稻子丰收了，然而，除了连本带利地还清债务外，我们依旧没剩下多少余钱。如果我们继续种下去，我们也许会像小城里的许多人那样发起家来的。可丈夫再也不愿意继续吃苦了。他也和我一样，对一切都心灰意冷了起来，每天除了喝酒，就是喝酒，再也不能振作了！除了跟我打仗、发火、骂人，他竟然再也不会其他的话语了。后来，丈夫的母亲去世了，他的父亲把我们接到他的家中，也就是这幢破烂的但毕竟能遮风挡雨的房子，但没有半年，丈夫的父亲也被我们气死了。面对漫长的日子，我也曾想振作，想东山再起，但丈夫再也挺不起腰来了。无论我怎么劝说都无济于事。为了活着，我只好出去找活干，有时蹬人力车，有时帮农民收割、种地……日子，就这样一天一天地对付着，我的生命便这样一天天地消耗……

门哐当一声响了，把我从漫长的回忆中惊起——是丈夫靠在了门上。好像有几天了，他到底到哪里去了？怎么弄得这般狼狈？由于刚才的回忆，本来，我冰冷的心上已升起了一丝柔情，但一看他那落魄的样子，我又一次怒火中烧了。他浑身灰土，蓬头垢面，脸上青一块、紫一块……我真想飞身跃起，对他破口大骂呀。可是，我突然发现我已经死了。是的，一切都已经结束了，可我为什么还要对他耿耿于怀呢？

屋里的情景似乎令他惊异，站在冰冷的屋门前，他怪异地盯了我半天，这个蠢驴养的，他直到这时才发觉发生了什么事情，他有些胆怯地叫了一声，然后迟迟疑疑地走近我，他小心地摸了我一下：“淑文！”他试探着叫了一声我的名字，接着，他便大声哭嚎了。“淑文！你这个狗娘养的，你真的先死了？”他用他那经常骂我的臭嘴死劲儿喊着，他摇着我，眼泪鼻涕一串一串地洒落在我冰冷的身上。丈夫哭啊哭啊，那带着微微热量的眼泪，渐渐地温暖了我的心，也勾起了我灵魂里尚存的一点点柔情……丈夫哭了一会儿，突然想起了什么，泪眼婆娑地盯着我发起了呆，抽噎了一声，突然站起身来，磕磕绊绊地离开了屋子。他去干什么？他不帮我扶正身体，不帮我擦去血污，他去干什么？难道？他去找人吗？可他能去找谁呢？邻居们早已不和我们来往了，我们刚搬来时，他们倒常来和公公一起给我们拉架的，可后来，无论战争多么激烈，他们都不来了。难道，他会去喊我爹吗？想到这里，我突然害怕起来。是的，我亲爹还活着，但我们已有很多年没有见面了，我真怕他来看我。我宁肯让丈夫永远在这里干嚎，我也不愿意让爹看见我呀！我和爹闹翻时，我曾对他发过誓，就是穷死了，我也不会再找他们的。况且那时，我根本不相信自己真的会穷死。可现在，我竟真的穷死了，难道，难道丈夫非要让他看看我的尴尬，我的笑话吗？

这个窝囊透顶、烦人透顶的狗驴养的，他竟真的把爹他们叫来了。爹还没进门，我就听到了他的嚷嚷声。他好像正气势汹汹地和丈夫争吵着什么，然而，一进门，他就不吵了。屈指算来，我们大概有十年没见面了，爹果然老了许多，但一看见他，我依然要恨。十年的光阴并没有磨去什么，也许我们的亲情在妈妈死去的那天，就已经断裂了。爹也没有对我表现出什么柔情来，他还不如我那位同父异母的哥哥，我的哥哥虽然仅看了我一眼，他的眼圈儿却已微微地泛红了。爹似乎很怕我，他只是远远地看我一眼，就马上转过身去了。接着，爹把丈夫叫到跟前，说这件事他不会就此罢休的，他说从我的死相看，我是中了毒的，他说他要找公安局，他要报案。一段话说得我真想放声大笑，我笑爹那幅假惺惺的嘴脸，我笑丈夫这个蠢驴养的自讨苦吃，这下可好，请来了个瘟神，要送他吃官司了。后来，爹果然去报案了。他临走前，甚至命令我那个哥哥好好看管我的丈夫，说是什么怕丈夫“破坏现场”……看来，我这样别扭的姿势，还要维持很久。

又过了一会儿，门口突然喧闹起来，很多陌生人走进屋来，我的灵魂顿时痉挛了，原来，他们是公安局的，其中，还有一位法医，他们要解剖我！听到这个消息，我感到五雷轰顶，我这个恨啊！污血斑斑的身躯没有人给我擦拭，别别扭扭的肢体没有人给我扶正，他们却让这伙陌生的人解剖我。此时，我才真正体会到“叫天天不应，叫地地不灵”的滋味了。丈夫，亲爱的丈夫，你为什么不声不响？父亲，你毕竟是我的亲爹，你为什么要这样折磨我？人们啊！我已经死了，你们干什么还要让我遭罪，让我的灵魂不得安息呀？儿子，我的儿子呢？你在哪里，你快来救我呀！

但一切终于还是发生了，接下来的情景我实在不愿意描述，我一生的确受了很多苦，遭了很多罪，但把那些罪加在一起，都没有那天的一半多。他们把我胡乱地扔到一辆车上，拉到一个诺大的广场里，那里早已围了很多人，并且，有很多人都是我认识的。那一天对于这些人来说，一定是个节日，因为劳碌的他们很久都没有遇到这等新鲜、这等具有刺激性的好事了。那天，我就是在他们兴奋的注视之下，被抬到一块木板上，被剥下衣服的。接下来的情景实在是惨不忍睹，一生不愿屈服、不愿求助的我，此时终于发出了无助的呐喊：“人们啊，饶了我，饶了我吧，我实在是太累，实在是太累了！可你们为什么还这样残忍地折腾我呢？”如泣如诉的呐喊在半空盘旋着，可冷酷无情的法医们依旧在残忍地割杀着我，围观的人们依旧用毫不避讳的目光观看着我，我的呐喊，只打动了一个人——那就是我的丈夫。此时此刻，他正远远地站在一堵墙边，依旧满身灰土，依旧蓬头垢面，他呆若木鸡地站着，浑身打摆子一般抖成一团，人们都在盯着我、看着我，没有人注意他的存在，他是在迷蒙中听到我的呐喊的，他呻吟了一声，先是用那双充血的眼睛向四周巡视着，继而眼里便充满了泪水。然后，他便顺着那堵高墙慢慢地瘫倒下去，倒成了一摊泥状。

蓦地，我突然闻到一缕特别的清香，我睁开那早已睁开了的死亡的眼，我突然看见我的儿子近在咫尺。他依然穿着那件我为他穿上的八成新的衣服，虽然依然又瘦又小，却显得那样的高贵，那样的光彩照人。他的眼睛更黑更大了，显得无比的洁净，无比的深邃，闪烁着天使的光采。“淑文，你这是怎么了?”“淑文，怎么这么糟糕啊!”他感叹着，还轻轻地叹了口气，便上前轻轻地拉住了我的手，那只小手多么的温暖啊！在他的引领下，我感觉到我的灵魂慢慢地从那个血肉模糊、支离破碎的躯壳里抖落了出来，我顿时变得轻松了。我和儿子无牵无挂地在半空中盘旋着，我发现，一切都离我远去了。从此，我再也不会有羞辱、悲哀、愤怒、无奈的感觉了！寒冷、饥饿、贫穷、卑贱也不会与我有关了！握着儿子的小手，我便拥有了一切。透过迷雾，我看见骚臭、繁杂的人们依旧围着那个已经没有了灵魂的躯壳观看着，一双双麻木的眼睛，一张张痴呆的脸……

蓦地，我看见了我丈夫的灵魂，此时，那缕仙气儿依旧在他那尊燥臭不堪的身躯里留连着，缠绕着，对此，我甚至都有些忍俊不禁了！我拉着儿子的手，轻轻地飞了过去，我稍稍用力就把他的灵魂从那具脏乱不堪的躯壳里拉出来了。然后，我们便随着一阵美妙的乐声飘飞起来，越飞越高，越飞越远，飞到了那个人们永远也无法抵达的清净之地。

碎　红

一

单位对门，有一家名叫秋水伊人的美发屋开业了。

那段日子，单位里闲得有些出奇，同屋的几个人没事干，又不敢随便乱走，便织毛衣的织毛衣，打扑克的打扑克，实在没啥可消磨的了，就聚在窗前观察街景。于是，大家便目睹了那家美发屋从装修到开业的全过程。

开业那天，来了很多帮忙的人，三三两两地在窗前门边站着，有的小声地聊着天，有的则心不在焉地四处张望。门前，有两个男人撅着屁股在地上摆鞭炮，摆了好一会儿，那红红的挂鞭才被摆成三个大而扭的“8”字形，摆完了刚站直身喘口气，屋里就有人跑出来喊道:“点吧，点吧，正好八点五十八分!”两个男人便把鞭炮都点燃了，三个“8”噼里啪啦地不一会儿就响完了，萦绕起淡淡的青烟，震得单位的窗户都沙沙地响。

早在半个多月前，那家美发屋就开始装修了，装修时，美发屋里只有一个老头忙里忙外，有时给木匠们倒倒水，有时出去跑跑料，连挂牌子都是老头一个人跟着木匠挂的，乍乍呼呼地一直忙到上午下班，等下午再上班时，便看见那个庞然大物已经亮相在门脸上方了。

那是一块很大很漂亮的牌匾，上面写着俊秀飘逸的四个大字："秋水伊人"，下附三个歪歪扭扭的小字："美发屋"。开业的头一天，美发屋稀稀拉拉地来了几个人，大家便一个人一个人地品评起来，想看看到底谁更像老板，谁更像美发师。可大家猜了半天，又觉得谁都像，谁都不像，来的那几个人老的老，小的小，只有一个老太婆穿得还算体面，但咋看都觉得不像是老板。

鞭炮声由密到稀，最后似乎都燃完了，可依然还有两个小鞭又挣扎地蹦了两下才归于平静，那个大而别扭的"8"字型，便变成了一片碎碎的红纸屑，时而被风卷成几个小小的旋涡。前来帮忙的人陆陆续续地散去了，美发屋前便只剩下了几个人。那个老头和那个老太婆，大家都见过，看样子是一对夫妻，他们一边说着什么，一边收拾着门前的红纸屑，有的纸屑已经被风刮到路边的沟里了，就像暗夜里的星星，在黑乎乎的还未消融的残雪里若隐若现。曲终人散，大家本以为这回没啥看头了，便都伸了伸懒腰，又看了看手表，不知接下来的时间该怎样熬过，可正在这时，美发屋的门突然开了，两位美丽的少女突然从里面一先一后娉娉婷婷地走出来，突然的就像一个梦境。于是，大家便都来了精神头儿，有的端正了一下坐姿，有的百忙中还瞟了一眼单位里唯一的光棍儿林小林，并撇嘴意味深长地笑了笑。两位少女都身材窈窕，面目白皙，长发披肩，长裙着地，就像仙女下凡一般。走到前头的那位姑娘个头稍矮一些，她一边和老头老太婆说了句什么，一边招手叫了一辆人力车，人力车马上就过来了，老头老太婆便都扑扑身上了车，那个闺女弄了弄被风吹乱的长发，也一弯身上了车，人力车便慢慢地骑走了。于是，美发屋前，就只剩下了那个内着灰色长裙外罩白色风衣的长发飘逸的少女。

少女鹅蛋形的脸儿，像一轮满月，眼睛虽不大，却油黑油黑的如黑葡萄一般，并且晶莹深邃，熠熠生辉。林小林活了三十多年，看过的美女千千万，却第一次看见如此美丽的少女。他的心突然跳得很异常，就像被雷击了一般呆在了那里。怕单位里的人看出他的失态，林小林也想着要从窗户边离开，可双脚却像粘到那里了似的，已由不得他的心了。于是，他就索性那么傻傻地站着看着，看那位少女慢慢地整了整裙角儿转过身去，看那位少女缓缓地抬起头看门脸上的牌子，看那位少女期期艾艾地向四处看了看并犹疑地走进屋……少女都进屋半天了，可林小林还在那里出神。

“林小林，你的口水都淌出来了！”刘姐突然打了林小林一拳，打得林小林愣愣的，一下子把刘姐逗笑了，刘姐一笑，大家的目光便都对准了林小林的脸，也都咧开嘴笑了。林小林连忙擦了擦自己的嘴，发现嘴角根本没有口水流出，才知道刘姐是在和自己开玩笑。见林小林出丑，同屋的人便都笑得更响亮，尤其是刘姐，笑得嘎嘎的，笑声中充溢了胜利的气息，于是，林小林的脸就红了。林小林的脸一红，便把大家都搞愣了，大家都止住笑，都像看怪物似地认真地围着林小林看，果然她们看见林小林的脸红了，便笑得更厉害。刘姐边笑边指着林小林，半天才说出话来：“哎呀，今天可是太逗了！”她边笑边敲打自己的前胸：“今天可真是太开心了，这太阳都从西边出来了！哈哈哈……连林小林都知道脸红了！”她又笑了一会儿才接着说，“林小林的脸皮比牛皮还要厚，真没想到他的脸也会发红！哈哈哈哈！”

大家也都跟着笑，单位里已经很久没这么热闹过了。

“哟，小林，你是不是对那个女孩儿动心了？”刘姐笑够了，心情显得很好，便用充满关怀的语气对林小林说。

“净扯……”林小林试图笑笑，可脸却神经麻痹了一般抽动了几下。于是，大家刚刚止住的笑就又爆发了。张姐边笑边理解似地说：“也难怪，咱们小林都这么大岁数了，还没有对象，见了这么好看的女子怎能不动心呢？真没想到咱们这个小破地方，还有如此佳丽呢！”

“是啊！长得可真他妈地好看！”林小林又恢复了往日的嬉皮状。“我看她第一眼就相中了！她才是我等了三十多年的媳妇！”林小林甩了下头，抽了下鼻涕。

“林小林，你可别赖蛤蟆想吃天鹅肉了，那女的刚多大点小岁数啊？你都快能当人家的爹了，人家能同意吗？再说了，咱单位啥情况别人不知道，你还不知道？马上就要解体了……我劝你趁早打消这个念头吧，追你也白追。”刘姐掏出烟来，啪地一下点着。

“我想试试，万一能成呢？”林小林又为自己打气似地说，“岁数小也许更好追呢！再说了，咱们单位现在不是没解体吗？你们要是不说，谁能知道？”

“瞧那女的最多也没超过十八岁，岁数真的小了点，我看这事儿够呛。”张姐也冲林小林摇了摇头。

林小林的情绪便显得有些低落。刘姐瞟了林小林一眼，突然对大家一笑，说：“咱们闲着也是闲着，我看不如就做点好事，替小林撺连撺连。”

林小林那已经黯然的眼睛便又明亮了，他马上双手合一，哀求似地望着大家说：“那就拜托各位姐姐了！你们都行行好，帮帮我吧！到时候，我一定会好好谢你们的。”

“拿什么谢我们啊？”刘姐不相信似地看了看林小林：“还是像以前似的，光拿嘴谢我们啊？哎，我说林小林，这回你可得动点真格的了！否则我们不但不帮你撮合，还把你过去的那些破烂事儿都给你抖落出去。”刘姐边说边看看大家，大家便都随声附和。

“这回肯定不会了！”林小林双手做投降状：“今天中午我就请你们吃饭。”

“光吃一顿饭能行吗？不行不行！”大家纷纷说。

林小林想了想，突然狠了一下心说：“这样吧，事成之后，我……我给你们每人买一个你们那天相中的微型照相机！我说话算话！”林小林说。

“你的话我们可不敢相信，要有那心思，我看你现在就买给我们。”刘姐抬起莲花一般夹烟的手指，悠悠地吸了一口，吐出两个烟圈儿。

林小林哭叽叽地说：“你们也太狠了点吧！万一追不成呢？我不赔了？姐姐们啊，我求求你们了！你们要是真帮我把对象追成了，我一定会给你们买的。我不但给你们买，还给你们磕头。”林小林双手合十苦苦哀求。

“那得立字据！要不我们怎么能信你？”张姐也来了劲儿。

林小林想了想说：“行，立就立！要是真能得到这样的好媳妇，几个破照像机又算个鸡毛啊？”

“这还差不多！”大家都开心地笑了，并忙着找纸找笔，让林小林立字据。

二

经过侦查，大家终于摸清：这个开美发屋的少女叫邱少红，刚十七，那个老头和老太婆是她的父母，那个曾和她一起从屋里走出来的少女是她姐姐邱少美，在外地打工。所以，这家美发屋的老板其实就是邱少红。小姑娘虽然年纪很小，手艺却很精湛，待人又热情，不笑不说话，所以，前来做头发的人还真不少，特别是回头客多，白天基本上能接上手儿，晚上如果活儿不忙，邱少红就回家去住，要是忙就住在美发屋里，那个老太婆来给邱少红做伴儿。

一天，三个穿着流里流气的小青年突然闯进了秋水伊人美发屋，他们先是让邱少红弄头发，接着便对邱少红动手动脚、百般刁难了起来。“请你们……放尊重点！”邱少红气得脸都红了，红了脸的邱少红面若桃花，双目闪动，显得比往日还要美丽三分。三个小青年便愈发地不能自持，手上的动作就更加过分了。

“你们……你们马上出去！不然我可要喊人了！”邱少红恼羞成怒，叭地一声打开门，让小青年滚出去。

小青年怎么能这么轻易地滚呢？他们不但不滚，还大声辱骂起来，有一个小青年甚至操起了门边的拖把，扬言要砸烂这个美发屋。危急关头，只见对面那家单位的窗户突然打开，林小林如一匹烈马一般忽地从里面跳出来，并高喊了一声“住手！”接着便老虎下山似的勇猛地冲了过来。于是，一场英雄救美的古老故事便在这间美发屋重演了。透过窗子，刘姐和张姐们发现，见到救星奔过来时，邱少红那双绝望的眼睛突然亮了一下，两个人对视了一下，就暗暗地笑了。

其实，林小林当时的举动笨拙极了，根本没有电影里演的那么精彩，只见他蹭蹭几步就冲进了美发屋，两条长长的大腿一拐一拐的，虽然他极力想表现出一副大义凛然的姿态，但他的裤裆也太大了些，刘姐和张姐们只见他的裤裆在两腿间甩呀甩的，那样子滑稽极了。但从邱少红的角度看，不知道产生了怎样的效果，当林小林终于站在三个小青年面前时，刘姐和张姐看见的只是他的背影，她们发现林小林乱乱地说了句什么，接着就把邱少红拽到了自己的身后。“请你们不要在这里无理取闹!”隔着一条路，刘姐和张姐终于听清了这样一句话。

邱少红的害怕可是真的，虽然隔了那么远，刘姐和张姐们也都清晰地看到了她的身子在抖。

“你他妈是谁？少管闲事!”小青年的声音比林小林清晰多了。

“识相点，痛快躲开！否则我的刀子是不认人的!”林小林这句话说得倒很像那么一回事。

“干了他，别和他罗嗦!”

三个小青年的演技可比林小林的强多了，他们就像电影里演的一样，特别是中间的那位，边说边雄赳赳地骚了骚首，弄了弄姿。

“今天这事儿我要管到底了！在我面前欺负一个弱女子，坚决不行!”林小林挺直腰板儿，面无惧色：“你们要打要杀，都冲我来吧!”也许是受小青年的影响了吧，林小林渐渐地进入了角色。

“给他放放血!”三个小青年当然不服输，他们叫嚣着，渐渐向林小林逼近……演到这里，连刘姐和张姐们都屏住了呼吸，恍然觉得一场血光之灾真的要降落在那个小小的美发屋了。

“我……我去打电话找警察!”邱少红直到这时，头脑才清醒了一些，要去打电话，没想到却被林小林拽住了衣襟：“不用!”林小林自信地说：“这几个毛贼算不了什么，由我来收拾他们!”

那几个小青年嘴里虽然依旧叫着，却并不动手，双方就这样僵持着，美发屋突然陷入了一种难言的静寂。刘姐和张姐意识到双方的尴尬，立即朝林小林大声喊道：“小林，你别怕他们，我们已经报警了，警察马上就要来了!”

刘姐的喊声，一下子给小青年们解了围，三个人相互看了看，便都往后撤去，一边嘴里骂道：“哼！大个子，算你能耐！今天我们先饶了你！你等着，改天我们再找你算账!”

“好，我等着你们!”林小林愈发显得不屈不挠起来。

三个小青年终于骂骂咧咧地走了，其中一个小青年一边走，还一边回头看了林小林一眼，偷偷地捂着嘴笑了一下。林小林马上看了看邱少红，见邱少红嘴一咧，突然抹起眼泪来，便把她扶进了屋子。

见人走了，刘姐、张姐也从单位那边赶过来，热心地围着邱少红妹妹长妹妹短地安慰起来。在众人的安慰下，邱少红渐渐止住了哭泣，这才想到感谢起林小林。林小林一幅无所谓的态度，连拍自己的胸脯说：“这不算啥事儿，远亲不如近邻嘛！往后老妹儿你要有啥事，尽管来找大哥我！保准没问题！”刘姐张姐也都随声附和，接着，两个半老的女人便比赛似地夸奖起林小林来，一个说林小林热心，为人仗义，是他们单位里出了名的大好人、大善人；一个说林小林人品好，家境富裕，并且眼眶儿高，挑媳妇挑了许多年，至今还没挑到一个可心的人，等等。

两个人正比赛似地夸着呢，邱少红的老娘突然急匆匆地跑了进来，一进屋就双眼直直地看自己的女儿，见女儿毫发未损，才长舒了一口气，接着，嘴里便骂出了一串恶毒的话来，什么“哪儿来的小流氓？真是无法无天了，大白天的竟闹到这里来了！看我抓住他们怎么收拾他们，非把他们放进油锅里炸了不可……”邱少红见了母亲，双眼一红，又流下泪来，一边哭，一边抽抽搭搭地向她讲述刚才发生的事儿，由于哭，说得便断断续续，前言不搭后语，刘姐和张姐着急，便在旁边帮腔儿，说了半天，邱少红的老娘才算听明白了一些，这才双目灼灼地看了林小林一眼，并淡淡地向他道了声：“谢谢！”

一声谢谢后，美发屋突然陷入了一阵短暂的沉默。

见一时无话可说了，林小林便站起身，冲老太太弯下腰来，说了声：“大娘，你来了，我们就放心了……走了！”说完看了邱少红一眼，便离开了。刘姐和张姐搭讪了几句，也都告辞。老太太神情冷漠地把这群不速之客送出门去，客人前脚刚出门，她后脚就把门砰地一声给关上了。林小林和刘姐、张姐交换了下眼神，便都缩了缩脖子，伸了伸舌头。

“真悬！你们对着要打时，我看那个小牛子马上就要笑出来了，幸亏那个小丫头没有看见！”刘姐一进单位就说。

“哈哈哈！别说小牛子了，我一看小林那假里假气的样子，也绷不住要笑了！”张姐边大笑边说。

刘姐也笑着说：“这小林说话更是逗，还跟人家老太太说什么‘你来了，我就放心了’！哈哈哈，你和人家什么关系呀？还放心了……今天可真是太开心了！”说着便笑弯了腰。

林小林赶紧关紧窗子，责备地瞪了张姐一眼压低声音说：“我的老祖宗们，你小声点行不？”

刘姐止住了笑，突然想起什么似的说：“这老太太好像察觉出了什么，你没瞧见那眼神儿吗？看人像刀子似的。”

“是啊！”林小林皱了眉坐在椅子上：“我一看见她那眼睛，心就乱跳。这可是个老狐狸啊，将来在她身上可能要费点劲儿。”见刘姐张姐都看着他，又马上鼓劲儿似地夸奖道：“不过，我真得感激你们急中生智，喊了一声报警了，要不，我们那场戏都要卡壳了，往下都不知道咋演了！”

“是啊！”刘姐和张姐便又都笑了：“幸亏那小丫头的脑袋是木头做的，要不然追问起警察叔叔咋还不来，让我们可怎么解释呢？”说完又哈哈笑起来。

林小林抬头看了一眼墙上的石英钟，突然一拍椅子一躬身站起来，总结似地清了清嗓说：“总的来说，今天还算顺利，咱们算初战告捷！走吧走吧，上饭店！咱们好好庆祝庆祝！小牛子他们一定等的着急了。”边说边率先走出屋去。

三

通过英雄救美，林小林和刘姐、张姐便成了秋水伊人美发屋的常客，只要老太太不在这里，他们有事儿没事儿，都要到美发屋坐上一会儿，赶上美发屋没有顾客，几个人还会用扑克牌玩几局“414”，“414”按牌规是两个人一伙儿，对打，每次玩，都是刘姐张姐一伙儿，林小林和邱少红一伙儿。林小林不但“武艺高强”，牌技更是高人一等，虽然邱少红玩得并不算太好，但因为有林小林带着，所以，林小林和邱少红二人经常把刘姐张姐打得稀巴烂。玩牌取得的胜利，常常令邱少红兴奋得两颊发红，每到这时，林小林的眼睛就会有些发直。

玩牌的过程中，林小林常常要和刘姐、张姐说一些玩笑话，于是，他们一边玩还会一边笑，美发屋里便经常爆发出笑声。那段日子，有这些人的陪伴，邱少红感觉自己过得十分愉快，即使顾客来得已明显比以前少了，但她依然没有觉出忧伤。有时玩得高兴了，刘姐和张姐还会逼林小林请客，林小林当然慷慨解囊，于是，四个人经常从美发屋出来，便去饭馆儿，一开始邱少红说啥也不同他们去，可终于没架住刘姐和张姐的热情，去了第一次，便有第二次，并且每次都是大鱼大肉，渐渐地，邱少红在情感上便有些离不开林小林了。

这天下午，刘姐、张姐依旧像以往那样拿着瓜子、糖果之类的消磨时间的食品，来到秋水伊人美发屋，因为邱少红有顾客，她们便坐在一旁一边吃东西，一边与正在给客人做头发的邱少红闲聊。好不容易客人走了，邱少红疲倦地揉了揉自己的细腰，软软地往椅子上一坐，冲刘姐、张姐说："累死了，累死了！看你们多好！工作多清闲？上班就是呆着，就是玩，还能挣那么多的钱。唉，我真羡慕你们哪！"刘姐便笑笑说："你要真是羡慕，干脆就给我们小林当媳妇得了！小林的家庭条件又好，你要是成了他家的媳妇，那你可就掉进福窝里了！"几句话就把邱少红的脸说红了。邱少红红着脸说："你们可别逗我了，我刚多大呀？还没到说这种事儿的时候呢！"张姐也张了张嘴，想跟着说上几句，可听邱少红这样说，便又把话咽下去了。

刘姐突然想起什么似地说："小林这小子忙什么呢？他不是说今天请咱们去看电影吗？"说着躬身站起来，急忙走到门边，冲单位那边喊道："林小林！林小林！"

很快，林小林就叼个烟卷儿从窗户那边露出头来，笑嘻嘻地往这边看。林小林今天又穿了一件新衣服，显得精神气十足。

"来！三缺一！"刘姐冲他晃了晃手中的扑克牌。

林小林假装看了看表，犹豫了一下，才把烟捻灭，从单位的窗户里跳出来，大踏步地过来了。因为刚才刘姐的玩笑话，邱少红显得很窘，林小林进屋时，她正摆弄自己的手，头都没抬。

刘姐便把扑克牌从牌盒里拿出来，张罗玩牌。邱少红抬起头，有些为难地说：“昨天晚上……我妈又把我骂了，她不让我再玩牌了。她说……她说……”

“她能说出什么来？不外乎是怕你玩牌耽误生意。”刘姐接过来说：“其实少红你也知道：我们每次玩都是在你闲着的时候，不但没耽误你什么，大家在一起显得人多，反倒还招引顾客呢。不是我当姐姐的多嘴，你妈那个人也太有点那个，咋说呢，就是有点刁。没事时交交朋友消遣消遣怎么了？多一个朋友多一条路！少红啊，我看你也别啥事都听你妈的！你也该有点自己的主见。”

邱少红想了想，便有些歉意地笑了笑，果然站起身，把方桌上的报纸拿开，几个人便开始玩牌。

黄昏很快就来了。

林小林看了看墙上的石英钟，突然像想起什么似的对刘姐说：“我听说附近新开了一家餐馆，饼做得不错，刘姐，我看你今天就出点血，请我们去尝尝鲜吧！”

刘姐大方地一摆手说：“小事一桩，行，就这么定了！今天晚上我请客。不过吃完饭小林你可得请大家去看电影。”

“行！没说的！”林小林潇洒地把手中的扑克牌往桌上一拍，便站起身。

邱少红又有些为难了，吞吞吐吐地说：“那……今天你们去吧，我不去了！我妈妈……”

“哎呀呀呀！你不去多没意思呀！你咋还那么小家子气呢！再说，今天又是刘姐我请客，你咋地也得给刘姐我一个面子吧？”刘姐嘴里爆苞米花一般地说。

邱少红想了想说：“那吃饭我去，看电影我就不去了！”

“行，行，行。”刘姐一边推邱少红，一边点头应承着。邱少红便一幅没办法的神态，叹了口气锁了门，便跟着他们一同走了出来。

几个人很快就吃完了饭。从饭店出来，刘姐不由分说，扬手叫了一辆出租车，连拉带拽地把邱少红弄上了车，林小林偷偷地看了邱少红一眼，便坐到了车上。张姐站在车边犹豫地说：“我想去趟厕所……”刘姐便推了她一下说：“那你就去厕所吧，一会儿你再去！”说完便风风火火地上了车，吩咐司机开车。邱少红冲刘姐有些哀求似地说：“刘姐，我真的不能去了，我得回美发屋，我妈马上就要来了，她要是发现我又没在家，一定得打我的。”

刘姐说：“行，行，咱们就看一小会儿，马上就让你回去。”

出租车很快就把几个人拉到了电影院的门前，邱少红还犹豫着，可刘姐哪容她犹豫，连拉带拽就把邱少红拽进了大门。电影已经开演了，前面的银幕里，正打成一团，底下黑黑的，几个人便磕磕碰碰地往里走。刚走几步，刘姐突然想起什么似的对邱少红说：“哟，你瞧我这记性，我得打个电话去！”说完就把邱少红往林小林那边一推，没等邱少红说什么，就风风火火地转头走了。

邱少红想退出去，可林小林却暗暗地拉住了邱少红的手，这一拉手就把邱少红给粘住了。邱少红这是第一次被男人拉手，两手相碰，邱少红的心就一颤抖，脚步也不由自主地软了，林小林轻轻地一拉，她便三步走两步跟着林小林走到了座位边。

两个人刚坐下来，邱少红就把林小林的手推开了，银幕上已经不打了，一个男人受了重伤，无力地躺在床上，一个女人一边为他擦拭，一边默默流泪。擦着擦着，男人和女人的呼吸声就都变粗了，渐渐地两个人就粘到了一起，又吻又抱了起来。邱少红的心便跳得怦怦响，想往下看，又怕别人笑话，正不知如何是好，林小林的手就从后面伸过来了，轻轻地揽住了她柔软的腰肢。邱少红想挣扎，林小林小声地向她嘘了下，指了指周围的男女，邱少红这才发现看电影的人并不多，且都是一对一对的，他们也都像电影里所表现的那样纠缠在一起难解难分，有的甚至比电影里的动作还要亲密。邱少红才知道在电影院里做这些动作是正常的事，便暗笑自己的“老杆儿”，也就任林小林慢慢地抚摸她，并越搂越紧……再后来，林小林便吻了她。

看完录像出来，邱少红的态度就变了，往回走时，她甚至让林小林的手一直在自己的腰上放着，她的突然“大方”连林小林都觉得有些奇怪。回到美发屋时，已经是夜半了，面对母亲那严厉的眼神儿，邱少红一幅豁出去了的神态。虽然母亲说什么她都不吱声，但从她的眼神中，她的母亲看到了一种前所未有的陌生的坚定。

那天夜里，老太太整整骂了她半宿，第二天，老太太便再不离开美发屋半步了。她一直黑着脸坐在美发屋里，刘姐在单位那边的窗户里刚一探头，她就把严厉而阴冷的目光送了过去，刘姐那浮在脸上的笑容便僵化在那张抹满白粉的脸上。

第一天如此，第二天依然如此，直到第三天情况才有了一些转机。第三天老太太不知遇到了什么事儿，终于离开了，前来接替她看管邱少红的，是邱少红的爹。

老头子看邱少红虽然也是尽职尽责，却少了一份老太太的威严。他甚至不认识刘姐，当刘姐假装做头发扭扭答答地走进美发屋时，他只是冷漠地看了刘姐一眼，接着便把目光又投到屋外。

刘姐坐在椅子上，让邱少红给修理头发，两个人虽然表现得像不认识一般，但两个人一直都没有停止用眼睛示意，用暗语交流。令刘姐奇怪的是邱少红的态度，她的表现好像比刘姐还焦急，她那双水灵灵的大眼睛在刘姐的脸上焦灼地瞟来瞟去，刘姐终于明白了她眼中的含义：她要尽快见到林小林，她有话要与林小林说。

刘姐很快就把信息传达给了林小林，刘姐奇怪地瞪了林小林好半天，盯得林小林都有些招架不住了："你这样看着我干什么哪？"林小林摸了摸自己的后脑勺说。

"小林，你和我说实话，你是不是已经把她给干了？"刘姐直露露地问。

林小林涨红了脸："哪有的事啊！"他说："我要是真的那样，我不就成功了嘛！还犯得上这么着急上火的嘛！"

刘姐想了想，也觉得是这么个理儿。可邱少红的态度太让她奇怪了，难道，邱少红是真的堕入了情网，让林小林给迷住了？

林小林很快就想好了与邱少红见面的招数。不一会儿，美发屋东邻小卖部的女人就走进了美发屋，让那个老头儿去她那里接电话，老头儿前脚刚走，林小林就如鱼一般一闪溜进了美发屋。

"小林，小林，你可来了！"邱少红急促地对林小林说，眼圈儿都急红了："你说该怎么办哪！……我好像有了！"

“什么？你好像什么？……”

“我好像是怀孕了！我这两天肚子特别难受。”邱少红脸涨得通红。

“你……你说什么？”林小林傻子一样愣在那里。

“我说我好像是怀孕了！”邱少红的眼泪就流出来了。

“你怀孕了？这到底是怎么回事？那你肚子里的……是谁的？”

“你的，当然是你的！你还想不承认哪？”邱少红恼怒了。

“我的？……你是不是病了！”林小林丈二和尚摸不到头脑。

“我病什么哪！是你的你就得负责任！当时我不让你亲我，你偏亲，偏亲……这下完了吧，有了！”邱少红的眼泪如断了线的珍珠一样扑簌簌地流着。

“我……只是亲了你……又没有别的！”林小林刚要继续说什么，外面突然传来了刘姐的咳嗽声，林小林便急促地做了个往后再说的手势，马上就要往出走。

“实在不行，你……你带我跑吧！”邱少红声音颤抖地说。

林小林突然明白了，林小林像眼前的帷幕突然被人打开了一般透亮亮地明白了，继而笑容便溢上了他的脸颊。林小林安慰地拍了拍邱少红说：“行，你准备一下吧，晚上我就带你走！”说完便三步并两步地跑出了美发屋，泥鳅一样一眨眼就消失在美发屋另一侧的胡同里。

站在胡同里，林小林突然哑笑了起来，笑到最后甚至笑出了声：“有了！哈哈……亲一口就有了！哈哈哈……这可真他妈的逗，赶上做梦啦！”末了，又有些不忍似地摇摇头，自言自语地说：“太小了，真是太小了，还啥都不明白呢！亲一口就给亲怀孕了，哈哈哈……老天，我幸亏亲了她一口。这真是得来全不费功夫啊！……”

四

当天晚上，趁老头子上厕所的当儿，邱少红就和林小林双双逃跑了，跑得干净利落，连刘姐、张姐她们都不知道一点音讯。

两个人跑到了林小林朋友家的一幢破旧的空房子中。直到在这间破旧的房子中过了一晚，邱少红才真正知道了什么才叫女人，女人怎样才会怀孕。

一切都是在邱少红毫无思想准备的情况下发生的，发生后邱少红便明白了，可明白了一切都已经发生了。直到此时，邱少红才知道什么是真正的痛苦，什么是真正的悔恨，什么是真正的爱，什么是真正的恨。

邱少红至始至终都在挣扎，可她的挣扎相对于林小林来说，真是显得太柔弱了，在邱少红的眼里，林小林简直就是一只吃人的猛兽，三下两下就把邱少红给吞噬了，揉碎了，弄得她伤痕累累，千疮百孔，体无完肤。邱少红不明白，邱少红真的不明白：人啊，每天都穿衣戴帽、彬彬有礼的人啊，怎么会有如此丑陋的举动，如此丑陋的器官呢！邱少红实在是太震惊了！那个夜晚，对邱少红来说简直就是一个恶梦，等恶梦醒来，一切都发生了，一切都无法挽回了。

邱少红哭了，接着便大吐特吐起来，吐得昏天昏地的，最后甚至连胃液都给吐了出来。哭完了，吐完了，她就傻了一般躺在那里一动不动，她不吃不睡，无论林小林和她说什么她都不吭一声。

邱少红这里糟糕得无法再糟糕，比这还糟糕的是邱少红的父母。老头子回来不见了女儿，当时就急成了热锅上的蚂蚁。不一会儿，老太太就得到了消息急匆匆地赶来了，老两口焦急的神态让谁看了都觉得可怜，觉得揪心。特别是那老头，一边焦急，一边还得听老太太的埋怨。他们左邻右舍地找啊，一家一家地问啊，老迈的声音里含着哭泣，蹒跚的脚步中带着颤抖……可他们的女儿就像从这个世界里消失了一般，杳无行踪。

第二天清晨，一夜未睡、两眼红肿的老太太气势汹汹地来到了林小林的单位，来质问单位里的刘姐、张姐。刘姐和张姐当然无法给老人圆满的答复，不但不给答复，刘姐还说了一句不该说的话，这下子可把老太太给惹火了，腿脚笨拙的老人竟然一步飞上前来，啪地一声给了刘姐一个响亮的耳光，一下子把刘姐给打呆了，打醒了。“做孽啊！不怕没好事，就怕没好人，都是你们这些人给搞的，你们这些拉皮条的败类，你们有没有女儿？你们到底还有没有人的良心？”老太太一边骂着，一边见啥摔啥，见啥砸啥，转眼间窗户上的玻璃便都毫厘不剩。闹到最后，老太太甚至眼前一黑，昏倒在那片星星点点的闪着暗光的碎玻璃上。

刘姐、张姐赶紧把老人扶起来，又喊又叫，又打又敲，好不容易给弄醒了，老太太又是一阵长嚎：“孽啊！孽啊！死丫崽子，你究竟死到哪里去了？我花了那么多的钱供你学美发，好不容易学成了，你却不好好地给我做事，还做出了这样伤风败俗的事来！……做孽啊！”

老太太的哭声像针尖一样，一下一下地扎着刘姐、张姐的心，可她们却什么也说不出来，只能哑巴吃黄莲般任老人一针一针地扎着，扎得她们眼里流泪，心中流血。是啊，她们这是怎么了，那林小林究竟是个什么样的人，别人不知道，她们还不知道吗？她们值得为他这么做吗？她们这样做，究竟是为什么，难道真的就是为了那么几顿破饭，为了那么一个小小的照相机吗？有成语叫无事生非，她们是不是太闲了？太寂寞了？这难道就是人的本性吗？老太太闹完了，走了，可她们的心却久久地无法平静下来，她们思来想去，咋想咋觉得自己真的是在作孽呢！

老太太终于找到了林小林的家。林小林的家并不像刘姐张姐她们描述的那么富有，他家只能称得上是一个中等家庭，家里除了两间半新不旧的小砖房和两间矮矮的小土房外，剩下的便是那一小块院落和几件破旧的家俱了。林小林的父母也都老态龙钟、步履蹒跚，他们也都在焦急地寻找着自己那不争气的儿子，双方老人面对面站在一起，只能是长嘘短叹，尴尬无言。

从林小林父母的嘴里，老太太得知了林小林的实际年龄：他已经三十二岁了，也就是说，他比邱少红整整大了十五岁！老太太听了心都要碎成两瓣了：少红啊少红，你这孩子是怎么了？难道是鬼迷心窍了吗？你和谁私奔不好呢？那个男人差一点都能当你的爹了！

直到第七天早晨，林小林那头才有了消息。原来是邱少红病了，病得不轻，林小林只得把她送进了医院。邱少红整整在医院治疗了一个多月，在邱少红住院期间，林小林在邱少红及父母面前着实地表现了一把，表现的结果是，邱少红的父母终于默许了这个已成事实的姑爷。

邱少红出院不久，两个人就在林小林家那两间矮矮的小土房里草草地举行了婚礼。那次婚礼办得十分冷清，前来参加婚礼的人都板着面孔，即使是笑，是祝福，也都表现得假假的。新娘子大病初愈后，像换了一个人似的，面色苍白，眼圈泛黑，她骨瘦嶙峋、别别扭扭地穿着一件白色婚纱，就像一个没有灵魂的衣服架子，就连那双曾经是顾盼神飞的黑眼睛，此时也显得呆呆的、空空的，没有一点精神气儿。婚礼过程中她一直是哭丧着脸，至始至终都没有笑过，显得无精打采、有气无力的。特别是新娘子上车时的情景，令人看了更是觉得揪心，邱少红哭得泪人一般，抓着父母的手死死地不肯放开，邱少红的家人也都在各自地抹眼泪儿，那种悲泣就像电影里的生离死别，让人感到十分压抑，仿佛这根本不是在办喜事，而是在办丧事。邱少红的姐姐邱少美也回来了，姐妹二人站在一起，却再也不能构成绝美的风景了，再也不能掀起令人惊艳的波澜了，因为二人已经大不相同了，与邱少美相比，邱少红就像一朵已经凋零的玫瑰，显得黯然失色，满目凄凉。

结婚那天，刘姐、张姐也都去了，婚礼的冷清更加重了她们心里的内疚和不安，她们只是远远地看了新娘子一眼，连祝福的话都没敢和新娘子说，随了礼钱就仓皇逃走了。从婚礼上逃回后，刘姐便偷偷地把林小林当初写给她的关于照相机的欠条找了出来，找出来后她竟然连看都没敢细看，转身就把欠条扔进了火炉。欠条虽然烧毁了，可那块心灵上的疤却结下了，沉沉地压在刘姐的心头，就像新娘子那悲悲戚戚的神情始终在眼前晃一样，挥也挥不去，忘又忘不了。林小林结婚没几天，单位就彻底散伙了。单位解体后不久，刘姐因生计所迫，抛家离子远离了这座小城，在一个大城市里找了份保姆的活计。几年后，刘姐的丈夫也从工厂下岗，随刘姐去了那个城市。一家人在陌生的城市里沉浮，换了个环境，也换了一种心情，渐渐地，林小林及邱少红的身影便在刘姐的记忆中淡去了。

忙碌的日子总是过得飞快，转眼十几年过去了。因为母亲病重，刘姐不得不抛下了大城市里的那个小家及那里琐碎的日子，又返回了这个承载着诸多往事的小城。小城的变化很大，特别是原单位的那条街，此时已变成了一条热闹非凡的步行街，单位以及那个美发屋的房子早被两幢大楼取代了。唯一没有太大变化的是林小林的家。林小林就住在医院附近的一条小路旁，刘姐每次去医院总要从他家门前经过，所以每次经过都要注意地朝那里望上一眼。房子还是老房子，只是显得更破旧、更低矮了，前边的土房已经老迈得要趴在地上了，窗子的玻璃都已脱落，看样子已久不住人了，后面的砖房倒时常开着门窗，有时门前还晾着洗过的衣服，晚上经过时还能看见里面的灯光。一天傍晚，刘姐从医院回来，竟然迎面遇见了邱少红从院里拖儿带爪地走了出来，一边走还一边骂着跟在她身后的孩子。刘姐吓了一跳，赶紧低下头去，幸好邱少红一出门就与那边乘凉的一个女人攀谈了起来，并没有朝她这边看。邱少红的变化真是太大了，不但又粗又胖十分的臃肿，而且穿戴得也露骨露相的，显得十分的粗俗。如果不是在她家门口遇见，刘姐绝不会把她和那个水水灵灵、娉娉婷婷的美丽少女邱少红联系到一起。邱少红一头棕黄色的头发，乱蓬蓬的像个鸡窝，身穿着一件吊带的短裙，那可真是该鼓的地方鼓，不该鼓的地方也鼓。邱少红的嘴里嚼着口香糖，手里夹着一支烟，她一边叽叽呱呱非常快速地说着什么，一边吧叽吧叽地嚼着口香糖，一边还吧哒吧哒地一口接一口地吸烟，三样全是用嘴的工作，她一同全干了，并且什么都没有耽搁。刘姐走了很远，依然能听到她那忙忙叨叨的声音，听得人心里也忙叨叨的，就像一个人不经意间突然发现了过去用过的一块抹布，一抖落一股灰儿，再一抖落又是一股灰儿，渐渐地，心里就被那些脏脏的灰尘塞满了。

从那以后，刘姐再也没有遇到过邱少红，也许也遇到过，但那个邱少红已不是原来的邱少红了，原来的那个邱少红已经死去了，或者原来的那个邱少红根本就未曾活过？刘姐也说不清究竟是谁害了邱少红，但刘姐却不再内疚了，因为在她看来，人的命，天注定，这个世界真的不存在谁在害谁，如果非要追究什么“害”的话，那么大家谁都脱不掉干系呢。

北边在哪边

当今世上，谁的心里没有一个隐秘的花园呢？

——题记

一

意识已经无数次地走进这个花园，每次进来都让她无比激动，继而无比痛苦。

太阳下去了，天边有一抹晚霞，树们凝立不动，在空旷的天幕下显得如此低矮，远山当然还是飘渺的，流水的淙淙不绝于耳畔，有湿润的风轻轻吹来、吹来。独立在那一排小房子前，一头长发，一身长裙，一抹霞光……于是，她微笑了。

想像的永远没有真实的美丽。

二

她姓林，名绰约，这个名字还是她10岁时突然跑到养父母家后，自己翻字典翻出来的。原来她叫张淑华，是张家九个女儿中的老七，张家孩子多，这对当时还把乡镇叫公社的农村来说，自然是困难户。

家穷，就要穷干仗，张淑华摇身一变成了林绰约，也是一次干仗的结果。那天张淑华和妹妹因为一条黄头绳撕打在一起，本来在这场撕斗中，张淑华就吃了亏，脸被妹妹实实在在地挠了两道大红印。更不能忍受的是，两个姐姐的加盟，虽然没有动手，但那几句辱骂却比脸上的大红印还要令她愤怒。愤怒了当然就要发泄，张淑华又着实惧怕姐姐们，所以张淑华只有拿正站在身边啼哭的妹妹出气：只见她母狮子一般地朝妹妹冲过去，抡起拳头狠狠地照着妹妹的后背就锤了下去，妹妹的哭声顿时抬高了八度。这时门就开了，只见一向在小屋里深居简出的母亲，真正母狮子一般地从后屋里冲出来了，手里还拿着一把炉勾子……张淑华的脑袋顿时一片空白，一种本能使她转身就往外跑，当时她也没有想到，这一跑就成了永远。

按常理推想：张淑华的这种奔跑，势必会吃尽苦头的，就像她以前也经常突然就跑出去一样。但那是常理。实际上，张淑华的这一次奔跑，和她的另几次奔跑一样，还是没有遭一点罪的。之所以没遭罪，主要归功于张淑华的一些怪念头和一张巧嘴儿。在九个女儿之中，张淑华是生活在夹缝里的女孩，既不能享受做姐姐的权威，可以随便向妹妹们发号施令；也不是父母的“小老末儿”，可以向父母撒娇索求。张淑华偏偏又不是一个吃苦耐劳、埋头苦干的孩子，所以她必须为自己的投机取巧付出代价。然而张淑华不愿意付出代价，那怎么办呢，就只能“奔跑”。但这一次她既没有往大姐家跑，也没有往二姐家跑，因为在她的怪念头里，好事是不能重复的，既然她已经在大姐二姐家里得到过最好的照顾，所以这一次她就万万不能再寻好事了。

在路口稍一犹豫，张淑华就调转了方向，直接向后屯老姑家跑去。去老姑家又是张淑华的怪念头在作怪，按常理，张淑华任何地方都可以跑，唯独不可以往老姑家跑，因为老姑是妈妈的宿敌。但怪念头偏偏就把张淑华引到老姑家去了。为什么非要往老姑家跑，连张淑华自己也说不清楚。后来的事实证明，张淑华的怪念头总是很正确的，并且总会在她人生的关键处起到力挽狂澜的作用。

都说女儿是妈妈的小棉袄，其实大多数女儿还是妈妈的同盟军，用姑姑的话说是“小狗腿子”。多年来，姑姑和母亲的关系一直不好，不好到一见面就要剑拔弩张、兵刃相见。每次姑嫂发生战争时，小同盟军们都会用不同的方式维护母亲，擅长骂的会动口，擅长打的会动手，什么也不擅长的，就围着妈妈抹那么几把眼泪。张淑华虽然既擅长骂，又擅长打，可每次发生战争时，她都“不在场”，一次两次大家没有觉出怪来，次数多了就有人看出端倪了：“妈妈都被老姑欺负成那样了，你咋不上呢？你躲哪去啦？”

“我不是打酱油去了吗？”张淑华总有原因。

当张淑华悄没声地推门进来，怯生生地叫了声老姑时，老姑的眼睛里明显地射出一股敌意，冷冷地瞥了张淑华几眼后，老姑便冷笑说：“你是不是走错门了？这真是太阳从西边出来了，你们家的丫头个个见了我都像乌眼鸡似的，你唱的是哪出戏呀？”

张淑华用那双过大过于有神的眼睛瞟了姑姑一眼，就低下了头怯生生地说：“我……就是想老姑了！”说完就只顾抚弄破旧的衣角。

也许是张淑华脸上那酷似父亲的神情终于融化了老姑的敌意，喘息了一会儿后，老姑的态度终于缓和了，她凑上前小声问她：“是偷着跑出来的吧？”

张淑华犹豫了一下，就点点头。

果然，老姑咒骂起来了，骂的当然是张淑华的妈妈，但这一次在老姑咒骂妈妈时，张淑华真的一点都没有气愤，不但没有气愤，还很解气。再过一会儿张淑华就感到自己来对了，因为老姑一边骂着一边到外屋做饭了，老姑抖出了面袋子里仅剩下的一点白面，给张淑华烙了一张大饼，这种待遇可是张淑华从小到大第一次遇到的。那张圆圆的大饼实在是太香了，几乎香了张淑华大半辈子。甚至二十年后张淑华当选为本市的市长，有一天回忆起那张大饼，她依然还能感觉出那种香入筋骨的味道。况且第二天早晨，张淑华还着实地睡了一个长长的懒觉呢，这在家里更是连想都不敢想的天方夜谭了。家里姐姐多，“妈妈”就多，早晨别说睡懒觉，晚起一会儿都不允许，即使妈妈不叫，姐姐们也会用笤帚打你的屁股。总之那天晚上和第二天早上，张淑华可谓是享受到了公主般的待遇。等她香香地睡了一宿的好觉时，天都已经大亮了。阳光射进姑姑家长长的南炕，而炕上就只剩下张淑华一个人了。吃完焐在炉子里的早饭后，张淑华便屋里屋外地转了起来，老姑家全是小子，小子多的家，家务活自然也多，张淑华只觉得炕上地上全都堆着家务活儿，可张淑华实在是个懒人，实在不愿意做家务活儿，不愿意做怎么办呢？当然是假装看不见了，正所谓“看不见撂一片”嘛，于是，为了真正地看不见，张淑华就逛出了屋子。接着，张淑华就目睹了姑姑的邻居——老林家的门口正在上演的那出“戏”。

准确地说那是一出哭戏，是谁在哭呢？是一个与张淑华年纪差不多的小女孩在哭。哭得那个惨呀！听着好像是死了爹妈。在女孩哭时，林家的女人始终都坐在女孩的身边无声地哄她，林家的女人平时不愿意说话，她哄女孩儿的方式，就是默默地用手绢替她擦眼泪，可越擦那女孩哭得越悲，女孩哭着哭着，甚至又穿衣服又找裤子的忙活起来，口口声声要回家去。女孩的哭闹把林家的女人也弄得没办法了，她也哭起来了，可她连哭也不出声，只是坐在那里干巴巴地抹眼泪。张淑华趴在墙上看了半天终于看明白了，原来那女孩是林家新要来的养女，林家的女人不能生养，张淑华以前就知道，姑姑和父亲唠闲嗑儿时，不止一次唠过老林家女人怎么吃偏方想生孩子的琐事。林家的女人平时不爱说话，就是能干活儿，这一点也是从姑姑的嘴里听说的。这时，不知哪个弦又触动了张淑华，张淑华的怪念头就又上来了，只见她往上一窜，呼地就骑上了墙，然后蹦地一声跳过墙去，跳过去了就对林家的女人喊了一声“妈”，接着，张淑华就跪倒在林家的女人面前了。张淑华红着眼圈说：“妈，你让她回家吧，我给你当闺女！你看，我长得比她好看，我还不爱哭！”林家的女人不再哭了，只是愣愣地看着张淑华，张淑华说：“东院张清是我老姑啊！我是她的七侄女。”

林家的女人不相信地看着她的脸问：“你真愿意当我的闺女吗？再说，就是你愿意了，你爹妈也不一定愿意呀！”

张淑华说：“我想当谁的闺女，我自已说了算。我家孩子多，少一个孩子少一张嘴，我妈反倒会更高兴的。”见张淑华这么说，那个女孩子便找到了救星一般，也冲林家女人跪下说："那就让她当你闺女吧，她长得真比我好看，她还不愿意哭！"林家的女人想了想，就说："那你就回家吧！"女孩子听了，像遇到大赦令一般，撒腿就跑了。于是，张淑华便成了林家的女儿——林绰约。

三

当时的张淑华别说叫林绰约，就是叫林天使，也不会有人在意。在这个只有几十户人家的小屯子里，多了一个张淑华，跟多了一只小鸡小鸭没有什么不同，人们依然日出而做、日落而息，太阳也照常每天都从东方升起。同样，张淑华变成林绰约，即使在老张家，也没有泛起太大的波澜，姑姑也因此狠骂过张淑华的妈妈冷酷无情："她的心一定是狼心！"因为张淑华的妈妈听说了这件事后，只是狠狠地骂了张淑华几句没良心外，并没有做出什么过激的反应，甚至没有过来看望张淑华一眼。不但自己不来看，也不让父亲和姐妹们来看，原因仅仅是因为张淑华和姑姑作邻居。本来，张淑华变成林绰约，张淑华的心里还很歉疚的，但随着对母亲怨气的增加，那本来就很微小的歉疚感也渐渐消失了。林绰约的养父母待林绰约非常好，正像书中说的那样，捧在手中怕摔了，含在嘴里怕化了，养父母对林绰约的爱正好与林绰约的亲生父母的冷漠形成反差，所以事态发展到最后，林绰约便真的把养父母当作亲生父母一样看待了。每到过年，养父母都要准备很多礼品，让林绰约拎着回家去看望父母，但后来随着林绰约的学业有成，她回家的次数也就越来越少了。再后来，反倒是父母找她的次数越来越多，每次找她时，她的父母都会做出一种让人感觉已经活不下去了似的嘴脸，这又和自己的那对总是不声不响、把任何苦难都往肚子里咽的养父母形成强烈对比，对比的结果，是林绰约越来越爱自己的养父母了。

对于张淑华变成林绰约，张家姐妹的反应也是不尽相同的，特别是当她们看见张淑华骑了辆半新的自行车，戴了块手表去上中学后，反应就更不相同了。有的姐妹着实替张淑华高兴，说张淑华这回可掉了福堆儿里了；有的姐妹却是连鄙视再加嫉妒，狠狠地在背后骂她叛徒。张淑华的妈妈却因此而掉了两滴眼泪，具体因为什么掉的泪，连姐妹们也说不清楚。但二十年后的情况就不一样了，二十年后林绰约摇身一变，成了这里的名人，并且逐渐成了神话的代名词——女市长！林绰约这个名字便变得非同小可、举足轻重了！是啊！这里的百姓有谁不知道女市长的名字？况且女市长的生活又富有那么多的传奇色彩，一个美丽的女人本来就已经很让人关注了，更何况这个美丽的女人又是原来那个丑陋的张淑华……于是，林绰约便逐渐成了一个不可替代的名字，一个神话！

林绰约的确是一个神话，越了解她就越觉得是一个神话。能够成为神话的基础当然来自于她的地位，但高而尊的地位并不一定就代表了神话，相反，位置真正高的女人，生活往往是残缺的。林绰约成为神话，首先来自于她的天生丽质，林绰约有着美丽绝伦的外貌，当然这是在张淑华成为林绰约以后的事情，当林绰约还是张淑华时，除了张淑华以外，还真的没有人发现过她的美丽。林绰约除了具有神话般的外貌，还具有一段神话般的爱情，林绰约的丈夫是一位工程师，他是那么地疼爱林绰约，不但以她为荣，视她为女皇，还包揽了她们家所有的家务活，成为她走上政坛的坚强后盾。更加完美的是，她们还有一位长相帅气、学业有成的儿子，他也太优秀了吧，轻而易举就通过了托福考试，赴美国留学了。是的，人世间该有的幸福林绰约几乎都有了。所以，在这座小城里，谈起林绰约，人们就只剩下了感叹和羡慕，林绰约也因此成了完美和幸福的代名词，成了神话。

神话里的林绰约，渐渐地有了仙风道骨，最后都不食人间烟火了。一次人大开会，在市宾馆，林绰约破天荒地来到了大餐厅，和大家一起吃了顿自助餐。当然，林绰约的吃和大家的吃还是有区别的，大家吃自助餐，虽然是自助，却总是几个人凑在一张桌子上，林绰约却是独自一个人坐在一张桌子边的，因为根本就没有人敢凑到她的桌边。尽管独自一个人坐在那里，可她的一举一动还是没有逃出观察者的眼睛。一个年轻的女代表甚至小声惊叹：“你们看，她连吃饭都那么好看，你瞧她的手，那么白，翘着，你看她的嘴，都不露齿呀！太好看了！”还有一个从农村来的女代表更是瞪大了眼睛：“哇，她也会吃饭啊！”一句话把大家都逗笑了。这句笑话马上就长了翅膀，不胫而走，最后连林绰约自己都听说了。但笑归笑，笑完之后，大家品了品，还觉得真是那么一回事。

是的，林绰约的确不是人，她真的就是神话。无论什么时候遇见她，她都是那么仪态万方、端庄秀丽，神情里永远透着刚毅和果敢，举止里永远透着稳重和豁达。她的头发总是一丝不乱，她的衣着总是华贵得体，她的笑容总是优雅亲切，她的语调也总是清丽悠然。总之，林绰约就是林绰约，不是人，是神。

四

可生活中的林绰约真的是神吗？

人都有猎奇的心理，更何况林绰约又是如此地特别？因此，小城里的很多人都想开辟一些渠道探听林绰约的消息。遗憾的是，人们打听到的都是关于张淑华的陈芝麻滥谷子，而那些故事又都是张淑华的姐妹们传出来的。有一句俗话叫“会说的不如会听的”，仅仅想想传说者和被说者的天壤之别，所传的话就会变得离奇邪乎，仿佛张淑华最终能成为林绰约，都是老天爷安排好了的。关于林绰约的私生活，人们能听到的就更少了，即使是这很少的一部分，也都是从林绰约及她丈夫的嘴里问出来的。但真实的情况是不是就像他们所介绍的那样，人们就谁都说不准了。林绰约有一个习惯，就是从不让别人进她的家门，即使她的司机、她的秘书，也只是当初搬家时帮过忙。八小时之外，人们和她能够联系的，就只有电话。幸好林绰约的电话永远是开机的，幸好人们无论什么时候给她打电话，都会在电话里听到她甜润亲切的低音。

林绰约的丈夫每天的生活只是三点一线，公司——菜市场——家，他是一个性格内向的人，在公司从事科学研究，并且他从事的那项科学技术又很尖端，尖端到普通人很难有机会够得上，所以要想从她丈夫嘴里撬出一些他妻子的内幕，比登天还难。有人试图从她儿子的角度插入进去，但没有想到的是，连这个所谓的缺口也“早已森严壁垒，更加众志成城”，人们不记得她的儿子是怎么长大的，因为她儿子小的时候，林绰约还没有那么出名。等到她的儿子渐渐长大，也渐渐地和他妈妈一样引人注目时，她的儿子也早已掌握了超常的防侵扰本领，他处事低调、待人谦和，虽然能够和任何人交谈，但也能做到与任何人都不交往。他有一张和他妈妈酷似的瓜子脸，也有一抹和他妈妈同样谦逊的微笑，更有一股和他妈妈同样亲切的冷漠，那种冷漠就像一道厚厚的铠甲，把他和别人冰冷地隔开。

探究得那么累，又毫无结果，所以人们也就不再探究了。渐渐地，林绰约就真的成了神，就像供在寺庙里的神像，人们除了上香时膜拜和尊敬外，其余的时间大家都各自回家过各自的日子了。每天，太阳总是照常升起，又照常落下，春天去了，秋天转眼就来。日子越过越快，越过越好，那些曾经有过好奇心的人也都眼瞅着越过越老了。小城的电视里依然经常出现林绰约的倩影，比如她参加会议了，比如她深入田间地头检查工作了，比如她深入贫困家庭送温暖了……但这都很正常，还是那个比喻：就像太阳每天都要升起，每天都要落下一样正常。人们只有在稍有闲心的时候才会偶然奇怪一下：奇怪日子过得这么久了，可女神一般的林绰约为什么依然还像女神一般的年轻？

“有什么奇怪？人家是市长嘛！市长的日子衣食无忧，哪有什么愁心事呢？”这么一解释，奇怪的念头果然一闪就飞走了。

五

这样的神话终于在一个特殊的日子被打乱了。

那的确是一个非常特别的一天。

一开始林绰约并没有觉察出什么特别来，因为那时她尚在梦中，但等到梦醒了，连林绰约都觉得特别了。

因为电话始终没有响起，手机也一直静寂无声。

太阳已经照在窗棂上了，小屋里虽然挂着纱帘，但还是遮不住那明亮的阳光。绰约看了一眼时钟，她吓了一跳，竟然八点了，她马上拿过那个小巧的二十四小时都开机的手机，手机没有出故障，上面也没有显示未接来电；她又看了看固定电话，固定电话机同样没有出现什么特殊的问题。这实在是太令人奇怪的一件事了。

她凝神坐了一会儿，便慢慢地起床、穿衣，慢慢地洗脸涮牙，时而又侧耳向卧室那边听了听，看是否有手机的声音。接下来她便坐在梳妆台前，开始化妆了。如果这时有谁突然闯进屋来，他一定会惊讶，会瞪圆眼睛，会张大嘴巴，会一亿个不相信：这个懒懒地坐在梳妆台边的衣衫不整、形容枯槁的女人，真的就是公众眼里那个光彩照人的林绰约吗？不是的，一定不是的，或者她们根本就不是一个人？假使有这个可能，我想那个闯进室内的人，也不会说出什么有损于林绰约形象的话的，因为二者的差别实在是太大了。如果人们非逼他说出点什么的话，他也只会说："我在她家没有看见林绰约，我只看见了一个半老徐娘，她长得很像林绰约，也许是林绰约的妈妈。"

可是林绰约已经开始化妆了，我们不知道林绰约用的是什么品牌的化妆品，只看见化妆台上的小瓶小罐摆得满满的，就像她丈夫化验室的桌面，或者更像化妆品超市的展台。我相信林绰约一定在哪里学过化妆的高招，反正，用了化妆品以后的林绰约马上就有一半很像林绰约了。化妆的程序虽然相当漫长，但终于有完成的时候，接下来的程序就是穿衣了，真遗憾：林绰约的穿衣程序也偏偏只有林绰约自己知道，那是一套多么缓慢、多么繁琐的程序？一件一件在镜前反复地试呀比呀，终于决定穿在身上了，却还没有完，接着又左扭扭屁股，又扭扭腰板，向前弯了弯腰，又向后挺了挺肚，再在镜前前后左右地走几步，看一看，直到没有什么纰漏了，才把手机放在小兜里，准备开门走出屋去。但她突然又止住了：电话也没有响起，她应该去干什么？

为了体现仁爱和低调，她总是吩咐司机不用特意来家里接她，就在单位里等她就行，如果不开会或不下乡或不走太远的路，她就自己步行到单位，因为她的住宅与那个市长楼仅一道之隔。但事实上，这种“不开会或不下乡或不走太远的路”的情况的确太少，所以每次她接到电话后，又总是谦逊地叫来司机接她。但即使是这样，她依然会轻声细语地嘱咐司机不用来接她，并且她说这些话的时候，态度也总是很真诚。然而今天到底是怎么了？是秘书太忙，把她的事给忘了？还是……

既然已经打扮了，她就不想让功夫白白地浪费了，虽然不知道接下来应该做什么去，她还是在镜前照了照，便推门出去了。把门砰地一声关上的那一刻，林绰约才真正成为了林绰约，这一点连林绰约自己都觉得怪。但一直到走出楼道口，林绰约才算真正登上了舞台。灯光已布置好了——就是那并不太强烈的阳光。舞台也还是那个舞台——一条窄而洁净的水泥路，两侧栽着矮矮的常青树。在林绰约的舞台上，林绰约当然始终都是主角，无论走到哪里，都会看到陌生却含着明显羡慕的目光。谁都渴望当个主角，并且当个扮相漂亮的主角，但命运始终没有光顾于其他人，只是光顾了她。不过平心而论，有时林绰约也很羡慕配角的，因为配角也有配角的好处，最起码不用这么费心地去装扮自己，整天就跑那么几趟小龙套，说几句不痛不痒的台词，有的时候甚至连表情都不用做，连台词都不用说。但这种羡慕也就是在累的时候，稍稍想那么一小会儿而已，更多的时候，林绰约万分珍惜自己当主角的感觉。尤其是召开重大会议时，比如那次当选市长的人代会，何时出场、怎样出场、迈出什么样的步履、露出什么样的笑颜，都是事先设计好的，当时有很多很多的人都参与了设计和准备。当她出场时，不但灯光亮了，摄像机的镜头都已调好了，当她顺着那个长长的走廊走向会场时，老早就看到许多黑黑的小人头探头探脑向她这边瞟，瞟得悄无声息的。等她迈步走进会场，一场真正精彩的大戏才算开演。只见所有的人刷地一下全部站立，所有的闪光灯也都刷地一下朝她照来，诺大的会场安静极了，好几百人就像没有人一样，当时只能听到闪光灯在噼里拍啦地响，啊！那种感觉真的是太爽了！特别是当她发表当选宣言时，那种过瘾的感觉更是直袭骨髓……她的那次演讲，究竟赢得了怎样的赞扬啊！有人说她的声音连中央台的主持人都无法相比。还有人说：“林绰约当了市长，真是中央电视台的一大损失，如果她当初要是选择了主持人这个行当，一定比倪萍还要红得发紫，比周涛还要红得长久。”

但无论红得多紫，人都有老的时候，可林绰约却是永远年轻的。

六

人的神秘，都是外人强加上去的，林绰约当然知道自己就是一个普通人。如果非要说她神秘，那也只是神秘在演技上，神秘在形式上。或者说白了，林绰约就是一个成功的演员，她的成功一方面来自于自己对“演戏”的热爱，另一方面，更来自于她除了窝居在斗室之内，其余时间都始终坚持“演下去”的“执著”。

林绰约的确是一个演戏狂，演戏的时候从来没有觉得累过，累的感觉只是在卸了妆之后，准确地说，就是卧室的门在身后砰然关上的一瞬间。那个瞬间一来，各种毛病也就全来了，苗条的身体就像突然散了架一样，全身上下没有一处不痛的。有时，林绰约也会回忆一下自己为什么会这样累，遗憾的是，每次回忆她都会一阵茫然，才发现自己虽然一直都在舞台上舞动着，可自己到底要舞出什么，别说观众不知道，就连自己都不知道。

既然什么成果都没有创造出来，既然一切舞动都是无用功，那自己为什么还要这么累的表演呢？还要劳动那么多的配角一同表演，还要浪费大量的人力、物力、财力呢？这的确是一个具有讽刺意味的深层次问题。

这个想法一出，林绰约就被吓了一跳，但随即她就把这个折磨人的想法丢掉了。既然是人，大家谁不在表演呢？也许做人本身就意味着表演吧？况且谁说表演不是一种价值呢？“没有功劳还有苦劳呢”！人不能较真儿，不能总和自己过不去，连郑板桥都崇尚难得糊涂呢！再者说了，究竟什么叫有用，什么叫无用，有用和无用到底又该怎么去界定？如果非要究出个结果来，那演员的工作到底算是有用还是无用呢？观众不是都被愉悦了吗？只要观众认可了，愉悦了，演员也就有价值了！这样一想，林绰约的心才算宽敞了一些，才又继续了自己在街道上的表演。当然表演时，她总会不时地偷看一眼躺在皮包里的手机，那个手机始终那么乖乖地在皮包里沉默着，沉默得都让她有些害怕了，就像世界末日慢慢向她走来。

街道再长，也有走完的时候，前边就是路口，而现在的情况是：自己的手机依然沉默着。没有了手机秘书的指引，接下来她该走向哪里呢？林绰约终于站住了，不得不站住了，想了想，她只好屈尊地拿出手机，调出了秘书的号码，随即便按下了呼叫键，不知为什么，等待的时候，林绰约的心突然紧张地跳起来了，为什么要紧张呢？难道我堂堂的市长还如此惧怕自己的秘书吗？经过一段紧张的等待，电话里终于有了反应："您拨打的电话暂时无法接通，请稍后再拨……"无法接通？怎么搞的？连秘书的电话都无法接通了，今天到底是怎么了？林绰约想了想，又在手机里找到了秘书家的固定电话号码，但她马上就打消了继续打电话的想法。是啊，真正的领导最怕事必躬亲，自己一个这么大的市长，一大早突然屈尊地给自己的秘书打电话，询问他今天为什么没有给自己打电话，是不是显得太无所事事了？况且现在一些领导甚至在接电话的时候，都故意让那铃声多响几声呢，为什么要浪费那么几声呢？因为领导实在太忙了嘛！

可是，站在十字街头，她到底要何去何从呢？

灵光突然一闪：不如去花园逛逛吧！

是啊！她到底有多久没去花园逛了？

当然，林绰约每次去花园，都不能说去花园，而是说去看父母！在她的嘴里，父母家始终都是花园的代名词。林绰约常在一些生活会上感叹：感叹自古忠孝难两全，感叹自己总抽不出时间去看望老爹老妈，每次说这些话时，与会者都会露出敬佩的目光，有人甚至泪眼婆娑地赞叹道："林市长，您真是全市人民的衣食父母，您把一切精力都献给了全市的父老乡亲。"后来，林绰约还在当地的报纸上看到一则言论，题目就是《林市长的遗憾……》。既然电话没有响起，不如就真的去弥补一下心中的遗憾吧！林绰约这么想着，就真的向花园的方向走去了，当然不能叫司机，只能这么优雅地走着去。尽管出来的时候已经照了那么多次的镜子了，可林绰约还是习惯地低头看了眼自己的服饰，还好，今天她的穿着属休闲派系，是最适合逛花园的装束，也许在打扮之时，潜意识里就已经决定要去逛花园了吧？想到这里，那种欣赏自己的感觉就又涌上来了。当上市长以后，林绰约在处理一些突发问题时，经常会涌出这种自我欣赏的感觉，她觉得自己的灵感就是与众不同、如有神助，就像小时候她突发奇想就跑到了老姑家，又突发奇想翻墙跳进了养母家时一样。

就这样想着、走着，路越走越宽，树也越来越少了。阳光渐渐地冲破了阻碍，变得赤裸裸的了，好久没有这种独自一人走在阳光下的感觉了，每次在阳光下，她的身前身后都会簇拥着很多人，所以这次独自走在阳光下，她总像要“闪脚”似的。这种在阳光下的感觉呀，怎么那么令人感到新鲜呢？就像一个人从梦中醒来，突然发现自己身处一个陌生的所在；或者更像一个人从一辆车里下来，猛然发现周围空无一人。对了，林绰约还有一个不为人知的毛病，那就是没有方向感。从政几十年，她到过的大城市已经不计其数，可她依然没有方向感。记得有一次她在上海的街头问路，给她指路的那位慈祥的老人耐心地告诉她，再往北走一段就到了。她还是不好意思地问老人：北边在哪边？当然，这次在上海的问路经历也是个秘密。想到秘密这层，林绰约不由得又要自恋了，觉得自己天生就是一个从政的料，不为别的，仅包装秘密的能力就无人能比。有时她甚至觉得，她的心不是血肉筑成的，而是用坚韧的钢铁铸就的，该说的话，不该说的话，都装在不同的盒子里，该做的表情，不该做的表情，也都贴在盒子的不同侧面。尤其是说话的功夫，什么时候该说，什么时候不该说，什么时候应该声音大，什么时候应该声音小，面对什么样的人应该说什么样的话……都拿捏得非常精确，甚至精确到了纳米的级别。哪怕处于醉酒状态，她也绝不会弄差一丝一毫。林绰约信奉的一句话是：人的心灵不是桌子面，必须要装在盒子里。

七

然而这一天到底怎么了？如此智慧的自己，怎么就突然迷失在这片眩目的阳光里了？

就这么懵懵懂懂地在阳光下走了一会儿，林绰约才恍惚觉得花园的方向应该在左前方。那就往左前方走吧！即使错也只能这样走了，谁让自己的身份特殊，谁让这里是属于她的城堡呢？在路上，她丝毫不敢表现出一点的傻气，因为自己可是这里一人之下、万人之上的父母官啊！如果自己迷惘的样子被路人看到，一定会成为头号新闻的。

然而今天到底是怎么了？怎么如此奇怪？都在路上走了这么久了，可为什么没有一个人关注她呢？那一缕缕含着敬畏和羡慕的眼神都飘到哪里去了？

其实，林绰约是很惧怕这些关注的眼神的，因为眼神就是心灵盒子的探测器，稍不小心就会让人看到你心灵的隐私。每当这样的眼神瞟过来时，林绰约都会在第一时间警觉起来，警觉到了一定程度，连身体都会绷成一根箭的。可此时，当这些眼神终于消失的时候，她怎么觉得无所适从了？这又是什么道理呢？

但幸亏她是林绰约，不是别人。长期在台上演出，让她练就了一套快速调心的本领，她甚至连调心的过程都做得非常唯美。不信你看，她已经在调节了！喧嚣拥挤的街路上，只见她优雅地抚弄一下并不零乱的头发，轻柔地扑打一下纤尘不染的衣衫，也就在这举手投足之间，那张圣洁俊美的脸完全不一样了，刚才还凝满了忧伤，转眼就阳光明媚了。

街路上的车声人声，构成了摇滚式的背景音乐，伴着这样的节奏，所有的配角都在自然地舞动，偶尔还有几句特别的台词飘过来，但更多的配角是没有台词的，有的脸上甚至都不带一丝表情。他们就那么异彩纷呈地在街路上演出着，无论是麻木的，还是鲜活的，都表演得那么的质朴和真实。不远处，有几个孩子在追逐玩耍，这无疑是那个隐身的导演为增加戏剧情趣特意添加的。林绰约远远地向孩子们瞟了几眼，脸上的微笑就更浓郁了，但她依然走得娉娉婷婷的。之所以用这么漂亮的词语——娉娉婷婷，是因为她路过一家商店的橱窗时，偷偷地看了一眼自己映在橱窗上的影子，虽然那个影子很模糊，但她还是看出了那种娉娉婷婷的风韵。

"林市长，时间对于您来说是不是停滞的？您怎么总也不老啊？"

"林市长，您是不是有什么保持年轻的秘诀啊！"

……

关于夸奖自己长相年轻的话，林绰约几乎每天都能听到，因为听得多了听得腻了，她也就有些相信这些夸奖了。此时她突然想起了一篇名为《邹忌讽齐王纳谏》的文章，也因此有了不同的想法：是啊！夸她年轻的那些人，除了她的下属，再不就是有求于她的外县市领导。她的丈夫没有夸过她年轻，她的儿子也没有夸过她年轻……想到这里，她的脸突然就泛红了，刚刚消逝的忧伤便卷土重来，再次沉甸甸地凝结在她的心里。以前，她判断一件事物正确与否，轻易不敢相信自己的耳朵，仅仅相信自己的眼睛。而现在，她连看到眼睛里的事情也要怀疑了，是啊！你看到眼睛里的就一定是真的吗？如果这么分析下去，那么人活于世，还有哪些东西不是虚假的呢？一辆小轿车飞快地从她的身边驶过，那么这辆小轿车是真实的吗？小轿车擦肩而过的瞬间，她在车窗上看到了自己的身影——形孤影孑的身影，此时此刻，那个身影以这种姿态出现在这样的街道上，又意味着什么呢？

"无事生非，无事必生非！"她突然想起了自己在一次座谈会上的发言，说这句话时，大家都含着赞同的目光冲她点头，在那种目光的照射下，她便又有些自恋了，以为自己在口吐莲花。难道自己此时的伤感，也是"无事"的果吗？只有遭遇困难，你才能成为万事难不倒的女市长，也只有面对袭击，你才会成为心如钢铁的女战士。无所事事的时候，你又能是啥呢？不过是一个普通的不能再普通的半老徐娘而已。拂弄了一下头发，轻扑了一下衣衫，林绰约又一次微笑了，当然微微的笑靥后面，还隐藏着一缕毫无声息的忧思。

忙碌的时候，她常常忘记自己的角色，当然更没有时间对自己的角色进行品评，她曾经以为这就是宠辱不惊的从容。可自己真的升华到那种境界了吗？虽然也曾经庆幸过，庆幸自己所扮的角色并不太重要。但庆幸的时候，大多发生在她的上级因为压力过大而显得痛苦憔悴的时候。并且这种时候还相当稀少，因为大多主角都会把自己的角色演绎得很"成功"，这种成功就像笼在灯罩里的灯光，总能透过各种装饰释放出璀璨的锋芒，也正因了这种照耀，林绰约才会生发出那种隐秘的苦恼。当然，心藏苦恼时，脸上还得继续挂着笑，而且是微笑。都说微笑是世上最美丽的笑容，是疗效极好的保健药，但微笑得久了，依然会觉得累。不知从哪天开始，林绰约发现自己添了一种新病，那就是脸部肌肉总有一种酸痛的感觉，实在受不了了，只好趁没人的时候按摩一下面部，可按摩了外面，却按摩不到骨子里面，因为那种疼是从骨子里发出的。

八

最幸福的时候，是在演出的间隙突然就堕入花园的时候。花园有一扇很小的门，平时当然是关得紧紧的，不但关着，为了隐秘，还加了层层的伪装，她隐藏小门就像隐藏心事一样成功，成功到门已不再是一扇门了。这个世界上，除了阿良，还没有第二个人和她一起走进过这扇门。阿良何许人也？当然是这个世界里只有她知道的人，就像她是何许人也，也只有阿良知道。但此时想起阿良来，林绰约就又迷惘了：自己真的很知道阿良吗？阿良真的很知道自己吗？

——你是谁？

——你从何处来，又到何处去？

最崩溃的时候，怕自己疯掉，林绰约甚至放下了那么一大摊子繁琐的事务，突然就跑到父母家去了，她想去询问一下自己生命的源头。可当她带着这样的问题终于站到爸爸妈妈的面前时，她又什么话都问不出口了。面对惊惊惶惶地看着自己的父母，林绰约沉默了好长时间，林绰约的沉默当然让父母更惊惶了，以为女儿遇到了什么天大的事情。望着父母陌生的惊惶，林绰约当时只有苦笑，连说了好几句假话后，才匆匆地离开。当然，和她一起离开的，还有被她带来的那两个原封未动的疑问。

——他们是谁？他们真的是自己的爹妈吗？

小时候，也就是林绰约还是张淑华的时候，她曾经也依恋过自己的爹妈。印象中最深刻的一次，是她四岁那年，妈妈不知什么原因出门去了，一走就是一个星期，她当时是多么的思念妈妈呀，当时不仅她一个人在思念妈妈，还有姐姐。不过姐姐的思念和她的思念很不同，她的思念是窝在心里的，干干巴巴地疼。姐姐的思念却被姐姐用一根铁钉刻在墙上了，直到现在林绰约还清晰记得那五个歪歪扭扭的大字：妈妈我想你！这让当时还不会写字的张淑华万分羡慕。如果说人的一生很漫长，但在林绰约的印象里，再漫长的一生也不如妈妈离开的那一个星期长。可是究竟从什么时候开始，她不再思念了？是从她突发奇想地跳进养父母的家中那天吗？到了养父母家以后，她也曾思念过父母的，但渐渐思念就被怨恨替代了。但那种怨恨又是在什么时候消失的呢？

花园永远都是那个花园，有着花园里应该有的全部内容，比如那棵百年老榆树，比如老榆树下的花，老榆树上的鸟，老榆树旁边弯弯的清泉，比如能让清泉唱出清脆歌声的假山……当然还有她每次都能小坐一会儿的柳亭。

那一天的花园是阴郁的，连花香都含着慵懒的气味，鸟儿倦倦地垂着头，流水也不再唱歌了。花园边的那所小房子因为很久无人居住，显得鬼影憧憧，空气因寂寞而舞蹈，小屋里随处可见空气跳舞时的脚印。在藤椅的下方，她发现了一支断笔，她突然意识到这支断笔还是阿良送给她的呢！一晃，已经五年了！阿良，那个唯一和她一起走进生命花园里的阿良，已经离开人世五年了，这是多么让她揪心让她难过的一件事啊？

这些天她经常想的是物质和意识的问题，上学的时候她不知多少次背诵过这类的政治题，但现在已经忘得差不多了。背题的时节正是她被动输入的时节，那时候背题就是背题，背会了答对了及格了就算完事了，至于里面说的到底是什么意思，她很少去思考，也没有什么道理催促她去思考。但是她现在觉得应该去思考了，遗憾的是，她已经忘记了应该思考的问题。唯一能够回忆的一道题，是关于物质第一性意识第二性的问题，可她现在想的却恰恰与之相悖，她总觉得没有看见的事情即使存在也没有意义，就像在地球那端的美国，就像月球，就像人类怀疑的有人类生存的其他星球，那里面当然也有舞台，舞台上也有很多人在演戏，可这样的戏剧无论多精彩，对于她也是毫无意义的。一天她看电视节目，当时电视上正播放一个三十年代的短片，短片上的影子显得很阴晦、很斑驳。她用心算了算，有这些影子的时候，自己还没有出生呢！这么说在自己没有出生的时候，世界就已经以影子的形式存在了？可是这些影子对于没有出生的自己来说，又有什么意义呢？突然她又困惑了：此时她看见这些影子了，这些影子才存在，可如果她没有看见呢，这些影子还算存在吗？换个角度，影子又是什么呢？影子难道不就意味着虚幻吗？

那么，阿良真的存在过吗？

和她在一起时，好动的阿良总是在动。那天阿良显得兴致很高，哼哼呀呀地竟唱起了走了调子的歌来，他的脸上洋溢着一缕特别的神韵，让她有一种心醉的感觉，于是，她便偷偷地拿起录像机，把他的声音和神态录下来，可刚录上没一会儿，阿良便发现了，过来就抢机器，说什么也不让她录。她只好悻悻地收了录像机。但阿良的歌声、唱歌时的笑颜以及过来抢机器的神情还是永久地留在了机器里。阿良死后的一个夜晚，因为思念，林绰约曾把那盘带子找出来反复地放，一开始她还泪流满面，但后来她就不哭了，眼睛干涩涩的她再去看阿良唱歌及抢机器的影子，就又觉得在做梦了：阿良，阿良真的在人世间存活过吗？阿良真的和她一起走进过花园吗？那把藤椅上，那个小书桌旁，阿良真的曾和她耳鬓厮磨过吗？他们真的一起品茶，一起听歌，一起赏花，甚至争吵了吗？

想起快乐，她就又奇怪了。诺大的市长办公楼，她听到的都是小声小气的说话声，笑声都很少听见，即使终于听见了，也都是装饰性的笑，公式化的笑，比如她脸上的靠纳米标准的计算出的微笑，更别提有什么快乐的歌声了。听到的仅有的几声真正的笑，是勤杂员的笑，有一次她也听到了勤杂员的歌儿，她当时是一边擦地一边哼歌，哼着哼着，声音就渐渐地大了，一回头，猛然看见林市长顺着走廊走过来，她才立即禁声顿口，一脸紧张地连声道歉："对不起，对不起，一高兴，那歌就自己溜达出来了。"诺大的办公楼里，收入最低位置最低的，也许就是勤杂员吧？可显得最自由最快乐的，也只有勤杂员，这不能不让人深思……

九

"哟，那个女的好像是林市长！"

"像倒很像，可人家堂堂的大市长，咋能跑到这里来呢？"

"真是看岔眼了！长得倒真像。"

"我看不像，电视里的林市长可比这个显得年轻多了！"

这样的问答突然直露露地传入她的耳朵里，毫不遮拦。这就是小市民，小市民们的声音永远都是最响亮、最直接的，就像一把剑，直捅捅地就射出来了，哪怕射的是人家的隐私。林绰约故意把步子放得慢了一些，再慢一些，她又一次突发奇想，想再听一听这些来自于社会最底层的声音！

"哎，你们知道吗？别看林市长整天穿得溜光水滑的，她的家都不如咱们普通老百姓家干净呢！那天有个水暖工去了她家，说她家……"

林绰约的脸腾地红了，再也不想听下去了，正巧有一辆出租车驶来，她便紧急招手，以最快的速度把自己射进了出租车里。

出租车司机懒洋洋地看了她一眼，面庞里闪过一丝犹疑，但随即那犹疑就被麻木遮盖了。"我还以为你是那个林市长呢！你长得真像她。"

"我很像她吗？"林绰约说。

"像是有些像，但一看就不是！气质、派头都不像，你这样的咋能是市长呢？市长都有自己专用的豪华轿车，咋能稀罕坐咱这种破车呢？市长，那是多大的官呀？全市也就这么一个宝贝！”

司机是个唠叨鬼子，一开了口就没完没了了。好在小路很窄，路上人非常多，常常有人力车或自行车窜过来挡路，所以司机只好停下嘴去处理危机，不过每躲过一辆挡路的，司机都要破口大骂一通。

林绰约没有理会司机的骂人话，她的心依然纠缠在那两个小市民又直又辣的议论里呢！丈夫真的是太疏忽了，他怎么能让水暖工进屋了呢？她计划回家后一定得和丈夫好好谈一谈，这可是件大事，其严重程度已经超过了五年前阿良的死、三年前丈夫的出轨。

再傻的妻子，也能觉察出丈夫的出轨，更何况这个妻子是一市之长呢？当然，有一种情形除外：那就是你硬要欺骗自己。

当林绰约感觉到丈夫的出轨时，林绰约便是万万不肯相信自己的猜测的。在她的心里，自己该是多么优秀的一个人啊！一市之长，一人之下，万人之上，不但长相漂亮，对丈夫又温柔体贴，试问茫茫人海中有谁能够像丈夫那么幸运，能够找到自己这样的妻子？一次酒后，丈夫曾开玩笑地问她，假如有一天有个女人突然出现在他们的生活中，她会怎么样？林绰约马上笑了，就像平时一遇到棘手的事，她总会轻轻一笑那样，语调平淡地说：“不会有那一天的，不会的！哪怕全世界的男人都出轨了，我的丈夫也不会！我深信这一点！”

“男人嘛，那么有能力，又那么有钱，只要他对你好，养上一房二房的，又算个什么事儿呢？”

“现在这种事真的不算个事呢！”

“不是有那样的顺口溜嘛！男人没小姘，等于算白混，女人没情夫，等于老母猪……”

“哈哈哈……”

那是一次和民营经济有关的会议，在开会之前，几个有钱的太太们不知怎么的就唠起这个话题了。唠着唠着一回头，突见她们的林市长就站在她们的后面，便都吓得噤了声，那刚刚爆发出来的笑声也都被她们紧急地憋回肚子里去了。林绰约宽容地冲她们笑了，这才让这些太太们舒了口气，继续把肚子里的笑释放出来，一位太太笑罢还解释说："当然，这得分在谁家，在林市长家永远都不会发生这种事情的。"

"是啊！谁能找到一位像林市长这样的妻子，他烧香保佑都怕保佑不过来呢！哪还敢去出轨？"

林绰约便更加宽厚地冲她们笑了，可心里说："怎么不会呢？我刚刚处理完这等家事。只不过我怎么能把这类丑闻告诉你们呢？"

可见，谁都是普通的人，市长真的没有什么不普通，丈夫当然就更加的普通了。所有人头上的光环都是别有用心的人们强加上去的，只要不卸妆，一切就都是假象。

也许时间真的能够疗伤啊！等时光过去了好久，连阿良都离她而去后，林绰约突然就想开了，也许痛苦真的是磨炼意志的最好良药？或者她的胸襟本来就够大，大到了竟然让她理解了丈夫的偷情？

偷了就偷了吧，人生苦短，稀里糊涂地活着吧——林绰约对自己说。

道德不过是一种偏见——尼采对他的书说。

是啊！每个国家有每个国家的道德，在这个国家被视为禁忌的，在另一个国家也许恰恰受人追崇——林绰约又对尼采说。

但中国的道德却在全世界都通用呢，因为哪个中国人不自恋呢？尤其当这个中国人还在中国担任着市长的要职，尤其是这个市长还是老百姓心目里的女神！那么如果林绰约所说的话被她的粉丝们听到，他们会做出怎么样的反应呢？

突然车停了，还未等林绰约明白是怎么回事，两个酒气酗天的人已经骂骂冽冽地坐在了车上。这也太离谱了吧？自己既然雇了这车，不就意味着已经把车包下来了吗？为什么还要搭乘别人？

"妈了个巴的，这年头连花钱打车都这么费劲，等了这么长时间！"一个醉鬼边说边回头看了林绰约一眼，突然他愣住了。

司机便笑了："你也看出她长得像一个人吧？"

那个醉鬼这才长舒了一口气，又放松地笑了笑："我正在这儿纳闷呢！还以为半夜里遇到鬼了呢！这位大姐你长得真他妈的像林市长。"

林绰约笑了笑，没有说什么。

另一个醉鬼闻听也回过头来看了林绰约一眼，不屑一顾地说：“你们真是少见多怪，就真他妈的是林市长，又有他妈的啥了不起？咱们又不犯法……”

头一个醉鬼便无所谓地笑了：“少见多怪的是你，我即使真的遇到了，也无所谓。有什么了不起？她那个市长到底是咋当上的，别人不知道，我还不知道？”

司机好奇怪回头看了一眼醉鬼：“你连那个美女市长的隐私都知道？”

醉鬼得意的说：“那算啥隐私呀，我们那一带的，哪个不知道？不信我就给你讲一段……”

林绰约突然要呕吐了，她马上冲司机喊了声：“停下！快停下……”司机被她突出其来的喊声吓了一跳，二话没说嘎地就把车停下了。林绰约掏出十元钱扔到司机座位旁，就踉踉跄跄地下了车，速度快得把车上的人全都震住了。从车上跳下后，林绰约也没敢回头看，大步流星地就向前走去，幸好不远处就是一片幽静的小树林。

当周围终于只剩下她一个人时，林绰约的心才慢慢地平稳了些，才突然意识到自己刚才的失态，但后悔也来不及了。她突然有一种想哭的感觉。是的，她真的想大哭一场，哭得昏天昏地，哭得死去活来……就这么抑制着，抑制着，以至于把眼睛都抑制痛了。用痛痛的眼睛看那片依然喧嚣的街道，她突然有了一种恍如隔世的感觉。

隐私？什么隐私？那个人到底掌握了自己多少隐私？自己就真的那么害怕听到有关自己的隐私吗？

可是，你不敢听了，就意味着他们不敢说了吗？

一阵凉爽的风吹来，林绰约打了一个寒噤。大夏天的却突然打起了寒噤，自己到底是怎么了？

顺着小树林走了几步，她的思维才渐渐地回归到了脑子里。你怎么了？一个醉鬼的话就让你乱了方寸了吗？你还是那个自信的林绰约吗？你今天这是怎么了？

是非审之于己，毁誉听之于人，得失安之于素，成败归之于零。

她突然想起儿子隔着漫漫的虚空，从遥远的美国给她发来的短信。

林绰约抬起头，看到阳光正透过林荫，抛下来许多蚕丝般的光线，有几缕密集的还汇在一处，在细叶间，在草茵上，别别扭扭地描绘出色彩诡谲的无框小画。林绰约走过去，用那双一尘不染的鞋子报复似地踩着那一张张的唯美小画，可阳光却俏皮地把小画印在了她的鞋面上。于是，她笑了。

十

尽管林绰约千方百计地想忘了那个醉鬼的话，可他那乱乱的声音，连同他脸上的涎笑，还是深深地刻在她的忧伤里了。

林绰约默默地问自己：阿良算是隐私吗？

阿良！一想到这个名字，林绰约的心就像被人撕裂了一般疼痛。是的，这种痛真的已经深入骨髓了，也许倾尽家财，林绰约也买不到能够医治这种疼痛的灵丹妙药了。

可阿良的死，真的是自己的错吗？

林绰约不认为自己有错，林绰约真心地爱着阿良，爱一个人、真心的爱一个人，怎么能是错呢？

当然，林绰约也不觉得阿良错了，阿良不但勇敢地接受了林绰约的爱，也回报了林绰约更纯更真的爱，这怎么会是错呢？

如果非要追究对与错的话，错的就只有他们相遇的时间了。“恨不相逢未嫁时”，是的，是他们相逢的时间不对。

真的仅仅是相逢的时间不对吗？如果自己不是一市之长呢？

通过与阿良的相爱，林绰约总结出这么一个道理：那就是人的幸福与痛苦总是等价的，你能得到多少幸福，就必须付出多少痛苦。和阿良相爱的那段日子，林绰约是多么的幸福，又是多么的痛苦啊！一对真心相爱的人，几乎天天近在咫尺，却只能形同陌路、视而不见，难道这不是最无奈的痛苦吗？

“这样的日子我一天都过不下去了！一分钟都过不下去了！绰

约，救救我！”这是阿良在临终前向她发出的最后的呼喊，阿良的喊，当然是通过手机短信向她传递过来的，虽然毫无声息，却振聋发聩。

可在阿良最需要她的时候，她在干什么？

事后林绰约曾经深深地怨恨过那场大会，觉得就是那场大会夺走了她生命里最应该珍惜的阿良。可此时此刻，走在这个没有尽头的小树林里，她突然扪心自问起来："难道你在阿良之死上，就真的没有一点错误吗？"

那天的事，来得太突然了，令林绰约猝不及防。

林绰约有个习惯，那就是每次开大会前，都把自己关进办公室十分钟，她要对镜修整面妆。阿良最后一次给她打电话时，正是林绰约对镜修妆的时候。平时总是擅长掩饰自己情绪的阿良，那天怎么就那么反常了呢？先是发短信向她哀求，见她不回，就把电话打过来了。见是阿良的来电，林绰约皱了皱眉头，本来不想接听的，幸亏她心软了，接听了，才没有留下更大的遗憾。这边刚刚按下接听键，阿良的咆哮就在室内炸响了："不行了，我要崩溃了！这样的日子我一天都过不下去了！我一分钟都过不下去了！绰约，绰约！"阿良的咆哮，让林绰约胆战心惊，尽管知道办公室里就她一个人，可她还是惊惶地向四处看了看，才压着声音说："阿良，别胡闹，我马上要去开会了！撂了啊！"谁能想到，这次对话竟成了诀别。

可在诀别时，林绰约的声音却是冷漠的，这在阿良的耳朵里，一定是这个世界上最冰冷的声音。也许正是这个冰冷的声音，才促使阿良下定决心要放弃生命的吧？尽管下了决心，但阿良做的却是拖泥带水，他一定是非常舍不得离开自己，非常舍不得离开这个世界，才在临死前匆匆地安排了那场看似巧合的邂逅？

她和阿良的最后一次相见，是在通向大会会场的那个走廊，那是午后阳光最充足的时候，明晃晃的阳光按着各个窗户的形状，一块一块地把那明黄色的光芒均匀安放在走廊里的大理石地板上，林绰约手里拿着一份讲稿娉娉婷婷地向前走着，脚步也就一块又一块地穿透那些安放在地板上的阳光的盒子，就在这时，阿良"正巧"从他的办公室里出来了，和往日不同的是，这次他直露露地瞪了林绰约一眼，林绰约只觉得他的脸色异常的苍白，眼神异常的深邃，看得林绰约心里一阵发毛，怕阿良再做出什么过激的举动，她连忙把脸侧过去了，同时加快了践踏阳光的脚步。

林绰约万万没有想到，这次“普通”的相见，却是阿良特意送给她的最后一面……等她从会场里走出来的时候，那个阳光明媚的走廊已经被公安部门封住了，因为阿良——她的阿良，把自己吊死在办公室的门上了！

“淑华……淑华……”那个怯生生的声音，真的是在叫她吗？

林绰约循着声音望去，那个穿着脏兮兮的劳动服，正在沿街叫卖的、一脸酡红的女人，真的是自己的姐姐吗？淑华！多么久远的名字，又是多么亲切的名字？此时在这样的小树林，在这样的心境里听到这样的名字，林绰约突然百感交集起来，以至于差点掉下泪来。

“淑华，真是你呀？你怎么跑到这里来了？”姐姐在看她之前，首先向四处望了望，确定周围没有人注意她时，她才有些态度不自然地冲林绰约笑了笑，笑出了满脸缘自母体的亲近。

这位姐姐，应该算是林绰约小时候最要好的姐姐了。可自己的这个市长之位，并没有改变姐姐的命运，虽然林绰约也曾试图改变过的，并且利用职权，真的给姐姐安排了一个位置。可做惯了粗活的姐姐，竟一点也坐不惯机关里的软椅子，姐姐仅仅在那个软椅子上坐了半个月，就主动辞职，又出来卖菜了。用姐姐的话说：“坐在那样的软椅子里，看着人们异常的目光，简直就跟上刑一样。”其实，当初姐姐离开时，林绰约就知道姐姐离职的真正原因了，姐姐是怕丢了林绰约的脸呀！

此时，站在阳光下，看着一脸阳光的姐姐，林绰约又从另一方面理解姐姐的选择了。是啊，天天接触阳光，多么好啊！只要有阳光，只要高兴，干什么真的是无所谓的。

“很闷，出来走走。”林绰约说罢，就冲姐姐亲近地笑了，她的亲近让姐姐顿生一种受宠若惊的神情。

姐姐的神情，让林绰约产生了一丝自责。都说人世间最亲近、最长久的感情是姐妹之情，可自从自己当上了一市之长，就很少有机会享受这种感情了。不是没有时间，而是放不下市长的架子。此时此刻，望着阳光下姐姐那汗噤噤的脸，林绰约突然想到了小时候读过的一篇文章《哨子》，是啊，为了自己的哨子，自己已经丢失了太多的真情了！

头顶上的那个女市长的光环，真的值得令你倾尽所有吗？林绰约第一次如此自问。

平板车上的蔬菜，绿意盎然的，林绰约突然上前推了推姐姐的卖菜车，她的举动，再次让姐姐惊慌失措了："别别别，你别跟着推，看弄脏了衣服……让人家笑话！"

林绰约突然一甩头，真诚地说："那有啥呢？等退了休，我也出来卖菜！"

"那哪行？哪有大市长干这个的？全中国都没有的事儿。"姐姐奇怪地瞪了她一会儿，突然凑近了说，"你咋了？也被查了吗？"

姐姐的问话吓了林绰约一跳，她正要回答，突然，手机就响了……

就像谁不经意间点拨了一下她的神经，一切死去的就都复苏了。林绰约诚惶诚恐地按下了接听键，小巧的手机里面立即传出了秘书那清丽、礼貌、谦恭但又焦急的声音："林市长嘛？哎呀终于和您联系上了，今天上午因为电信公司的线路出现了故障，所有的电信信号都中断了……您现在在哪里？……在哪里？"

"我在外面！"林绰约的声音冷冷的。

秘书立即觉出了她的异常，他顿了顿，才说："呃……有一个会，马上要开了！很重要！您可能忘了！您在哪里呀？我派人去接你！"

林绰约向四周看着："这是一片小树林……对了，不远处有条街道，特征……有一个远望网吧……"

"好，我知道了，您稍等！"

关上手机，林绰约不禁深深地吸了一口气。是的，一切都没有变，一切又回到了原来的状态。

“我得抓紧走了，让你司机看到了，该丢你的脸了！”姐姐忙忙地推起了车。

林绰约突然感叹一声，喃喃地说：“姐姐，咱们靠劳动吃饭，有啥丢脸的？咱又没偷，又没抢！”边说边和姐姐一起推起了车子。

十一

意识已经无数次地走进过这个花园，每次进来都让她无比激动，继而无比痛苦。

太阳下去了，天边有一抹晚霞，树们凝立不动，在空旷的天幕下显得如此低矮，远山当然还是飘渺的，流水的淙淙不绝于耳畔，有湿润的风轻轻地吹来，吹来。独立在那一排小房子前，一头长发，一身长裙，一抹霞光……于是，她微笑了。

她突然想起儿子在四岁的时候涂鸦在一张废纸上的一首小诗，只有四句话：

“看时是人，
不看是鬼。
白天是人，
晚上是鬼。”

儿子那时还不懂得为诗取名字呢！

刚刚四岁的孩子，怎么就写出那样的诗了呢？他到底是怎样一笔一笔地用他那胖嘟嘟的小手把诗写在纸上的呢？他那个圆圆的小小的脑袋瓜到底装了什么呀？

此时此刻，别说她弄不懂远在大洋彼岸的儿子了，她自己都弄不懂自己呢。

就像这隐秘的花园……

午时三刻

引　子

人世间最快乐、最陶醉忘我的滋味您尝过吗？

人世间最恐怖、最孤独无助的滋味您尝过吗？

如果这两种滋味几乎在同一地点、同一时间向你袭来，那种滋味……您尝过吗？

人都是神灵的孩子，可当这一切几乎同时袭来的时候，神灵啊，你在哪里？

那两种滋味，那两种滋味，就像两股巨大的而且是对峙着的狂澜，纠缠着、呼啸着向我袭来，就像火在海水里燃烧，就像水在火焰上流动，还没有等我明白过来，就猛然把我吞没了！我愣愣地望着他，望着他，望着他，他那黑亮的眼睛里刚才还闪烁着燃烧的火焰、快乐的激情，可几乎在一瞬间，那股光芒四射的火焰和激情就突然熄灭了，熄灭了，他就那样一下子软软地、沉沉地扑倒在了我的柔弱的身体上，扑倒在我狂焰一般的激情里，接着……天啊！太可怕了！

接着，我们就人鬼相隔。

几乎在同时，我的电话响了，那美妙的手机彩铃就像一支看不见的乐队，在这个小小的车厢里演奏着立体声的交响乐，久久不息……

“浮云散明月照人来，团圆美满今朝醉，轻浅池塘鸳鸯戏水，红裳翠盖并蒂莲开。双双对对恩恩爱爱，这暖风儿向着好花吹，柔情蜜意伴人间……”多么柔美、幸福、热闹的人间仙乐啊！可如今却成了为他送行的绝唱……

那条未接来电显示的时间是十二时四十五分，也就是午时三刻。

一

早晨，心情很好，无缘由的好，我在屋里屋外地走，新买来的鞋不知为什么鞋跟很响，敲在水泥地上咔咔地响，尽管自己很小心，尽量放轻脚步，可咔咔声还是非常清脆，清脆得整个八楼都能够听到。他的屋门开着，我无论走过几次，都要经过他的屋门，但我没有回头去望……这很正常，工作嘛，自己都在忙自己的事情，无论抬头还是低头都是很正常的。

但走过第四趟的时候，我实在忍受不了脚下的咔咔声了，正巧秘书部的董姐来他的屋里送文件，我便笑着在他的屋门前驻足，对董姐说：“太响了，也不知是体重增加了，还是鞋底的缘故。”董姐马上善解人意地笑笑说：“你可不胖，正是恰到好处，就像书上说的：削一分则瘦，多一分则丰，圆润却不失窈窕，丰满又不失俏丽……真的是爱死个人了！”他突然在屋里接过话茬说：“看来并不只是英雄爱美人啊，原来美人也爱美人啊！”就这么寒暄了几句，我便笑着又走回自己的屋子。

接着，就想起了昨夜的梦。

很久不梦见他了，也不再像以往那么总是很期待地梦见他了，可那个梦偏偏在这个时候就来了，好奇怪的梦啊。

以前也经常梦到他，但梦中的他总是以领袖的姿态出现，总是一副高高在上的神态，与我之间总隔着一层雾，让人不能接近也不敢接近。但即使如此，我当时也觉得很知足了，毕竟自己梦见了他。

可昨夜的梦是怎么了？

梦中，他先是一改以往的严谨，赤着臂膀就进来了——这可是在公司里呀！他好像要和我们说什么，而在场的人脸上的表现却都很麻木，好象这是非常正常的事情。梦里乱乱的，就像平时一样忙乱，但转眼大家就都往楼下走了，不知为什么，都不去挤电梯了，乱哄哄地顺着楼梯往下走了。他也往楼下走着，这时已经穿了衣裳，是鸭蛋清颜色的衬衣，很俊逸的样子。我随着人流往下走，当他在楼梯口拐弯的时候，我看见了他的一抹眼神儿向我瞟过来，我就想起我们事先曾有过的一个“约定”——我得和他去幽会。于是，我赶紧跟他走了，没有一丝犹豫，也没有一丝胆怯，只怕自己走得慢，又挨他的责备。这时阻力就出现了：很多人乱哄哄地阻止了他。记不清大家是怎么阻止他的，反正他被一群人远远地隔在了那里，而我依然往前走，在乱乱的气氛中也没有敢回头去看。紧接着我就听见一声凄惨的长啸从他的嘴里传来，是的，真的是凄惨的，声音里夹着一种哭意：“我苦啊！这么多年了……”

可是，我还是走了，步履坚定地走，没有回头，也没有心软。但心里却有一种淡淡的遗憾，淡淡的惆怅，淡淡的悲凉，淡淡的失望……但我还是没有回头。

就这么醒来了，这真是一个荒唐的梦。

他现在依然是我的顶头上司，在我面前，他依然玉树临风，依然清逸如梦，依然让人望尘莫及。但自从我在心里偷偷地把他杀死之后，他就已经在我那个叫暗恋的文件夹里被彻底地删除了，对于我，他真的又一次死去了。可是，死去的人突然出现在了我的梦中，这到底是怎么一回事呢？

二

记得在六年前，太快了，已经六年了！我曾经写过一篇名为《被杀死的人》的文章，准确地说也称不上是什么文章，只是一段话，幸好我的电脑里还存有这段话：

“我收拾了最后的一点东西，然后便从他的视线里一点点地走开了，我没有回头。”

我知道，从此以后，他就死了，被他自己杀死了。

隔一段时间，一些人就这样在我的生活中死去了，当然，死亡的方式各不相同，只是有些人的死与我并没有太大的关系。

事实上，他也许并没有死，他依然生活在属于他的那一个圈子里。但对于我来说，他确实已经死了，因为我的生活里除了记忆，已经再也没有了他。所以，他对于我来说，便意味着死去了。

我是被他活生生地赶出去的，他是这个分公司的副经理，我是经理身边的一名文职秘书，他赶我的原因很是冠冕堂皇，他说我这条鱼“才能”太大，在他的这个小河沟里实在是一种“人才浪费”。于是，他便举荐我去了一个和他没有一丝关系的另一家分公司，当然，我还因此得到了一个不大不小的职务。告诉我这个消息时他显得那么高兴，仿佛高升的是他而不是我。但我很悲哀，因为我知道从此以后，他就会在我的工作中消失了，我再也无法这样与他近距离地接触了。

在工作中消失了，在生活中又根本不可能出现，这就意味着他的存在于我已经没有了丝毫的意义，他对于我，只剩下了一个名字而已，就像我知道的一个古人的名字，就像电视里、报纸上经常可以听到的、看到的那些正在活着或已经死去的人的名字。可那么多的名字我并不在意，我在意的只有他的名字……然而，从此以后，我却只能空空地怀抱着他的名字了。

自从进入这家公司，我一直是他的手下，屈指算来，我们在一起的时光也有一千多个日子了，当然，在这一千多个日子里，我们之间并没有发生什么特别的事，我们只是普通的同事，并且很少有单独相处的机会。当然，这一千多个日子里，他一直都在领导着我、驾驭着我、支配着我，可这也没有什么特别的，因为他是我的顶头上司，他在领导我、驾驭我、支配我的同时，也在领导别人、驾驭别人、支配别人。当然，这一千多个日子里，单独面对他时我总会胆怯地低下头，然而背着他时我却总要用心端详、欣赏他的模样。我不知道他是否爱过我，但我知道我爱他，自从见到他的第一眼起，我就深深地爱上了他。尽管我知道他有很多缺点，比如他有时过于刚愎自用，有时也喜欢卖弄才学，引经据典时还常常出错，并且让人觉得可怜的是：错的时候他并不知道错，他还在得意地笑，仿佛自己真的才华横溢。更让人觉得难受的是，有一些人，比如饱读诗书的董姐，明明知道他出了错，却不肯去点明去纠正，还都笑着恭维他，好像错的一方不是他，而是他引用的经典。为了纠正他的这些错误，有一次趁着没有人的时候，我甚至愚蠢地把收集起来的他说过的每一句错话都写在了一张纸上，并把正确的读音、含义都标在后面，然后偷偷地放在了他的抽屉里……我知道我这样做是多此一举的，甚至会让他觉得反感，我一直对自己说，其实我很瞧不起他……但思念的时候，出现得最多的还是他的影子，包括和丈夫亲昵的时候，横在我俩中间的那个面庞，依然还是他。

难道，他这样踢我出局，真的是缘于我那多此一举的纸条吗？难道他真的以为我是在卖弄才学，是在侮辱他吗？我不信他会如此狭隘，如果他连我的这一点苦心都不能明了，那么他也真的不配让我这样去爱了！因为调离工作这件事，我曾当着一位不相干的人的面，比如秘书部董姐的面，怨气十足地中伤过他，我说他这样做表面上看似乎是在帮我，事实上他就是在往外撵我，他要把我彻底地撵出他的生活，撵得一干二净！可是冷静下来扪心自问：他到底为什么要赶我走？他是不是很怕我？他到底怕我什么？或者他在心底里厌恶我？可我并没有向他表白过我的爱，并且我自信在将来的日子里也永远都不会表白，是的，永远都不会。我只想这样静静地隔着一段距离看他，看他就足够了。我不会干扰他的生活，不会的，因为我没有那个胆子，更不敢有那个私心。我只这样遥遥地看看就足够了，可他是多么的残忍，连这点可怜的权力都给我剥夺了。

我离开了他，他便死去了，当然，这次他的死属于“自杀”，和我没有关系。

三

然而世事难料，阴错阳差地，在他“死去”长达六年之后，他又奇迹般“复活”了，他在农村、城里“流窜”了好几个分公司以后，就被他的上级——当然也是我们共同的上级——从基层的分公司给拉出来了，调到了地处城郊的公司总部，也就是我所在的公司，成为了公司里的总管、我的顶头上司。我听到这个消息后，不由自主地双手合一，叫了一声阿弥陀佛，但随即一个重重的锤子就砸在了我的头上：“他不是已经死了吗？干嘛要死灰复燃？他死后的这几年，我的心灵是多么的平静？那么就干脆让他继续死了吧！干嘛还让他复活？”

于是，为了不让他复活，我对自己采取了“坚壁清野”的策略，让他的一切都进入不了我感情的领地，除非有公事不得不见面外，我和他形同陌路人。是啊，的确就是陌路人，真的一点关系都没有。我以为这样，一切就万事大吉了，可令我没有想到的是：我的“自我约束”是没有丝毫用途的。上任还没到半月，他又在琢磨我了！他又像以往一样，用那种特别幽深的声音对我说：“你还是走吧，去第三分公司去，那里是这么这么这么的好……”我不禁怒发冲冠，他的声音还没等进入到我的脑子里，我就一脚把它踢回去了。“这是不可能的事！”我决绝地说完，转身离开了他，没有一丝商量的余地。可他并没有死心，依然顽强地继续了他所谓的鼓动工作，甚至去找了我们那位共同的上级领导，但遗憾的是：这时的他，已经不能再像上次那样可以随意支配我了，我已经变得强大了。是的，这一次他没有得逞。

可是，他为什么要这么做？为什么？为什么？

这件事发生过以后，他还像以前那样，对我很好，当然是属于一般同事意义上的好，人熟为宝嘛！况且他对下属好在全公司都出了名。但我还是对他这种三番五次的踢我出局存有了戒心：我开始更加地远离他，对于他的一些关心，我也是婉言谢绝。在单位，我可以和其他同事大声说话，可以和别人嬉笑怒骂，但我和他总是彬彬有礼的，隔着一层透明的雾。

事实上，我也的确变得强大了！强大到我真的已经不再在乎他了！正因为有了这种前提，我心灵的电脑里，便不再有了属于他的文件夹，是的，他在某种意义上来说，真的已经死去了，他出现在我面前的躯壳里，只剩下了一个“同事”的字样，并且前面还需加上一个“普通的”的修饰词。

于是，日子便在这“普通”中继续下去了，我们井水不犯河水，当然也就显得相当平静了。

然而就在这个时候，为什么就偏偏有了那个奇怪的梦。

都说梦是心头想，如此说来，我是希望局面倒转了？假如局面真的倒转，我会怎么做？我会像梦中一样，毫不迟疑地跟着他走吗？当他受到了某种阻力，被人欺凌的时候，我也会像梦中一样迅速地、头也不回地逃离吗？我到底是不是真的爱他？

四

一场梦搅得我心慌意乱，我不幸地发现：那个旧情真的复燃了，那个在我的心里已被杀死的人，真的已经慢慢地“复活”了——或者也可以这样说，在我的心中，他的“死”根本就是假“死”——正因为太在意了，才这么用心良苦地要一次次地“杀死”他？是的，不管我怎样掩饰自己，管教自己，甚至虐待自己，我的眼里又一次只剩下了他的影子，我的耳边又一次只剩下了他的声音……除了他，一切影子都虚幻了，一切声音都消失了，包括我自己的影子，包括我自己的声音。我又一次陷入情天情海不能自拔。

此时此刻，他就在不远的走廊里和别人说着话，声音很有磁性，里面当然还飘着那种柔柔的软软的让人怦然心动的颤音——我太喜欢这种声音了，我贪婪忘我地倾听着，倾听着，但他究竟说了什么话我却一句都没有听懂。

十几分钟以后，我感觉到他的声音连同他的脚步一起远去了，消失了，尘埃落定之时，我才敢走出办公室去提水，然而我猛然就愣在那里了——他竟然就站在走廊里，直直地站在那里，似乎在等人，“难道他在等我吗？”我马上低下头去，话都没有和他说，低下头快速地从他身边走过去……当然，他也一直没有说话，他当时具体是什么表情，我不知道，从他身边走过时我是多么的慌张。并且，我惊讶地感到：三十岁的我，脸上竟然有了少女般的灼热。

完了，完了，我又一次堕入情网了！怎么办？怎么办？

独处的时候，我平抚了一下自己的情绪，便意识到自己已经站在了悬崖的边缘。不能这样下去了，再不能这样下去了！为了我多年来用心洗涤的冰清玉洁的名声，为了我多年来辛苦经营的和睦家庭，为了我多年来辛苦抚养的品行端正的女儿，不能这样下去了，我必须得再一次做出决定！

要不就真的调转吧！这一次换我去找我们的上级，一定能行的！

“怎么？要做逃兵吗？对自己这么没有信心？”我轻蔑地笑了，当然，这一次是嘲笑我自己。是的，不做逃兵，绝不能做逃兵。我要再一次“杀”死他：用心，用爱，用理智，用道德！

正在我整天在“杀”与“不杀”之间徘徊之时，一个消息炸雷一般在身边响起，我们公司里的一位姓贾的副经理——那个平时总是随和地微笑的、以处事果敢低调而出了名的、几乎和任何人都没有深入交往的领导，竟然被警方以杀人匿尸罪逮捕了，据说，他于三年前亲手杀死了他的情人，并藏尸于荒野。案子一破，举城哗然，大家这才想起了三年前“突然”从公司里跳槽而走的那个美丽的女大学生，是啊，她走后，就再也没有人见过她。据说，那个女大学生和他有过私情后，就一直以此为筹码，威逼他和妻子离婚，否则就要公布他和她的关系，于是，为了保住自己的名声和地位，在一个月黑风高的夜晚，他杀死了她，并埋尸于荒野……

这起案子的“及时”侦破，对我的影响之大是不能用语言形容的，它让我从迷梦中彻底警醒：是啊！爱情对于男人来说，永远是排在金钱权利之下的，为了保住自己的名利，他们真的是能够杀人的。与其让他杀死，不如先发制人，先把他杀死吧！于是，我真的就那么做了，做得干脆利落，做得平静从容，做得寂静无声。啊！这真是一个美丽的杀人案！随着时间的推移，我发现我这个“杀人”计划还真成功了！

每个人都有情感，也都有理智，二者的冲突决定了人的品性。只有用深邃的理智驾御磅礴的情感之人，才能成为大天才！我笑了，身体也恍惚飘入云端：哈！这么说来，我还是一个大天才呢！

《一个大天才用爱，杀死了她的梦中情人》，我突然想到了一个通讯报道的标题，当然，这篇通讯报道只能发表在我心灵的报纸上。

五

可那个该死的公司，为什么偏偏安排了那次该死的月亮河之宴呢！也许没有那次晚宴，我们还会一如既往地和平共处下去，一直平静地相处到老……

现在的人，也许是幸福得过了头，不知怎样享受人世间的幸福了？才想起在月亮河上开了这家游艇餐馆，啊！那是多么美的佳肴，多么美的游艇，多么美的河流，又是多么美的月光啊！那个晚上，几乎人世间所有的美丽都来此聚会了，更何况还有那么柔和、那么多情的音乐，那么诡谲、那么奇丽的彩灯呢！

也许人类抵制光影音像诱惑的能力，都是脆弱的。光影音像到底是什么啊！明明就是一场空，可身处其中，那种美妙的感觉却是实实在在的妙不可言。虽然我也算得上一个二流文人了，可是我就是无法描述出那种美，那实在是太美了，美的我都要哭了。大家都读过朱自清和俞平伯的同题散文《桨声灯影里的秦淮河》吧，名家们都已经替我们描写过了。可我身处的那个美景，却要胜于名家笔下的美景几十倍。秦淮河毕竟很老了，她的水毕竟浑浊了，如果非要把她当成美女，也不过是过气的美女，一个出自名门且饱经风霜、心里珍藏着许多美好的故事、脸上抹着过多粉黛的老美人。那么月亮河呢，月亮河可是一个尚未被开发过的小处女呢，无论是河水、游艇，还是游人，都是“新”的，更何况时代已经前进了几十年了，不说造假技术了，仅光影的技术就要胜过朱自清年代多少倍了。

但当时，这些光影音像对于我来说，只是浮光掠影、耳外之音，因为我全身心、全身心所在意的，还是他一个人啊！

他是主管，他当然坐正位，此时，坐在正位的他，在五彩灯光的映耀下，在那些平庸男子的陪衬下，的确显得俊逸异常、英气逼人，我仅仅瞟了一眼，就怦然心动了。在灯火阑珊处，我趁着没人注意的片刻，曾用透视的目光，犀利的思索，冷静地品察了一下他与众不同的原由，我发现它一方面是有形的，来自于母体的满月般白皙俊逸的面庞和玉树般秀颀魁梧的体魄，更多的则是无形的，那就是——权力。权力到底是什么东西啊！它真的能让男人魅力十足、威力无穷。难怪男人们为了它可以倾尽所有，哪怕付出生命的代价！此时坐在正位的他，虽然穿着和大多数男人一样的衣服，吃着和大多数人一样的饭食，但正因为他的正位，正因为他头上的那顶无形的乌纱帽，风采就是显得与众不同，眼神里透出的带有霸气的自信，嘴角里蕴含的带有独断的刚毅，是任何男人想模仿都模仿不了的。难怪当年曹操哪怕是穿着侍卫的服饰，握刀站在侍卫的位置上，也让人看出了王者之气。是的，魅力是装不出来的，之所以装不出来，就是缘于天然、出自筋骨，就像塑料花做得再美、再精，也不如真实的花朵妖艳。

开始的一切都很正常，就像在公司里一样，在美丽的景况中，大家当然要比在公司里显得尽情些，但那种尽情还是在某种规范之中的尽情，就像弹簧在“弹性范围内”的伸缩，很快乐，也很有尺度。夜渐渐地有些深了，酒也渐渐地有些多了，在五彩的光影里，大家的脸上都带着红润的笑意，可因为他的坐怀不乱，所以大家就也都坐怀不乱。有人虽然开起了玩笑，但那种玩笑还是很高雅、很含蓄的，关键的地方都蜻蜓点水、浅尝辄止，大家虽然都听明白了，都会意地笑了，但也都只是会意地笑了，心里也许会怦怦地动了动，但也只是心里动了动。是啊！谁的心不动呢？心要是不动那就不是心了。

“看看，看看，有的人已经想入非非了！”销售部的王经理瞥了一眼对面的董姐笑着说。

董姐立即微笑地回应：“可不是！想入非非了！可菲菲想你吗？”

大家更笑了，当然还是那种会意的笑。在单位里，王经理和董姐经常这样开玩笑，所以，大家都觉得很正常，假如有一天王经理和董姐突然不开玩笑了，是不是就不正常了？

一向不喜欢开玩笑的他，也有兴致参与进来了，他幽幽地说：“我来给‘想入非非’的人搭个台阶吧！有一幅对联，我觉得很有意思。”

大家都噤声不语、侧耳倾听了。我便知道，已好久没有卖弄的他又有雅兴要卖弄一番了！游艇里立刻寂静了下来，这种肃穆的寂静既缘自他的地位，也缘自他的不苟言笑。见大家都这么噤声，他便缓和气氛般地笑了，他一笑，气氛果然有所缓和。他这才稳稳地说：“上联是：百善孝为先，论心不论事，论事天下无孝子。”

大家听得懂的，听得不懂的，都点头说好。我的心里却突然一动，但我依然面带微笑地倾听着，没有说话。

他突然把目光投向了我：“大才女肯定知道下联吧？在大才女面前，我真的不敢班门弄斧呢。”

权力的力量，又把所有的注意力转移到了我这里，我像是突然被人架起来扔到了火上一样，心里也不由得升起了一种恨意，怎么？要恩将仇报，报复我那一纸之仇吗？幸亏我碰巧看过这个对联，不然我这个所谓的才女可真的要颜面尽失了。我避开他的目光，微微地笑了笑：“下联是这样吧？万恶淫为首，论事不论心，论心世间皆恶人。”

“哇！太经典了！”多数人都理解了对联的含义，也有少数没有理解的，但无论是理解的，还是未理解的，大家都笑了，有的人还夸张地赞扬起我的才华来。我的心突然异常地跳了几下，周身的热血也沸腾了，因为我突然看见，他的一缕热切的目光射了我一下，随即就飘到别处去了。

我的心狂跳着，窃喜着，期待着，预感到有事情要发生在我身上了！啊，多么容易坍塌的心墙啊！自以为固若金汤，多么容易被摧毁的武器呀！自以为无比锋利，并且还那么用心地杀他，杀他，杀他，几乎每天都在杀他，可现在是怎么了？还没等他出击，只一个眼神，一抹微笑，就已经让我无条件地缴械投降了。

那个时刻果然来了。

"鹤！你们看，鹤！"一位同事突然指着舷窗外的水面喊道。

大家都不约而同地向窗外看去，隔着远的，还都跑到舷窗边看，月光下的月亮河，显得神秘而又幽怨，我虽然就坐在舷窗边上，但我却没有看到鹤，也没有看到河，我的眼前是一片虚无，因为他也挤过来和大家一起看，并且他那带着暖意、带着无穷诱惑力的身体紧紧地挨向了我。风韵如鹤、年轻貌美的销售部一枝花小秦为了显示自己也很有才华，还顺口说起了那首著名的诗："寒塘渡鹤影，冷月葬花魂……"但我没有说话，他也没有说话，因为就在这时，他的手——他那有些发凉的、有些汗津津的手突然就抓到了我的手，紧紧的，紧紧的……

我的心怦怦地跳着，他特别的心跳也从他的手传到了我的手中，我几乎瘫软了，迷醉了，任他那么紧紧地攥着，攥着，我希望世界在此时定格成永恒，两只会说话的手永远都不要分开，一生一世都不要分开。

不知谁喊道："船有些斜了！……大家快回到座位上……"大家才议论着离开了舷窗。他的手也自然地松开了。我把茫然的目光从窗外收回，用余光窥探他的神情，可他没有看我一眼，并且从那以后，一直到宴会结束，他再也没有看我一眼。

明白了，一切都明白了，还用说什么啊？在真爱面前，语言是一点用途都没有的。他之所以一次次、一次次地想踢我出局，就是怕自己抵制不了爱的诱惑。可是，最终呢？

都是月亮河惹的祸啊！

六

那个晚上，我彻夜未眠。

接下来的日子，一切都显得风平浪静，我们都像往常一样平静地工作着，沉默地深爱着。没有电话，没有交谈，甚至没有眼神……

但我知道，这是暴风雨来临前的寂静，这是火山爆发前的寂静。

我等待着，等待着……

仿佛上天要考验我的意志，在我等待得最艰难、最焦心的时候，他的那扇门——那扇豪华阔气的挂着总经理门牌的门却被紧紧地锁上了，一锁就是好久好久。没有人告诉我他去哪里了，也听不到人议论他到底怎么了，我渐渐地心急如焚。可外在的矜持却不允许我四处询问，只能这样默默地、默默地在内心里牵挂着、猜疑着："怎么了？病了吗？遇到什么事情了吗？"因为心中牵挂，我做不进去任何事情，有好几次把别人的脚步当成了他的脚步，又不敢贸然去望，终于逮到了机会从他的门前经过，可那扇门还在严严实实地锁着，把我无限的忧伤、无限的牵挂、无限的担心都锁到了那扇未知的门里。就这样煎熬着，煎熬着，煎熬到第四天的时候，我终于从两位同事的交谈中听到了他的下落：原来他出差到南方了！他没有病，没有出意外！于是，一种担忧释怀了，另一种思念又袭来了，南方，南方的哪里？此时，他在那里干什么？什么时候能够回来呀？

"彼采葛兮，一日不见，如三月兮。"那些天，我心乱如麻，又无人可以倾述，苍天仿佛知道我的心，胡乱翻书时，翻到的那张配着意境小画的书页，竟然赫然印着这首《采葛》的诗，诗未读完我已泪流满面。掩卷长思，我不禁疑惑：那个写诗的人是不是我的前世？就这样默默地、苦苦地从远古一直思念到今，我是不是生来就注定是一个思念的人？"当你在穿山越岭的另一边，我在孤独的路上没有尽头，一辈子有多少的来不及，发现已经失去最重要的东西……"一阵手机的彩铃声从隔壁办公室里响起，我知道那是销售部王经理的手机，他的手机每天都这样翻来覆去地唱着，但总是刚唱两声就让他按了接听键。然而，那天经理大人似乎也知道了我的心事，偏偏把手机忘在了办公室，让我至始至终地听全了那首歌："噢，思念是一种病，思念是一种病，一种病……"这到底是一首什么歌啊！句句都像刀子在刮人的心。

痛苦到了极限，我突然豁出去了，不顾一切地拨通了他的电话。电话响了好久，他才接听，可当他那熟悉的声音终于真实而冷漠地响起时，我却像临阵脱逃的懦夫一样，慌慌忙忙地就把手机按掉了，手机都按了好久了，心还在怦怦地直跳。是啊，我能和他说什么？那么长、那么苦、那么多的思念，能化成语言的究竟又有几句？并且到底是哪一句？说想他？不敢。说爱他？不能！是的，面对他，我真的真的无话可说。

不知道他是什么时候回来的，总之当他在我毫无预感的情况下，突然出现在我的面前时，我平凡的小屋顿时阳光明媚、仙气缭绕了。他站在门前没事人似地冲我笑笑，把一份文件交给了我，当时王经理正在我的屋子里，见了他马上礼貌地笑问道："总经理不是出差了吗？什么时候回来的？"

他没事儿似地笑了笑说："回来两天了。"说完便走了，走得也像个没事儿的人似的。

我没有目送他，当然也没有说一句话，一股无缘由的怨恨却直冲脑际。我是那样的恨啊！回来两天了？我是傻子？还是聋子？我怎么没有听到他的一点消息？两天，多漫长的时光，多么难熬的思念，就像墙上的时英钟，一声声地响啊响啊，一点点地走啊走啊。就像那首歌："嘀哒嘀哒嘀哒嘀哒，时光啊不停地转动……"可我为什么就没有听到他的足音，为什么就没有听到他的门声？撒谎，一定是撒谎！但我随即又窃喜了，因为我发现他送给我的文件并不是什么重要文件，一般情况这种文件总经理是没有必要亲自送给我这层下属的，可作为总经理的他，为什么要亲自过来把这么一份不痛不痒的文件交给我？这说明了什么……我的心又狂跳不已了！

秘书走后，我久久地望着那扇普通的门，我发现因为他的出现，这扇普通的门突然就变得不普通了，阳光正照在门边，就照在他曾经站过的那个位置，此时此刻，那里就像一块圣地，高贵而且洁净，笼着一抹神秘的光韵，飘着一股暗淡的奇香。趁着没有人，我也到门边小站了片刻，一种幸福的滋味立即涌遍了我的全身，啊！我的阳光终于又回来了，我的生活终于云开雾散了！不知不觉地，我的思念也开始成功转型，成功地转成了渴望，是的，我是多么的渴望！早晨，我早早地来到了公司，早早地就把小屋的门敞开，屋里所有的办公用具此时都变得表情丰富、可爱无比，我一件一件地小心擦试着，就像擦试自己的珍宝，在我的呵护下，我的小屋转眼之间就如天堂般洁净明亮了！

可是，我那扇幸运的小屋的门啊，再也没有等来他的身影。

就在这时，贾经理的案子宣判了，据说是死刑。一时间，小小的公司里就像被人扔了一个炸弹，一下子乱了，到处都是议论声、感叹声、唏嘘声。

很快，私下里的传说变成了公开的事实，公开庭审就在法院公判大厅，公司里的所有人都去旁听那次庭审了，当然，所有人的内心都受到了震撼。审判前，我站在大厅的门外，远远地看到贾经理被法警从警车里带下来。当时正是北方的十月，寒气袭人，那个平时在公司里总是头发黑亮、西装革履、令人望而生畏的贾经理，此时被剃了光头，顿时苍老了许多，狼狈了许多，也颓废了许多。在冷风中，他一直都在瑟瑟发抖，让人看了顿生凄凉之感。

近五十岁的人了，最艰难、最困苦的日子已经熬过去了，如今，地位高了，孩子大了，家境好了，此时的他本应该如同以往，可以尽享人间之乐的，他却因为耐不住“幸福”，这不能不让人感叹。

回来的路上，我和小秦一同搭了他的车，在车上，他至始至终没有说一句话，他显得很疲倦、很疲倦。在很黑很浓、自然得体、一丝不乱的头发里，我看见了几根白发在俏皮地闪烁。下车后，他也是一声未吭兀自走下了车回到了属于他的办公室，在那军人的步履中，我读到了一种衰老和颓丧，我突然意识到：我的等待永远都不会有结果了。那天晚上回到家中，我感到空前的孤独，于是，我便哭了，哭得很凶，哭得连早已习惯了我哭的丈夫都倍觉奇怪了起来：“又受什么刺激了？是和贾经理有关吧？至于吗？”他依然用那种冷嘲热讽的语调。

七

生命是一团欲望，欲望不满足便痛苦。可是扪心自问：我究竟要得到什么？

爱情的终级目标，仅仅就是两个肉体之间的接触吗？如果说接触了就算是得到了的话，那么所接触的男女究竟又得到了什么？如果那种得到是以家庭、金钱，甚至生命作为代价，那么这种代价是不是太昂贵了呢？长哭过后，我肿着双眼坐在那里呆想，想我痛苦的根源，想我接下来要走的路。还用再想下去吗？多么简单的道理，可为什么还是走不出那痛苦的怪圈呢？

人每天都在疾走，可是究竟有谁能真的走出他自己呢？

外面的天越来越冷了，为了让自己的感官变得麻木些，再麻木些，我穿了很少的衣服就出门了，我计划去不远处的一家书店买一本我好久以前就想看的书，我要用那本书麻醉自己，让自己尽快走出痛苦的阴影。冷风很快就打透了我的全身，我在冷风中瑟瑟发抖，我就那样紧紧地抱着肩膀在阴冷的街路上一路小跑着，再也不管什么姿态、什么仪表了！人真是活该受罪的动物，此时此刻，心田里那刺透筋骨的痛苦果然消失得无影无踪了，我此时所有的念想就是快点到达书店，快点摆脱那种同样是刺透筋骨的寒冷的滋味。在无法忍受之时，我甚至还能想到弗洛伊德，想到他赖以为生的那些心理疾病的患者们，因为这些患者，弗洛伊德不但成为远近闻名的“首富”，还因为医学精湛而享誉世界。然而，这位闻名于世界的心理学大师，却在第二次世界大战期间突然就因“失业”而挨饿了，原因就是那场席卷了大半个地球的战争，几乎让所有的心理疾病患者都自然痊愈了。是啊，大家保命都保不过来呢，谁还有闲心去患什么心理疾病啊！

“富贵真的就要思淫逸？幸福的日子真的就那么不好享受吗？”他神情倦怠、目光懒散地说，说得更像是呓语。贾经理死后，为了整顿人心、强化教育，公司里经常召开这类思想作风整顿会议，每次会议，他都要做重要讲话。我真的很怕听他讲话，因为他的讲话把男人的才华、机智、幽默、魅力都发挥到了极致，别说看他的眼睛，仅仅听他那充满磁性的声音，心都要痉挛，都要颤抖。然而那天他的讲话却一直都用呓语的腔调在说："凡到手的都不是我们想要的，我们想要的都是我们难以得到的，得到的越难，我们越想要——这就是人！"他无精打采地说着，如果不是他的嘴在动，人们甚至很难把那些话和正在说话的人联系在一起。见大家都神情怪异地看着自己，他突然意识到了什么，这才调整了一下坐姿，清了清喉咙："贾经理现在与我们已经人鬼相隔了，作为前车之鉴，我们真的应该重新审视一下我们的工作和生活。真的不能再重蹈覆辙了！"说到此处，他甚至微微地笑了笑，他这一笑，气氛果然缓和了，他环视了大家一眼，当然在这"大家"之中，也有我。见了我，他的目光又现出了那种迷离的状态，他似笑非笑地说："人生就是一场舍近求远的游戏，舍近求远似乎是我们人类的天性，风景总是远处的好，女人也总是别人的好，总以为自己拥有的东西就不如别人的东西，就像是邻家的猪，自已家的猪食哪怕再好也不如邻居家的香，所以一旦得空它总会跑过去呛那么几口……"说到这里，他兀自地笑了："我们家里啥没有啊？干嘛要馋别人家的那口？"话音未落，有人就窃窃地笑了。他面无表情地等着大家都笑完，才严肃地说："我今天就点到为止，希望大家不要再想入非非，不管非非到底想不想你。血的教训就是我们的前车之鉴……"他说这些话的时候，我一直用很陌生的目光看着他，有那么一阵子，我甚至觉得自己并不认识他，甚至怀疑那天晚上紧紧攥着我的手的那个人根本就不是他。说得多好啊！就像一个哲学家，似乎把一切都看懂了，看透了。如果那天他没有攥过我的手，我一定会觉得相形见绌，会觉得坐在眼前的这个男人，一辈子都不会做什么出格的事，越轨的事，就像哲学家笔下的神或幽灵。这就是所谓的领导，说得永远比唱得好听，松的紧的咸的甜的全由他一张嘴说了，把自己当成上帝了吗？我不禁鄙夷地一笑。然而倒霉的是，我脸上的这一丝连我自己都没有意识到的笑，竟然被他看到了，我看到他微微地皱了一下眉头，脸色也黑了黑。

回到自己的办公室，我默默地冲着墙壁做了一下鬼脸，我知道我和他的一切都已经成为历史了，一切都大势已去了！什么都不会发生了，我还会回归以往的我，回归以往平静的生活了。这样想着，心里也觉得轻松！下班回家从他的办公室门前走过时，我甚至毫无顾忌地向他的办公室里扫了一眼，我见他把自己缩成一团，埋在诺大的老板椅中，似乎在呆呆地想着什么，此时的他不知怎么的，倒像是一个异常顽皮的孩子，与平时那个总是一本正经的他判若两人。我不禁又一次微微地笑了，不过这一次我可是有意识地笑，走过他门前的一刹那，我甚至怀疑自己对他的所谓爱情到底是不是真的。

八

可就在这种特殊的形势之中，就在我的希望已经燃烧殆尽，甚至连灰烬都渐渐变冷了的时候，他的眼神却瞟过来了，令人措不及防。

中午下班，我一边把纱巾系在脖子上，一边用腿轻轻地往前推门，想把门带上。为了体现自己的修养，我不敢把关门的声音弄得过大，用腿关门这不雅的举动，我做得更是小心翼翼。接着，那个特别的时刻就到了，我像突然预感到了什么，无缘由地回头望了一眼，我看见他慢慢地从我的身边走了过去，那双会说话的眼睛向我无声地“瞟”了一下。我便愣在那里了，幸好周围并没有什么人经过，我不敢确定地向他追望了一眼，可他已经向他的办公室走去了，头都没回，转眼就消失在那扇阔气的总经理的大门内。

同事们陆陆续续地离开，我呆了呆，只得又把门打开，正好走过来的董姐冲我友善地笑了笑：“怎么，不走吗？”

我说：“马上走，有一样东西忘在办公室了。”

她便笑了：“那我先下去了！”

我笑着目送她离开，这才回到办公室，接着，我的心就怦怦直跳了起来：“他的眼神到底是什么意思？真的是让你留下来吗？如果这一切都是真的，那你就真的照他说的做吗？你留在这里要做什么？你真的要毫无反抗地受他支配吗？”

公司里渐渐地静下来了，静下来了，在寂静中，墙上石英钟的走动声显得有些震耳，我时而站起，时而坐下，时而坐下，时而站起。一抬头，我看到镜子中自己那红红的脸颊，红红的，我不禁在镜前止住了脚步，我直视着自己的眼睛，认真地问自己：“傻子！你怎么了？你现在很危险你知道吗？你要犯罪了你知道吗？你还在这里等待什么？快些回家去吧，趁现在还来得及，为了爱你的丈夫，为了你爱的女儿，快回家去吧！”心里这样想着，身体却回到座位上坐下了：“傻子，傻子，快告诉你自己：你究竟是不是爱他？到底有多爱？如果爱，你究竟爱他什么？或者你根本不爱他，造成目前这种局面只是缘于他的权力！你并不爱他，你只是畏惧他……快告诉你自己……”

另一个念头又冒了出来：“或者是你看岔眼了，根本就是你自作多情！他从你的门前经过，只不过是无意中看了你一眼，这是多么正常的事情，就像你也常常把目光无意识地瞟到别人的身上……你还在这里傻坐着干什么？回家去，快点回家去！”意识到了这一点，一种怅然若失的感觉便袭击了我的心，我苦笑了一下，无奈地摇了摇头，这才慢慢地站起身，我真的要回家去了。边走边自嘲地笑着，默默地骂着自己，骂自己傻，骂自己自作多情。可就在我又一次走到办公室门边，又一次把纱巾戴在脖子上的时候，公司内线电话突然响起，震得小小的办公室就像要跳起来了一样，我的大脑里顿时出现了短路，马上三步并两步地飞奔过去抓起电话，尽管心跳异常，可声音依然维持在那种标准的低音上，我轻轻地“喂”了一声。

话筒里他的声音依然如同那天开会时他的声音一样，懒懒的，却透着不容置疑的命令：“十二点钟在楼东树林边等我！”说罢，就决断地把电话挂了，就像平时吩咐工作时的口吻一样。办公室里又回归了刚才那种令人窒息的寂静。我拿着电话，呆呆地站在那里，只觉得天昏地转，有一种做梦的感觉。是真的，一切都是真的！梦想中的一切真的要变成现实了！

这时，我听到他走出办公室的声音，我听到那扇阔气的门咔地一声轻轻地锁上了，我听到他那特别的脚步声如同往日一样，不疾不缓地越渐行渐远，直到消失在电梯深处……

一切都归于平静时，我突然哑然一笑，我特意回头对镜看了一眼我的笑容，我发现我的笑容竟然很灿烂，有一种无耻的美，放荡的美。当然，无耻和放荡之中，也透着一种祥和、一种幸福，也有一种神经质，我默默地叹了口气，轻轻对自己说："活着，活在今天……"

我一边暗暗地计算着时间，一边把小兜子打开，拿出了所有的化妆品，快速地化起妆来，等镜中的脸蛋儿终于达到了满意的标准后，也到了该下楼的时候了。电梯里空无一人，在电梯里，我又对镜注视了一下自己的面容，我发现除了面庞比往日显得有些潮红外，其余一切都很正常。因为无事可干，我竟然还有闲心挤了一下眉毛，瞟了一下媚眼，无耻地扭了扭腰肢并笑了一笑，我甚至很遗憾地想：这种绝世娇艳的美丽怎么没有让他看到，真是一种浪费。这时候大家都在午休，公司里的一切仿佛都睡着了，楼下门厅里更加寂静，我一路快捷地走着，一个人都没有遇到，等我从容地走到树林边时，我低头看了一眼手机：时间正好卡在十二点。

我们公司地处郊区，这里风景宜人，车辆行人很少，小树林边更是看不到什么闲逛的人。我向远处望望，心里琢磨他会把我载到哪里呢？正这样漫无边际地思量着，一辆黑色的轿车就悄无声息地停在了我的身旁。这是一辆我十分陌生的轿车，在窗玻璃并没有被摇下来的情况下，也就是说在我对车里面的一切都一无所知的情况下，我就义无反顾地走到车前，毫不迟疑地打开车门坐进了车里。爱情啊！你到底是什么？怎么会让一个总是猎犬一般充满警觉的人变得如此冒险而且盲目？曾经多么谨慎的我啊！在日常的生活和工作中，对一切都那么小心、那么理智，甚至能从一些貌似平静的表相里看到潜伏的危机。然而正是这个智慧的我，竟然会毫不犹豫地独自踏上了一辆陌生的、封闭得严严实实的车，如果上车的独行女子不是我，如果此时换我去听那个上车女子的故事，我一定会笑她愚蠢，笑她冒失，笑她弱智，然而此时此刻，这一切都发生得如此自然、顺畅、和谐，我非但不觉得紧张，反而觉得痛快、过瘾和刺激——这真的是我吗？

刚坐到车里，车就开了，并且越开越快，汇入车流，又甩开车流，箭一样地驶向了郊外。他当然是亲自驾驶车辆，也就是说，这个车里，只有我们两个人了！这可是多少年来我连做梦都在渴望的事情啊！我看了一眼他专心驾车的背影，我的心顿时狂跳不已！男人真是适合驾驶车辆的动物，他驾驶车辆的姿态真是太酷了，太美了，就像驾驭一匹烈马，雄性冲天，英气十足！啊，我日思夜想的人啊！此时此刻终于如此鲜活地、如此真实地、如此全部地归我一个人支配了，没有梦中的朦胧，没有思念中的遥远，更没有想像中的渺茫，他就在我的身边呼吸着，心跳着，生存着，深邃的眼睛专注地看着前方，刚毅的嘴角紧紧地深抿着，我望了他一眼，仅仅望了他一眼，就觉得一股热浪从心底升腾了起来，转眼就把我吞没了。我不由得张开了嘴，因为我已无法用鼻子自然地呼吸……郊区那零落的楼宇转眼就被我们抛到了后面。也就是说，这个城市终于被我们甩到后边去了，这个美丽的、喧嚣的、多事的、无奈的城市，终于被我们淘汰出局了，此时，在这条越来越窄的林荫路上，只有我们两个人在思索，在飞奔，在驰骋！山岗起伏的坡度加大了，树林也越来越深、越来越密了，浓浓的、深深的林荫转眼就遮挡了午时刺眼的阳光，轿车开始剧烈地颠簸起来，因为我们早已拐下了油漆路，进入了密林深处。

多么惊险多么刺激的狂奔啊，自上车以后，我始终没有说一句话，他也始终没有看我一眼。是啊！此时此刻，语言对于两个心灵相通的人来说，还有什么用呢？别说语言了，连眼神都没有一丝用途。

车终于停下来了，他舒了一口气，这才回过头来深深地看了我一眼，深深地。我只觉热血一涌，热泪就盈满了我的眼眶……我没有容他说什么，我什么都没有让他说出来，马上疯狂地迎向了他，于是，两张热切的唇便像两块磁力巨大的磁铁，紧紧地吻在了一起，两具正在熊熊燃烧的肉体也随即汇成了一股冲天的狂焰，在那辆封闭的轿车里越烧越猛了……

世界消失了，一切都消失了……

九

亲爱的读者，那到底是一种什么样的滋味啊！世界在飞升着，旋转着，一切都活泛了，疯狂了，什么素养、理智、礼仪、规范、法制、责任、理想、未来……在我们两个人面前，都如泡沫一般消失了，用教育搭建起来的道德的城堡顷刻沦陷了，用文化垒起的尊严的心碑转眼就坍塌了。人世间什么都不复存在了，天地间只剩下了这么一辆陌生的车和车内的这两个有呼吸、有心跳、有骨骼、有皮肉的一男一女了！

那也许是人世间最快乐、最陶醉忘我的滋味吧！

我突然想到了那首歌："过把瘾就死……"

我的确就要死了，就要窒息了，我昏眩了，我忘却了一切……在他的怀抱里，我是多么的安全，多么的幸福，多么的轻佻，多么的任性，没有恐慌、没有担心、没有顾忌、没有思虑，我就像一个正在吃奶的婴孩，眼睛依恋地望着亲爱的、强大的母亲，尽情而贪婪地享用着人世间最美的琼汁佳液。我还像一个娇小玲珑的女童，娇娇地躺在父亲宽广的怀抱里，尽情地享受着那慈爱有力抚摸，尽情地呼吸着那浓烈可亲的气息……幸福的时光啊！请你止步！请你为我们止步吧！为了留住这一刻，我真的宁愿立即死去！

"活在今天，活在此时！"我突然喃喃地说。

就像回应我的话一样，他冲我笑了一笑，随即那闪烁着火焰的黑亮亮的眼睛，就定住了，黯淡了，垂下了。没有窒息的憋闷，没有挣扎的痉挛，没有难受的迹象，没有痛苦的呻吟，突然间，他软软地、沉沉地扑倒在了我的身上……

你怎么了？

不要吓我！

于无声处听惊雷！这首诗到底是谁写的？是不是专门为他而写的？是不是专门为此时创作的？是的，只觉得一声惊雷咔嚓一下就劈向了我的脑际，正在熊熊燃烧的一团烈焰，随即就遭遇了一场人世间最猛烈、最恐怖的寒流！

“求你了！”我试探着推了推他，可他变得如小无赖一般死死地赖在我的身上，越来越软，越来越沉，越来越冷……对于我的推搡没有一丝的反应。

“别这样！别这样……”我絮絮不休地哀求着他，试试探探地推搡着他，可他还是那样如孩子一般赖在我的身上，一动也不动。就在这时，我的手机彩铃突兀地响了：那美妙的手机彩铃就像一支看不见的乐队，在这个小小的车厢里演奏着立体声的交响乐，久久不息……

“浮云散明月照人来，团圆美满今朝醉，轻浅池塘鸳鸯戏水，红裳翠盖并蒂莲开。……”

我的脑际里一片空白，任凭那手机的彩铃响个不停，直到手机停住。

手机声把我从迷幻里拉回了现实，是的，一切都是真的，都是真的！那么雄伟、那么巍峨的山脉轰然倒塌了，那么伟岸、那么挺拔的大树瞬间折断了，我就像一只靠山而生的牡鹿，靠树而活的凤鸟，突然之间就失去了家园，迷失了方向，我呆愣了片刻，好半天思想才又回到了躯壳之内：“心脏梗塞？猝死？……”一些我似懂非懂的医学术语也在我的脑袋里飞转，“如果遇到这种情况尽量不要翻动病人……”我想起了在哪里好像看到过类似的提醒，我开始变得冷静，是的，不管我是鹿还是鸟，不管我是否愿意，我必须要独自面对这一切了，我必须要变得冷静，我看了看他的脸，他的脸很安详，就像睡着了一样，是的，他只是太兴奋，太累了，或许只是想睡一会？我希望是这样，我希望是这样，我希望是这样。我再次轻轻地推了推他，试试探探地推了推他，可他依然一动都不动……在他的传染下，我的身体也渐渐地冷了，我的希望渐渐地死去了，海水已把激情的火焰彻底地冲熄了，我使了很大的力气，才从他的怀抱里抽出了身子爬了出来。“现在只有你一个人了，他现在的一切全靠你了！你必须要救活他！”一个声音从我的心底响起，我无助地向车外看了一眼，我看见阳光在树荫下斑驳陆离着，有几处还在叶缝里一闪一闪地与我捉着迷藏，我还看见一只叫不出名字的鸟忽地一下在树枝间飞过，是的，世界并没有消失，我还活在这个世界里，不管我是否愿意，我必须要面对明天。为了他，我必须要变得冷静和勇敢……明天，是的，我们必须要一起面对明天。

为了节约时间，能在最快的时间里让救护车及时赶到，我条件反射一般首先拿出了我的手机，但我犹豫了，接着便掏出他的手机给120拨了求救电话，并询问了急救车最快到达的时间，然后我便以最快的速度给他整衣了，尽量不让他过于翻动。他很沉，他真的很沉，但我还是尽我的全力把一切都弄好了，一边庆幸他因为着急，并没有完全把衣服脱下来。完成了这个任务后，我还用他的手机给他的妻子发了一条短信，忘了具体是怎么写的了，大意是："我在急救，快来帮我！"是的，那些抢救啊、交款啊等面对公众的事情必须要由他的妻子完成！我相信他一定会被抢救过来，我深信不疑！等他醒来，知道了我为他做的一切，他一定会夸我的，是的，他一定会夸奖我的。

此时此刻，他终于穿戴齐整地躺在那里了，他眼睛闭着，就像睡着了一样，态度依然那么安祥，除了脸色显得比平时苍白外，其余的和平时没有太大的区别。我突然很羡慕他，如果他这一睡真的再也醒不过来了，我也觉得他是有福的，是的，如果是那样，他真的是有福的！我们每个人最终都要走到那条路上去，人与人的区别只不过是走的形式和走的时间，老人们都把生死比做人生的关口，是的，生死都是关口，我想如果我走时也能像他这样走得这么安祥，我宁可现在就走，和他一起走。这时，一阵急救车的车笛声由远及近呼啸而来，"回避，你必须得回避！"冥冥中，我恍惚听到了他那熟悉的总是带着命令口吻的声音，我一惊，这才意识到自己必须得离开了，我快速检查了一下车内我的东西，幸好我只有一个兜子，幸好和他做这一切时我根本没有打开兜子，我又检查了一下他周围是否留有我的头发或其他的小东西……我甚至把他随身携带的兜子的拉链打开，特意把里面那一沓码得整整齐齐的人民币露出来，这样医院的大夫们就不会因为钱的问题而不去抢救他。做这一切的时候，我很冷静，我真的很冷静，就像平时完成他交给我的工作那样，按部就班，有条不紊，等一切都觉得天衣无缝了，我便最后看了他一眼，最后的、深深地看了他一眼，便关上了车门，向树林深处跑去，并快速地把自己隐身在一棵大树的后面，我刚隐身到树后，救护车就呼啸而来了，并嘎地一声刹住，我没敢回头去看，就在树林里飞跑了起来，我跑啊跑啊，以百米冲刺的速度，以刘翔跨栏的速度，在树林间飞奔着，幸好这一片树林仅仅是一个小小的林带，我很快就跑到了另一条公路边上，幸好，公路边没有行人，只有匆匆而过的车辆，我站在路边刚刚喘过了气来。一辆出租车就开过来了，上了出租车，我看了一眼司机，他面容麻木，对于树林里发生的事情全然不知，可为了不引起不必要的麻烦，我没有在单位门口下车，而是多坐了一段路程。一直坐到公共汽车的站点附近才下车，等我像往日一样在步行街上匆匆行走时，我看见那辆急救车一路呼啸着迎面而来，飞驰而去……

到了单位，我看了一下手表，我发现我竟然只迟到了十多分钟，并且同事们都在各自的屋子里忙，谁都没有发现我的迟到。当我关上了办公室的门，终于独自一个人的时候，我的周身才开始打摆子似的颤抖了，眼泪也泉流一样涌流了出来。“控制，你必须要控制自己的情绪！”他的命令声又响起来了。是的，我必须要控制自己的情绪！为了做到这一点，我甚至把右手伸到左臂内侧，狠狠地、狠狠地抓着自己的手臂，一阵刺心裂肺的疼痛立即袭击了我，并终于渐渐覆盖了那不止的抖动……

“他会活的！他会被抢救过来的！一切都会好起来的！”

“如果他活过来了，看到我两眼红肿，他一定会不满意我的，他一定会批评我的！”

这样想着，我果然变得平静多了，我对镜照了照自己的脸，幸好眼泪流得并不多，不仔细观察根本就不会发现我哭过。

“再不，回家去？回家去大哭一场吧！”

“哭能救你吗？哭能救我吗？不行，你必须呆在公司里，就当什么都没有发生过，是的，什么都没有发生，一切就只是一场梦而已……”他的声音又在我的耳畔响起。“是的，你说得对，我不能走，我必须得做些什么，我必须得让自己忙碌起来，不能独自呆在这里了，千万让自己忙碌起来……”这时，我才想起了那张报表，这是我下午必须要做的，我快速地把报表从抽屉里拿出来……我竟然以最快的速度填写了那张报表，尽管我的手有些发抖！但我还是很为自己喝彩的，我想，事后他如果知道我今天的表现，他会多么地欣赏我的才干，多么欣赏我处变不惊的冷静啊！是的，我必须把这一切都做得完美无缺，我一定要做给他看，我一定要让他满意。

我像平时一样把报表送到了销售部，我甚至和小秦简短地说了几句话，尽管小秦对于我的话一直都是爱理不理，一副心不在焉的神情。王经理开我的玩笑，我甚至不痛不痒地回敬了他一句，还微微地笑了一笑，我竟然还能笑得出来！“太可怕的女人了，这个女人真是不寻常！”我当时甚至这样默默地评价了一下自己。走过其他部门之时，我并没有发现公司里有什么异常，是的，能有什么异常呢？或者一切根本就不是真的，都只不过是一场梦境而已，那午时三刻真的不过是一场噩梦而已。一会儿等他醒来，会像往日一样上班来的。走过他的办公室门前，我回头看了一眼那扇豪华的总经理室的大门，他的门是对开的，比我们的门要宽一倍。我甚至感觉到他依然坐在里面，就像那天我看到的那样，顽皮的小孩子一般把自己缩在椅子里——或者他根本就坐在里面，一切真的只是个梦吧？为了探究虚实，我甚至停下脚步，有一种冲动，想去他的门前敲一敲门。正在我犹豫之时，董姐突然一路娉婷、仪态万方地走了过来，见我在他的门前犹豫，她便凑过来小声地说：“你也想找总经理呀？我刚才都来过一趟了，他不在，是不是去开会了！”她边说边上前轻轻地敲了一下门，里面果然没有反应。

“怎么？哪里不舒服吗？脸色这么差？”董姐突然看了我一眼。

我心里一惊，马上掩饰地一笑：“没有，中午想睡一觉了，可是没有睡着。”

董姐不愧是懂姐，立即善解人意地笑了：“是啊，我也一样，睡不着还不如根本不睡了，这样一折腾反倒更觉得难受。”说罢，她就回转身离开了，留一缕淡淡的紫罗兰的香气在走廊里弥漫。

我突然感到一阵昏眩，为了防止昏倒，我脚步踉跄地走回了办公室。“不行，我已经到极限了！到极限了！我必须回家！回家！”这样想着，手里已经抓起了兜子。“我要当逃兵了，对不起！我再也无法忍受了！”我一遍遍地对他说着，甚至说出了声。

回到家，我便像病了一样，一直都在打摆子。丈夫没有回来，外面的暮色一点点地变浓，等女儿放学回来时，外面已经昏黑一片了。女儿进屋时，我依然在打着摆子，我当然没有做晚饭。懂事的女儿走到我的床边，看了看我的脸色，又用她那温柔的、有些冰冷的小手摸了一下我的额头，我的眼泪就流了下来，女儿奇怪地看了我一眼，什么也没有问我，我的女儿，我那懂事的、聪明的，同样也是善解人意的女儿啊！她竟然什么也没有问我，就静悄悄地走进了厨房，为我煮了一碗热腾腾的面。面对那碗面，我感到羞愧万分，我甚至觉得自己肮脏透顶，我没敢看她的眼睛，也没敢去接她的面，我就那样把头侧过，让眼泪默默地直流不止。可我那懂事的女儿，竟然真的像我所期望的那样，只是默默地把面放在了床头柜上，就轻轻地离开了。那天晚上，我一直没敢直视我的女儿，女儿也没有再来烦我，只是在大约九点多钟的时候，她又悄无声息地走了过来，轻轻地问我："用不用给爸爸打个电话。"我依然没有抬头看她，只是冲她摆了摆手、摇了摇头，女儿便懂事地拍了我一下，回屋去了。女儿的行为，让我又一次泪流满面了！望着女儿瘦弱的背影，有那么一瞬间，我甚至想叫住她，把心里的一切都告诉她，但我还是抑制住了！我的女儿啊！妈妈对不起你，妈妈是个罪人，妈妈刚刚犯了罪……可是，这件事无论如何妈妈也不会告诉你的，我的女儿啊！我们的心灵再怎么相通，妈妈也不会说的，现在不会，将来也不会，永远都不会。

丈夫回来时大概已经夜半十二点了，他一身酒气，舌头都硬了，我躺在床上装睡，可他一回来鞋还没脱就来推我："重大新闻！老婆，重大新闻！你一定还不知道呢！"

我心里一惊。

"我听说你们总经理死了！死得不明不白的！"

"什么？你听谁说的？"我立即惊得坐了起来，呆愣愣地望着他。我惊悚的神情这回可是千真万确的，因为这是我最不愿意听到的消息。

“我吃饭的那个小饭店里都在议论了，有人甚至说他是‘得劲儿’死的，听说警方正在调查呢。”

“咋死的……啥叫得劲儿死的？”

“就是和别人幽会时突然就死了！”丈夫的眼睛里闪烁着快乐的光芒，是的，人们议论别人的丑闻时，尤其是在议论你身边的、你所认识的人的丑闻时，眼睛里都会闪现出这种光芒的，人的这种本性，才最终营造了“好事不出门，坏事传千里”的怪圈。

“听医院抢救的人说，是一个女的打的报警电话，可医院的人赶到时，那女的却不在了。哎，你说那个女的会是谁呢？会不会是你们单位里的人？”丈夫甚至坐在了我的床边，直视着我的眼睛。

我厌恶地推了他一把，怒气冲冲地说：“你鞋都没脱，看把床给弄的！”

丈夫这才发现自己还没有脱鞋，就忽忙去脱鞋了。我默默地躺下，眼睛直视着天花板，头脑里一阵昏眩，我突然看见他那透明的魂灵就在我的上方飘荡，脸上带着笑容，孩子一般的笑容。自从他无赖一样地扑倒在我的怀里以后，我发现他就开始变成了一个孩子了，面对他那纯静的孩子般的笑容，一股暖流便立即充满了我的全身，我便微笑了，轻轻地对他说：“死鬼，你真的死了，你真的去享福了，留下我一个人面对这一切！明天，明天会发生什么事情呢？”可我的眼泪还是流满了我的耳窝，又流进了枕头里，流成了一道小河。

“能有什么事情？你不是都处理得非常熨帖了吗？明天能有什么事情呢？”我听见他轻轻地安慰着我，甚至用他那宽广的、温柔的大手抚摸了一下我的额头。

“你不会真的哭了吧？你对他还蛮有感情呢！”这个黑乎乎地站在我的床边的身影，到底是他，还是我的丈夫？

正在这时，丈夫的手机响了，他一边接听手机，一边向洗手间走去。手机的彩铃突然让我想起了什么：“我的手机，我的手机呢？”我的心突然怦怦直跳了，我条件反射一般从床上一冲而起，赤脚跑到门边抓起了兜子，我手忙脚乱地在兜子里摸啊摸啊，后来甚至一下子把兜子里的东西全都倒在了地上——可我的手机真的不翼而飞了。

“完了，一切都完了，我的手机落在车里了……”我万念俱灰，颓丧地瘫倒在了床上……

“手机落在了车里，就说明我所做的一切努力都白费了！既然早知如此，我还不如留在他的身边一直陪着他！”我形同槁木一般躺在那里，一动也不动，死了一般。思索到后来，我的确死了，不再思索，不再悲恸，不再流泪，身体里所有的器官都麻木了，没有一丝的感觉，我想此时如果我去掐自己，我一定连疼的感觉都不会有了，但我始终没有力量抬起胳膊去试。

丈夫躺在床上没多久就鼾声如雷了，我依然槁木一般地躺在那里，没有一丝困意。夜静极了，月亮渐渐地升上天空，一片清光替代了那混沌的昏暗。我不知道时间过去多久了，也没有力气起身去看到底几点，时间对于我确实已经没有了意义，他死了，本来我还想活来着，可是我的手机却留在了他的身边，这已经是铁的事实了，明天，也许不用等到明天，甚至在现在，有一些人就已经知道真相了。哈，我这回可要出大名了，警察明天会不会提审我，明天，我还有明天吗？

丈夫翻了个身，嘴里胡乱地说了句什么，就又鼾声如雷。

恍惚之中，他又静悄悄地来了，来到了我的身边，身体显得轻飘飘的，脸上带着关切的神情，他担心地看了我一眼，轻轻地问：“你怎么了？”

“我也要死了，死是啥滋味啊？”

他轻轻地笑了：“死就像喝一口矿泉水，凉凉的。”说着，他把一瓶矿泉水递到我的嘴边，我也轻轻地喝了一口，果然凉凉的，于是我就死了。

他突然想起了什么，看了看表，小声说：“你看，光顾说话了，警察要提审我呢！”

“你等等……”我探起身，想拽住他，却拽了一手狗毛，我便有些恼火地说：“你干嘛不提醒我把手机拿走？”

“我没有拿你的手机，我的手机一大车呢？你看……”他说着就把车门打开，无数个手机就从车里滚落出来，差一点掩埋了我。我在手机堆里艰难地爬着，找我的手机，我发现哪一个都很像是我的手机，可哪一个都不是我的手机。

“浮云散明月照人来，团圆美满今朝醉，轻浅池塘鸳鸯戏水，红裳翠盖并蒂莲开……”一开始是一个手机在唱，渐渐地，所有的手机都一起唱起来了，全世界都在唱这首歌，他笑着把我拉起来，我们就一起跳起了软绵绵、轻飘飘的舞蹈，这时候我才想起来我已经死了，这样想着反倒轻松了起来，于是，我们就边跳边飘了起来，飘到了云端。

死的感觉真好！我说。

早知死这么容易，我们不如早死了！我说。

我们跳的是最高的舞！最高的舞！我说。

他一直欣赏地看着我，一直欣赏地听着我说话……我感觉到了幸福。

十一

早晨醒来，只觉得屋里一片铿亮，原来昨晚窗帘都没有拉上，早晨的阳光毫无遮拦地透过落地窗透进了室内。丈夫还在睡着，我看了看闹钟，已经六点多了。

几乎在看闹钟的同时，所有的一切也都一股脑地涌到了我的心田，轻松的心便顿时沉了，沉重如铅。

女儿那屋有了轻微的声音，我欠起身向那屋里听了听，突然门开了，只见女儿穿戴齐整地走出了小屋，她尽力把脚步放得轻些再轻些，走过我的卧室时，她还关切地往我们这里看了一眼，见我坐在那里看她，便小声说：“你再睡一会吧，我出去吃早餐。”

一股暖流顿时涌遍了我的全身，我羞愧万分地冲她点了点头。我什么都没有说出来，是的，我羞愧，我羞愧自己竟然厚着脸皮活在人间。

女儿乖巧地冲我扬了扬手，就出门去了。在晨光中，我又坐了好一会儿，也第一次用脑子清醒而认真地想了想我的处境，想最坏的处境。

最坏的处境当然就是去死了！死了死了，死就是了，所有的烦恼也都了了！

可我如果死了，我没有负担了，但我的名声依然还要坏，并且比没有死时还要坏，我的女儿依然还要背负我这坏妈妈的罪名！

比这个更坏的是：我的女儿从此没有亲妈了！

……

我突然一个激灵："不，哪怕我是全世界最坏的妈妈，也比后妈强！不行，我不能死，为了女儿，我要活，我一定要活！"

"是啊，既然要活，就必须要勇敢地面对一切了。"这样想着，我反倒有了一种很轻松、很释然的感觉，当然也是破罐子破摔的感觉，是的，既然早晚全天下的人都要知道我们之间的事了，那就由他去吧！"天要下雨，娘要嫁人，随他去吧！"我突然无所谓地说道。

"你说什么？"丈夫睁开那双惺忪的眼睛，愣愣地看了我一眼，我就冲他笑了，凄惨地笑了，是的，尽管我没有照镜子，我还是感觉到了自己脸上的凄惨。

"咋还不起来？都啥时候了？孩子呢？"他直到这时才完全清醒过来，猛地抬起身，向孩子的小屋看了一眼，我没有理他，兀自地下了床，开始整理我昨天扔得四处都是的东西。我发现当一切都无所谓了，就真的什么也不在乎了，身上也轻松了许多。原来无所谓的感觉真的还不错。

丈夫的脸上现出了不满的神情，他衣衫不整、脚步拖沓地踱到女儿的小屋里看了一眼，见女儿的小屋已经收拾得齐齐整整的，便不再说什么了，又踉踉跄跄地坐回到床边，窝窝囊囊地闭着眼垂着头一动也不动。这是他的习惯，早晨不愿意起床又不得不起床时，他经常会这样坐上一小会儿，然后才慢吞吞地穿衣穿袜，如果在平日，我一定会对他的这种懒散表示出厌恶的、甚至恼怒的态度，但这一个早晨我没有，我一点都没有，在早晨的清光里，我甚至觉得我的丈夫很可怜了，是啊，我已经对他犯了罪，我还有什么理由对他颐指气使、挑三拣四？我一边默默地干着活一边想像着：当他听到真相后会有一幅什么样的表情？他会对我很凶吗？吵闹是必不可少的了，吵闹以后呢？当然就是离婚了，离婚的时候我们还会围绕孩子的抚养权问题争夺得你死我活，接下来呢？接下来他很快就会找到一个比我更好更年轻的女人。我偷偷地看了丈夫一眼，此时他已经洗漱完毕，在对镜刮他那永远都刮不完的胡须，“男人的脸皮越刮越厚，女人的脸皮越抹越薄……”以前，我经常在他刮胡须时这样调侃他、奚落他，可今天我没敢，也没有那种调侃的心情。因为昨晚喝多了酒，他显得无精打采的，我却想像到了他领着他的新娘在街上走时那风风光光、精精神神的风度和样子，我的心突然很疼，很疼很疼，在清晨的清光中，我第一次用一个陌生女人的眼光重新审视了一下我的丈夫，我很陌生地发现：我的丈夫也是身材挺拔，也是面目白皙，也是英俊潇洒，他真的很美。是的，用一个陌生女人的眼睛去看他们俩，谁看谁都会说我的丈夫要比他美的！因为我的丈夫年轻啊！是啊，屈指算来，我的丈夫要足足比他年轻十三岁啊！“你这头蠢驴，你真是糟糕透顶呢！”我不禁狠狠地骂了自己一句，为了掩饰自己的表情，消解心中的懊丧，我手上更加疯狂地干活、干活、干活……然而，我又不由自主地问自己，假如一切都重来，我还会去做这种蠢事吗？我无奈地长叹一口气，因为答案是肯定的，是的，如果一切都从头开始，我还会那么做的。

此时此刻，我的眼前又出现了他安详地躺在那里的神情，他已经很老了，不是吗？如果不染头发，他一定已经是头发灰白了，可我到底爱他什么？我的心又一次钻心地疼痛了，但我知道这一次我的心痛是为了他，是的，我惨，可他比我还要惨，我只是丢了名声，可他却丢了命！接着，我又想到了他的妻子、他的儿子，悲恸便如同刺心的冰锥又一次刺穿了我的心脏，我不禁又一次泪如雨下了。

怕丈夫看到，我赶紧用手背擦了一把眼泪，手上也更加疯狂地忙碌着，赎罪似的做着手里的活计，我给丈夫擦了鞋，又擦了我的鞋，我在给他擦鞋时，甚至还下意识地把原本蹲着的姿式改成了跪姿，我是跪着给丈夫擦完了那双小船一般的鞋的，但我知道，哪怕我永远这样跪下去，我的丈夫也不会再爱我了。但我又能怨谁呢？我做下的一切罪孽，必须由我自己承担，慢慢地、痛苦地承担，谁也替代不了，也无法替代。是的，那幅罪恶的十字架从昨天开始就已经箍在我的心上了，从昨天以后一直到后半生结束我都别想卸下它了，也就是说，我将用我的后半生为我的偷情赎罪。

丈夫终于从洗手间里干干净净地出来了，见我这样疯狂的干活，他显得很满意，人也精神了许多，在穿衣镜边系领带时他还调侃似地说："还用按点去上班吗？老总都死了，这几天你们单位一定会很乱套的。"直到这时，他才看到我给他擦过的鞋，他万分惊讶地看了我一眼："我的老婆今天咋的了？太阳可是从西边出来了？"他一边说一边得意洋洋地把鞋子穿上。我没有抬头看他，我不敢抬头看他。他接着说："昨天我还在想，你们单位这两年是咋的了？犯邪了吧？咋净出这种事呢？先是贾经理就弄得很大了，这一回又弄出个更大的。"

我在洗手间里洗手，当然是背对着他，依然什么也没有说。也许是因为以前的我也是经常这样沉默吧？他没有觉得奇怪。我在想：我该不该在事实明了之前把一切都告诉他呢？但我马上把这个想法否掉了，既然一切还都没有挑明，我还是能往后推就往后推吧，是的，哪怕全世界的人都在说这件事了，那么告诉他真相的人，也不应该是我。

丈夫终于穿戴齐整准备上班去了，我偷偷地看了看他，一身华衣的他真的很帅气、很英武、很伟岸，玉树临风不为过，文质彬彬不为过，风流倜傥也不为过，可这么好的丈夫竟然被愚蠢的我冷落到了一边。"你这个害人精，咋就不替好人死了呢？你咋不替林黛玉死了呢？"我突然想起姥姥在生前骂过我的话，我恨姥姥，就像姥姥恨我，我们俩之间绝对是个天敌，姥姥是个有知识的小老太太，在小日本占领东北之时曾读过国高，她骂我的时候，她正在读《红楼梦》，于是她便把对林黛玉所有的怜惜之情都转为怨恨，并把这些怨恨都发泄在了我的身上，可现在回忆起我的姥姥，我觉得她才是真正的智者，她在活着的时候，对谁都很慈祥，唯独对我不好，我现在明白姥姥为什么唯独对我不好了，因为她是智者啊，她有超乎常人的洞察力，她一定早就看透我了，看来我的罪恶是缘自骨子里的，是胎里带来的，我就是天生的扫把星、倒霉蛋、薄命鬼，难道我不总是冷着一张长脸吗？丈夫不是骂过我有一张驴脸吗？这张脸不就是典型的寡妇脸吗？是的，不是每个人都能够享福的，看来我就是那种有福不会享、没福跑断肠的女人。

丈夫终于开门走了，我的心一点一点地下坠，我回过头深深地看了一眼他的背影，他正巧也回过头来看了我一眼，他冲我笑了，我也冲他凄惨地笑了，是的，我实在无法给他灿烂的笑容。随即咔的一声，丈夫的身影消失在了门外，我的心也一下子坠到谷底，我甚至觉得那个轻轻的“咔”声就是苍天对我的幸福婚姻的宣判，从此以后，也就是从丈夫走出这扇门以后，我的丈夫就再也不会属于我了！再也不会了！

我慢慢地、慢慢地瘫坐在了地上……

十二

我到单位已经很晚了，大家果然都神情迥异，无论表情还是足音都显得与往日不同，有的人还凑在一起交头接耳地议论着什么，看人的眼神也是飘啊飘的。当然，看我时的眼神儿也是飘啊飘的，都与往日不同。是啊，在这座小城里，还有什么秘密能够隔夜呢？我既然敢于到单位里来，就已经抱着豁出去了的态度，丑媳妇早晚都得见公婆，我不是还要活下去吗？那就必须要面对这些熟悉的人们了。我面无表情地从走廊里走过，我特意没有坐电梯，而是以步行的方式上楼，因为这条路很长，能从各个部门的门前走过。我走得不慢也不快，头当然还是昂着，但心里还是有些发虚，即使发虚也必须要昂着头，这是早晨我向自己提的最低的要求。当然，遇到难以摆脱的场合，我还要战斗，我当然要战斗。

“我偷人了是不假，但我并没有偷你家里的人……”

“傻子，千万不能这么说，怎么能这么轻易地就承认自己偷人了呢？不是常有人说‘提上裤子都不认账吗？’是啊，谁看到我偷人了？谁敢当证人？”

“那手机？谁说那手机是我的？你是警察吗？你有证据证明那手机是我的吗？”

……

我在心里已经打下了各种各样的腹稿，我既然要活，就必须要战斗。我的这种战斗方式，还是一位刑警朋友无意中启发我的。那位刑警朋友曾在一次喝酒时，给我们讲过一个审讯的故事：一个总爱嫖娼的嫌疑人的案子迟迟审不下来，原因就是他嘴硬，刑警几次抓到了他，都因为那女的跑了，他死活不承认，所以口供总是取不下来。刑警便急了，就一直暗暗跟踪他，终于有一天抓他个现形，当时他正在那女人身上趴着呢，刑警们便说：“这回你还有什么说的？”可他说：“我喝多了，我这是在哪里呀？是谁把我抬到这里来的？是谁在陷害我？”当时刑警说这件事，就是当个笑话讲，大家也果然都笑了，尤其是我笑得最响，可当时哈哈大笑的我万万不会想到，有一天我竟然也成了这个嘴硬的嫌疑人。

是的，我既然要活，就必须要投入战斗！当然，我知道，最好的战斗，就是根本不发生战斗。大家都是有知识、有水平的人，在一个屋檐下生存着，如果不是涉及到切身利益，谁又能和谁真正的过不去呢？我希望我打的腹稿永远也派不上用场。

就这样一路胡思乱想着，我在走廊里不紧不慢地走，当然也没有和任何人打招呼。有人对我点点头，我也冲他点点头，但我没有微笑，我笑不出来，今天的走廊果然感觉比往日的长，我在心里计算着：还有两个门儿……还有一个门儿，终于，我终于要走到我的办公室了。

“天要下雨，娘要嫁人，随他去吧！”

小秦眼圈发暗地从她的办公室里走出来，差一点撞上我，她没有和我说话，我也没有和她说话，但后来，她短促地喊了我一声“哎！”可我没有理她。我也不知道我为什么会不理她，仅仅是因为她叫了我一声“哎”吗？平时她也常常这样叫我，平时我也都答应她了，今天我却有些恼怒，因为我的名字并不叫“哎”。但她今天也和平时不一样，平时如果遇到这种情况，她会上来打我一下的，可她这次却不知何故没有下文了。我知道她也在暗恋着总经理，人都说恋人的眼睛就像孕妇的肚子，是逃不出人的双眼的，但我相信她最终也没有获得总经理的垂青。我不知道她此时是什么心情，但她是什么心情和我有什么关系呢？要是对比看来，她还是我的手下败将呢！要是这么说来，她没有上前来打我，一定是在心里嫉妒我呢！谢天谢地，我终于走到了我的办公室门前了。好长的一段路啊，好像走去了我的大半生。用钥匙开门时，我用余光扫了一眼小秦，我看到小秦依旧站在那里瞪我，我甚至可以想像得到她瞪着我时的神情，可我依然没有理她。我现在真的懒得和任何人说话，除非他活转回来，除非他叫我的名字。在我推开门的那一瞬间，我听到“叭”的一声响，我知道那是把什么文件摔到桌子上的声音。

“天要下雨，娘要嫁人，随他去吧！”我又轻轻地说，既而轻蔑地笑了，我现在真的已经什么都不在乎了，是啊，连脸面都不要了的女人，她还在乎什么呢？不是有那么一句话吗？这世上有两怕：第一怕不要脸的，第二怕不要命的，连不要命的都要放在第二位呢！我这个不要脸的女人还怕什么？走进办公室刚刚坐在那里，王经理就拿着我昨天填写的表格来找我了，他是一个油滑的人，也就是城府很深的人，仿佛他的脸上除了笑的神经已经没有了别的，真的，与他同公司到现在，还从来没有看见他恼怒过，哪怕脸上有一丝恼怒的神情。他就那样带着油滑的笑容把表格放到我的桌前说：“还是重填一下吧，你看你填的到底都是些什么啊？我知道群龙无首，大家的心都散了，但我们还应该把工作做好不是？”

我默默地把表格拿过来，默默地看着。此时，我竟然很感激王经理的油滑了，是的，从他的眼睛里，我看不出一丝鄙夷或窥视的神情，仿佛这件天大的事真的和我一点关系都没有，他就是为了工作来找我的。我看着表格，看了半天才明白自己看的是什么，我果然发现了很多错误的数字，并且是非常明显的错误的数字，但我没有说话，手却乖乖地向文件盒伸去了，我从里面又抽出了一份空白的表格，便默默地填写起来。见我这样给他面子，他便又笑了，但他似乎觉得这样笑在这样的一刻，似乎有些不合时宜，于是他马上把笑容隐去了，他叹了口气说："唉！真是遗憾啊！没想到总经理会发生这种不幸的事！唉，真让人心痛！真让人心痛啊！"边说边还叹了口气。如果搁平时，我一定会抬起头看一看他忧伤时脸上的样子，但我没有抬头，我还是面无表情，是啊，我现在真的没有心情去窥视别人的内心世界了。

见我如此，他便默默地走了，留下我一个人面对这张令人烦闷的表格。

这时，走廊里突然脚步杂乱了起来，听那杂乱的声音，觉得至少有七八个人从电梯里走出来，小小的公司一下子喧闹了起来。当一行人从我的门前走过时，我抬头看了一眼，我看见其中的一个人很像是我那个刑警朋友，尽管他穿着便衣，但我还是从他的侧面认出了他。有位心理学家曾研究过人的预感，说当你要与一个你一直都没有来往的人邂逅时，你在事先就会有感觉，比如会毫无缘由地想起他，可不是，刚才我不是还想过他吗？包括他讲的那个故事。其实，我们之间只有一面之缘，我们只是在一张酒桌前吃过一顿饭，忘了我们因为什么坐到一个酒桌边了，但我们彼此都对对方留有好感，所以那次吃饭我和他都觉得很愉快。尽管吃过那次饭后我们并没有再联系过。唉，那时的我是多么的幸福啊！那时幸福的我万万没有料到，等我们再一次见面时，竟然是因为这种事情，是以这种方式，唉，真是人生叵测啊。这些人的突然造访，把我刚刚平静下来的心情又扰乱了，心里便更加的沮丧。我立即警觉地坐直了身体，我知道：该来的还是来了！

这些人全都进入了隔壁王经理的办公室，"他们为什么不直接来找我？难道他们还没有查出那是我的手机吗？"我不得不搜索枯肠地想，但我还是想明白了：总经理死后，现在公司里只有王经理的职位最高，刑警要找职员谈话，当然得先找领导……要是这么说，不出一分钟的时间，王经理就会领着他们来找我的，于是，我索性不填表格了，一直那么身体僵僵地坐着，等待着……我已经下定了决心：我一定要做到死猪不怕开水烫，无论他们问我什么，我都说不知道，不知道，不知道，就是不知道！

那群人一进隔壁，先是小声小气地说了些什么，接着，就有了乱乱的吵嚷声，声音最大的当然还是王经理，因为他好像就站在门边，我听他说："大家都先别激动，先听我说……"但具体说什么，我却没有听到，因为在这时门就"咔"的一声被关上了。声音最尖的当属小秦，她在声音最尖的时候，所说的那句话，竟然也会是"不知道，就是不知道！"但后来，由于嘈杂，我便再也听不到一句清晰的话了，只能听到琴音一样的男男女女的咯棱咯棱的声音，所说的内容却不甚分明。那真是一种煎熬啊！后来，声音就都低下去了，似乎还伴有一阵压抑的哀泣声，好像是谁在哭。再后来，门就开了，那边的脚步声才又杂乱地响起来了，我马上挺直了本来就已经很直了的腰肢，我听到那些人果然从王经理的办公室向我这边走过来了，我等待着，一身盔甲地等待着……

但奇怪的是，他们并没有在我的屋门前驻足，而是鱼贯地从我的门前走了过去。从我门前经过时，我的眼睛和那个刑警的眼睛正好相遇了，我突然感到那个刑警很陌生，并且他还没有冲我笑，当然我也没有冲他笑，我现在都怀疑我到底还会不会笑了，那笑的神经也许从昨天开始就已经死去了。

那些人的脚步声直接朝电梯那边卷过去了，接着就消失在电梯的深处。我又在想那个刑警，想他到底是不是那个刑警，难道是我看岔眼了？正在那里奇怪着，突然听到小秦恼怒地喊了声："干嘛要问我？他们有什么权利来问我？我要告他们侵犯人权！"接着我又听到王经理安抚她的声音，当然王经理的声音很小。很细碎。但紧接着小秦的声音又响起来了，比上一声还要响亮："我不信那天给总经理打电话的人，就只有我一个？"

王经理的声音也提高了些："人家不是说，你是最后一个和总经理通电话的人吗？"

小秦的声音比他还高："最后一个通电话怎么了？最后一个通电话就有罪了？"随着一阵清脆的脚步声，我就听到她那含着哭的声音飘到走廊里来了："你们干嘛都用这种眼光看我？他怎么死的我怎么会知道？"她一边说着一边哭着向自己的办公室跑去了，然后便呯的一声门响，把她的袅袅回音关在了门外……

这么说这些人这次是冲小秦来的，难道他们并没有发现那个手机？

十三

公司里突然就静下来了，静极了……

一阵清脆的高跟鞋的声音打破了走廊的寂静，只见董姐仪态万方地踱了进来。我马上武装起自己的表情。所谓的武装，当然就是让自己面无表情。我面无表情地冲她行了一个注目礼，并示意她坐下。董姐叹了一口气，想说什么又欲言又止。但我从她那洞若观火的眼睛里看出了她留在嘴边的话语。我装做什么都不知道似的，一脸无辜地望着她。我们就这么相对地坐着，墙上的石英钟嘀嘀哒哒地替我们填充目光间的留白。

她终于还是按捺不住地开口了："我们公司这回可真的出了大名了！"

我没有说话。

董姐又说："真是丢人！我现在都不敢见人了，谁见了我都要问我一些不三不四的问题，好像我们公司的人都成了作风不正的人，你说我能怎么回答？"

我没有说话。

"我们总经理也真是的，大会小会总提作风的事，听他的口吻，好像他这一辈子都不会犯这类错误似的，可万万没有想到……"

"为什么要在我面前说这样的话？还不敢见人，你是谁呀？你就真的那么纯洁吗？"我心里气忿忿地说，此时我是那么那么的厌恶她那漂亮的脸蛋。

见我依然不说话，董姐也不说话了，她拿着一款小巧的手机，便开始摆弄起手机上的小珍珠坠儿了，我也曾有过她的这种习惯，但我再也享受不到这种习惯了。我那小巧的手机啊！此时你到底在哪个人的桌子上或抽屉里？是不是曾有很多的人都琢磨过你，研究过你，甚至一直到现在依然在琢磨你、研究你？此时此刻，我突然很羡慕她这种悠闲的神情了，这种神情对于此时的我来说，已经成了一种再难享受的奢侈品了！

“你可真可以呀，我说了这么多，你就能做到一声不吭，难怪大家都叫你沉默天使！你也能憋得住！”她嗔怪地瞪了我一眼，突然想起什么，便用那双明澈的眼睛看着我：“你手机呢？拿来，我对一下时间。”

刚刚卸下的装备又紧急地披挂在我的身上脸上了，一阵恼怒也从心底里升出来，我真想对她破口大骂了，但我终于还是把那股喷薄欲出的怒火给压下去了，我对自己说：“忍住！忍住！打死你都不要承认那个手机是你的。”

她瞪着我：“傻子，我说的话你没有听到吗？”

这才真叫哪壶不开提哪壶呢！我尽最大的努力克制着自己的愤怒，依然面无表情地瞪着她。

可董姐这一次却表现得比我还要执著，她依然逼视着我：“我说，你把你的手机给我！”

我的愤怒再也掩饰不住了，我怒不可遏地说：“手——机——忘——到——家——里——了。”

董姐惊讶地看着我：“你疯了吗？借个手机至于这么生气吗？”

望着她假惺惺的嘴脸，我更加气愤了，甚至想一个耳光扇过去。我气她的虚伪，气她的浅薄，气她的冷漠，气她的尖刻。这么多年，我们虽然不能算是知心朋友，但她的善解人意还是很让我心悦诚服的，所以我才把她当做本公司最可信赖的一个普通朋友，可令我万万没有想到的是，在任何人都没有来伤害我的时候，恰恰就是这个我认定的朋友来揭我的短了，并且竟然以这样直露露的方式来落井下石，给我难堪，让我出丑。是啊！警察都没来问我，死者家属也没有来质问我，你却来刁难我，你把自己当成什么了？你又是一个什么东西？

于是，我忽地一声站起来，咬着牙直视着她："你才疯了！"

"完了，完了，我发现这回大家都有些变态。"董姐愣愣地看着我，脸上现出一种比窦娥还冤的表情，我心里的恨便更加深刻了，我默默地发誓，你记住董某某，我是不会忘记你这一剑之仇的，我永远都不会忘记！

空气里出现了少有的难堪，董姐脸上的笑容僵在了那张漂亮的脸上，我分明看见她脸上的神经在抽动、抽动，她就像一个无法下台的演员，被晾在了那里，一时不知怎样才能走下这个舞台。

办公室里静极了，那是一种极其尴尬的静，静得人喘不过气来。就在两个劲敌在无人喝彩的战场上斗得难解难分之时，突然，一阵久别了的、特别让人熟悉的音乐响了起来："浮云散，明月照人来，团圆美满今朝醉！……"

我愣在那里了，如堕梦中，虽然我分明看见董姐在冷笑，但我不知道她究竟在笑什么。我又回到了车上，只有我们两个人的密封的车，我看到他一下子软软地、沉沉地扑倒在了我柔弱的身体上，扑倒在我狂焰一般的激情里，便再也不动了，无论你怎么摇动他，他都不动了。

"你的手机真不给你面子！"董姐讪讽地瞪了我一眼，突然用鼻子哼了一声，便脸色冷冷地扭身去了，一步一扭。

我愣愣地看着董姐的背影，我的思绪非常乱，我甚至觉得我的思维就在离我身躯不远的地方飘着，就像他离开了他的躯壳后在天空中飘一样，怎么叫它、拽它、拉它都不肯回来。留着我这身空空的躯壳就那样呆呆地僵坐着、僵坐着，任那交响乐一般的彩铃那里欢唱着、欢唱着……"双双对对恩恩爱爱，这软风儿向着好花吹，柔情蜜意伴人间……"

好久好久，彩铃声终于停了，小小的办公室就像刮了一场飓风，一下子就风平浪静，显得静极了。我这才疯狂地四处寻找了起来，我不相信我的手机会这么给我面子，我不相信，我不相信。循着声音，我颤抖着手指拉开了抽屉，忙乱中，手背甚至刮到了抽屉的棱尖，刮破了一层白皮。不是梦，真的不是梦，我那个小小的手机——那个有着暗红色花纹、小巧玲珑的滑盖儿式的手机，就乖乖地躺在我的抽屉里。

十四

他的家座落在城郊的一个风景秀丽的花园别墅区，一幢幢颜色有别、风格各异的欧式小楼在假山树林之间遥相呼应着，竞相显示着主人家的富贵与品味。车在弯弯曲曲的小路上行驶了好一会儿后，就停在了一个很小巧、很诗意的三层小楼边，这里与别的楼阁相比，别有一番韵味，别有一番洞天，别有一番清幽。是的，如果说那些楼阁是热闹的、张扬的，这里就是幽深的、沉默的，远望只是一片茂密的树林，并且这里的树林都很高耸、很密集，还以为别墅到了这里，已经是尽头了呢，可突然峰回路转，你不经意地一抬头，却发现在树林掩映处，一座安安静静、古朴别致的小楼呈现在你的面前，于是，你便不能不惊奇，也不能不感叹了。什么“山重水复疑无路，柳暗花明又一村”，什么“曲径通幽处，禅房花木深”，这些耳熟能详的诗句，原来都是为了形容这里的。从来没有听他说起过他的家，也从来没有听他提起过他的小楼，事后我曾认真地回忆了一下这么多年来我与他的交谈，我竟然惊奇地发现：我们除了工作上的交谈和极少数的几次文学上的交谈外，还从来没有谈过各自的私事。甚至在那一天，在我们最亲近的那一天，我们之间除了眼神儿交流外，也几乎没有说过一句多余的话。于是，我明白了，我们的爱之所以不能够长久，原因就是我们的爱与生活离得太远太远了。

我这次来他的家，是作为公司的一位代表前来安抚家属的，我们一行人由王经理带队，说得含蓄一些是来慰问的，说得直露一些是来随礼的，员工们起先都是自发地把钱交到了财会处，从中可以看出他在员工们的心中还是颇受爱戴的，大家的心意，财会处的同志当然不好忤逆，他们便把每个人的名字都记在了帐单上，这就涉及了要有人把这笔款项送给家属。我们这次就是专程来送这笔钱的。由于上面只是口头表态先让王经理暂时负责公司的业务，所以王经理这个代理领导人无论做什么，都显得瞻前顾后的，就连确定慰问团人选的这类小事情，他也做得像个“孙子”似的。他好像先征求了董姐的意见，因为董姐无论年纪，还是威望，包括职务，都是必然的人选。我猜测让我当代表，就是董姐的意思，她这回是真的吃定了我，要将我的军呢！当然，找我谈的还是王经理，他用征求的口吻问我：“我们想组成一个代表团，去慰问一下总经理的家属，本来想让小秦去，可小秦你知道……与家属有了一些矛盾，所以考虑再三，觉得你去很合适。”说罢他就期待地看着我，我突然觉得他的眼神里似乎也有了一些审视的意味了，他仿佛在测试我：“在这件事里，你到底充当着什么样的角色呢？”唉，都被逼到这个境地上了，看来面前就是刀山火海我也得去了。

自从坐进车里后，我就始终有一种做梦般的感觉，我觉得我之所以被王经理或董姐如此煞费苦心地选中，也许就是他在冥冥之中安排好了的，这样说来，他对于自己的死还是非常不甘心的，所以才要让我这个负罪的人，独自面对他家属的拷问。什么是拷问？当然就是要把我放在火上“烤”了，可我实在不能不前来接受这种“烤”，唉，当时的心理负担有多重，我自己都无法形容了，其实在刚上车时，我的神情就有一些恍惚了，我一遍一遍地告诉自己说：“你一定要挺住，挺住！”可我的腿还是止不住地要颤抖、痉挛。所以当车驶进别墅区，车在蜿蜒的小路上东拐西拐时，我始终都有一种恍恍惚惚的感觉，有那么一段时间，我甚至以为自己又在他的车里了，车上只有我们两个人，我们两个默默无声地坐在那辆密封的车中，在林间的小路上颠簸、颠簸……这期间，王经理好像对我说了一句什么话，可我没有回答他，因为我根本就没有听到他说了什么，当然，沉默的本性也没容我再次询问。“你呀，真是个沉默天使，大家都拿你没办法！”最后，王经理的这句话我倒是听到了，但我依然没有说话。“死猪不怕开水烫”，我又一次认定了这种态度。

最难面对的时刻还是到了，小轿车终于停了下来，停到了那幢三层小楼面前，大家都不再说话了，默默地从车里往下走，我当然是最后一个下车，并走在了最后面。小楼前门庭冷落，静谧得有些凄凉，不像是要办丧事的家庭。当然，如果是他活着，也就是说如果死的不是他本人，而是他的亲人，这里便会出现另一番景象了。这就是现实，这就是赤裸裸的现实。当我的脚步真真实实地踏到他家的土地时，我甚至担心自己要大吼一声的，就像精神病患者那样大吼一声，但幸好我还能克制自己没有喊出来。我们鱼贯走进了那个三层小楼，门前的花树颜色混杂，即使是绿的，也是那种古旧的深绿，它们在初冬的暗风里瑟缩着、静默着……在花树间，我突然看到了他的眼神狡黠地一闪，继而他就孩子一般地笑了。我的心便一惊，身体也往下堆去，但幸好我已走到了门柱处，我立即扶住了那个圆圆的装饰着金色花纹的门柱。幸好这时，走在前边的王经理已经开始和室内的人寒暄了，大家都在看着总经理的家属，谁都没有注意到我的反常。

他的妻子头上挽着高高的发髻，身着一身银灰色的毛裙站在门边迎接我们，她给人的第一个感觉就是白而纤弱，她的脸色白得甚至有些透明，连蜿蜒的血管都清晰可辨，这使她的那双眼眸显得尤其黑、尤其大，我借着前边人的遮挡，快速地看了她一眼，我一下子被她的美丽惊住了，征服了！如果不是亲眼所见，我很难相信在这个小城里，还会生存着这样高雅秀丽、绰约多姿的绝世美女，尽管此时此刻，她的脸上布满了忧伤，可她那倾国倾城的美丽还是源源不断地从她那白皙透明的皮肤里渗透出来，从她那清澈如水的眼眸里闪现出来。从大家的神情里不难看出，被她的美丽所震住的绝不仅仅是我一个人，于是，便有人在暗暗感叹了，我当然知道他们在感叹什么，不外是在感叹总经理的愚蠢，不知道珍惜自己拥有的，去做丢了西瓜捡芝麻的事，反而搭上了自己宝贵的性命。从我的角度，我又何尝不是这样的人呢？这样想着，我的心便更加伤感、更加沮丧了，还好，这种心理恰恰缓解了与她相见时那种心灵上的紧张。从她的穿着和举止可以看出，她出自名门望族，受过非常好的家庭教育，虽然乍一见我们时，她如同见到了丈夫的亲人一般，清澈的眼睛里蒙上了一层晶莹的泪，可这些泪水还是被她快速地擦拭掉了，尽管长长的睫毛上还留有一个晶莹剔透的珍珠般的泪珠，这恰恰为她的美增加了一丝别样的幽怨、别样的风韵。陪她的家人并不太多，见来了客人，大家在门庭边打了个照面后，就都回避到别屋去了，只留下她一个人和大家周旋。她和王经理简单地交谈了几句话后，便沉默而又不失礼仪地把我们让到了客厅里，我也就随着大家走进了客厅，并坐在了一盆我叫不上名字的偌大的名贵花树的后面。王经理询问了一下总经理案件的进展情况以及办丧事的有关事宜，她神情落寞地说："既然法医已经确定死因是心肌梗死，我也不想再让警方继续调查下去了，老人们都说入土为安，我想还是尽快把丧事给他办了吧！"说到此处，眼泪便从她那双清丽的眼睛里涌流了出来，我的泪水也顿时如雨点般落下，幸好坐在我身边的董姐也哭了，幸好连王经理也泪眼婆娑，所以大家谁都没有看到我的失态。从进屋到离开，我始终没敢直视她的眼睛，我只是在她哽咽着再也说不出话的时候，透过泪帘像罪犯一般眼神闪烁地偷瞄了她一眼，见这么美丽的女人因为我的罪恶而变得如此哀痛、如此悲凉、如此孤零和无助，我又一次产生了"去死吧，你去死吧，还活着干什么"的念头。

该说的话都说了，该拿出的钱也被放到了茶几上，王经理巡视了大家一眼，便站起身说："那我们就回去了，等出殡的日期定了后，请提前通知我们一声，这期间有什么事情，也请您及时和我们联络。"他边说边看了看我们，我和董姐也纷纷点头。这时，我发现她那美丽的眼睛向我们这边瞟来，我立刻心虚地把眼睛避开了！这就是我的愚蠢了，因为我这一避开不要紧，我发现她紧接着又深深地看了我一眼。

完了，完了，到底还是引起她的注意了，这个智慧的女人，我觉得她的那双眼睛能够穿透任何一面固若金汤、壁垒森严的心墙。可面对她，我真的不能做到不愚蠢啊，因为我真的不敢面对她的眼睛！此时，我才切入体肤地体会到心怀鬼胎是啥滋味了。

果然，她上前一步，看着我的眼睛说："这位……就是小秦吧？"

王经理马上说："不是，小秦姑娘今天因为身体不好，没有来上班。"

她微微愣了一下，然后便举止得体地对王经理说："实在对不起，那天我弟弟去你们单位找小秦的事，我事先并不知道，他不该这么做的，我希望王经理替我向小秦姑娘表达我对她的歉意。”说着便微微地低了低头。

王经理马上说：“没关系，大家都在悲痛之中，做一些出格的事也能够理解，我一定把您的话转达给小秦姑娘。”

王经理便往出走了，临走时和她握了握手，又摇了摇，面庞里写满了情深意重。我们也就鱼贯着往外走，她则神态高贵又不失礼貌地挨个儿跟大家握手致谢。我心里想：等过了这一关，这出戏也算是落幕了，或者干脆连这一关都免了吧，干脆连手都别握了吧？正这样想着，她已经和我前边的董姐握完手了，我正想跟在董姐后面混过去，突然看见她那纤细的、修长的、柔弱无骨且白得透明的手已经向我伸来了，我的心就狂跳不止了，我无助的目光求救般地向四面望了一望，可我发现周围都是冷漠的目光，大家都在看着我，连不知什么时候站到了门边，那位面容颇像我的那位刑警朋友也在审视地望着我，我只得硬着头皮把手伸过去与她的手握在了一处，但两手一交接，我就知道我错了！我完了！我废了！那是一只怎样的手啊！冰凉彻骨，寒意逼人，我只觉得浑身一抖，那股寒意便袭遍了我的全身，令我顿时出了一身冷汗。我当然不敢去正视她的眼睛，但我分明感到她那两束油黑明亮的、但也同样是寒意刺骨的秀目正毫无掩饰地向我的灵魂深处直刺过来，一下子把我穿了个透心凉。此时此刻，一种从未有过的恐惧感像海啸一般吞噬了我，让我一时无法喘息、无法应付。有那么一瞬间，我甚至觉得站在我面前的这位神情高贵、面庞姣美的女人根本就不是有血有肉的人，而是一个来自地狱的带着美女画皮的厉鬼，甚至这座、过于幽静过于闭塞的小楼，也不是一座实实在在的人间楼阁，今天她和她这座小楼能够现身于此也都是为我而来的，是的，她就是一个前来报复我、拷问我、审判我的厉鬼！此时此刻，她那冰凉的手依然紧紧地抓着我的手，我感觉到我的肌肉正顺着我的手臂，被她一点一点地侵蚀着，先是变冷，接着变黑，继而便一片片脱落……太可怕，太可怕了！恐惧已经让我毫无招架之功、还手之力了，幸亏这时我看见董姐回过头来看了我一眼，那是审视我的眼光，但同时也是救我命的眼光，因为它毕竟是“人”的眼光，有着人世间活生生的猜疑、揣度、思索、询问，在这片闪烁着人间光泽的目光笼罩下，我的心中突然升腾起一股力量，借着这股力量，我使出全身的力气一下子抽出了我的手，然后我便脚步慌乱、不管不顾地逃离了，不再矜持，不再端庄，不再沉稳，不再含蓄……在她那两束比箭还锋利、比寒流还冰冷的目光中，我脸上、身上的所有伪装、所有盔甲、所有武器都自动地破碎、脱节、剥落了，稀里哗啦地落了满地，我甚至觉得我的外衣也被她的目光绞碎了，衣服的碎片在过于宽敞的客厅里飘呀飘的，就像地狱里的雪花，我就那样光着身子从她的眼皮底下狼狈地逃离了！出了客厅，就是门庭，出了门庭，就是大门……我都打开车门了，依然还能感觉到那两束目光在追随着我，逼视着我。那种如芒刺背的恐惧感啊！我将终生难忘！

坐在车里很久了，我还余悸未消，我不知同来的代表有没有看出我的失态，或怎么看待我的失态，但我真的已经管不了那么多了，我是彻底地认输了、投降了，不但向她投降，也向公司里的所有同事投降，更向我自己投降……就像那天面对他的指令乖乖地缴械投降一样。看来我这次来是自讨苦吃了，走这么一趟就是把脸伸出去让人打的，我真的是不该来，我真的是太愚蠢了，我也是高估自己的表演才能了！一路上，大家都没有说话，我的身体一直都在颤抖，隔着衣服都能看到我的抖动，坐在车上很久了，我的右手依然疼痛着，那是一种来自于骨子里的痛，从那以后，我的右手就留下痛的病根了，它会经常地这样无缘由地疼痛起来，一痛就是很久……当然，这是后话。

十五

病来如山倒，病去如抽丝。

这次我是真的病了，病到卧床的地步了，甚至病到住了半个多月的院，从脖子里摘除了一小块囊肿。等我终于从医院走出来的时候，仿佛一切都云开雾散了，是的，他已经烧过三七了。

丈夫始终没有提出和我离婚的事，并且在我手术期间，他竟然把我照顾得无微不至，特别是当公司里的同事来看我的时候，他更是着实地表现了自己一番，博得了大家的交口称赞。难道他真的没有听说关于那件事的只言片语吗？还是因为我有病他没有忍心和我谈？也许等出院回到家，他就该向我摊牌了吧？虽然我不希望他和我离婚，但我也不想就这么心里压着块巨石过下去，我多么希望能够和他敞开心扉地聊一次啊！但我不敢。

除了手术的那天晚上，他来看过我一次外，我的生活里就再也没有他了。后来我推算了一下，我手术那天，正是他出殡的日子，记得当时他穿着一件样式古旧、黄黑交间的老式长袍，头上还带着一顶圆圆的黑色小帽，显得既滑稽又很可怜，他抖抖地、怯生生地走到我的床边，和往日那位华衣锦服，风流飘逸的他判若两人，无论是苍老的面庞、孤单的身影，还是沮丧的神情都和贾经理行刑前酷似。于是，我哭了，我哭着问他："怎么就穿成这样了呢？你的西装呢？"听了我的话，他突然想起了什么似的，茫然四顾地说："是啊，我的西装呢？"说了这么一句话，就再不见了踪影。

可怕的是，自从见到他的这个样子以后，我突然发现自己不爱他了，真的不爱他了，一点爱的意思都没有了，这时再回想起以前我自以为爱他时的无数个日子，包括那个午时三刻，除了心灵疼痛、心力交瘁以外，我也再找不到那种美好的感觉了。后来，我甚至有些怀疑我对他的爱了！或许我那时的感觉只不过是敬畏，是那种缘自人之本性的对权力和尊严的敬畏，根本就不是爱？那么爱情到底是什么？究竟是什么？爱情真的这么容易变质、容易消逝吗？我不知道答案。

我终于被我的丈夫接回家中了，仅仅半个多月，我的家就变得有些陌生了，显得分外的温馨和明亮，我在室内巡视了一番，发现家中的每一个角落都被丈夫和女儿认真地擦拭过了，看来他们是真心欢迎我回家啊！坐在床上，有那么一阵子，我还是产生过一种战战兢兢的感觉，觉得自己实在不配坐这样舒适的床。但后来我就被丈夫和女儿的情绪感染了，为了庆祝我的出院，我的丈夫还特意做了一顿丰盛的晚餐，且不说晚餐到底做了些什么，做得怎么样，仅看做饭时他和女儿有说有笑的氛围，就足以让我幸福，让我感动，让我流泪，让我珍惜。我不知道他到底什么时候才向我摊牌，但对于我这个久病初愈的人来说，我是能享受一分就不再会浪费六十秒了！不是经常有人说：过程即目的吗？

活在现在吧……

当热腾腾、香喷喷的饭菜被摆上圆桌的时候，一阵手机的彩铃声在温馨如梦的小屋内响起："我能想到最浪漫的事，就是和你一起慢慢变老，一路上收藏点点滴滴的欢笑，留到以后坐着摇椅慢慢聊……"我知道那是我的手机彩铃声，我那天煞费苦心，才选择了这个彩铃，丈夫似乎也很喜欢这种彩铃，所以他把手机递给我时，特意多等了一会儿，好让那彩铃的曲子唱得长一些、久一些。女儿便笑了，催我说："快接听吧，你们要是喜欢听这首歌，我用 MP4 放给你们听多省事？"听女儿这么一说，我们俩也相视而笑了。

我把目光投到手机屏幕上，心里突然一紧，接着汗水就从全身各个汗毛孔里流出来了：来电显示的号码，怎么会是他的号码？

血色青春

人的地狱都是自设的。

——题记

一

因为一次难得的休假，我回到了阔别十几年的家乡。应当地美术家协会刘主席的盛情邀请参加了他们的采风活动。活动的那天早晨，我是踩着点儿去的。令我没有想到的是，家乡人的时间观念依然那么差，我到画室的时候，除了美协主席刘继承之外，所有人都没到呢。

我和刘继承是在全国美协组织的一次颁奖大会上认识的。因为这个前提，我们自然聊起了那次颁奖大会。由颁奖大会，刘继承又聊到了当地美术家协会的情况，说来说去，都是经费不足的问题。在诉委屈的时候，刘继承几次提起了他的名字，也就是赞助这次采风活动的老总。我听了心有所动，但马上就否定了自己的想法。这世上同名的人多了，再怎么巧，我和他也不会在这种场合见面吧，更何况他一个身陷囹圄的人怎么可能成为老总？

唠着唠着，人们陆陆续续地来了，有的人，刘继承向我做了介绍，有的人，只是彼此点了点头。接着，我就看见他呼啦啦地进屋了。之所以是“呼啦啦”的，是因为有好多人前呼后拥着。隔着窗，我仅仅看了一眼，整个人就僵在那里了。是他！绝对是他！哪怕把他打碎了揉成泥，我还是能一眼认出他！

刘继承把他引到了画室最里面的“正位”，他就毫不客气地坐在了那个位置上。落座的一刹那，他就从人群的缝隙间看到了我，笑容就僵在他魅力四射的脸上了。

他的反常引起了刘继承的注意，刘继承站起身来，向我招了招手，那意思是让我过去。我没有过去，也没有站起身，但出于礼貌，我还是把目光转向了他们——隔着偌大的画室和许多人交织的目光，遥遥地向他们行了一个注目礼。

“奇奇格警官，来，我给你介绍一下！这位就是大名鼎鼎的陶子默老总！”刘继承冲我喊。

我依然不起身，刘继承就不自在了，抱歉地冲子默说：“这位奇奇格警官有些清高，人家是中国警界著名的书法家……”

子默突然如甩抹布一样甩开了刘继承，磕磕绊绊地走到我的面前。他先是不知所措地搓了搓手，才如小学生一般拘谨地向我深鞠了一躬，声音嘶哑地说：“奇……奇奇……”

喧闹的画室一下子静了。

就像对待陌生人一样，我竟然淡定地看了他一眼，微微一笑：“认识您很高兴。”

他冲我张了张嘴，好像有一肚子的话要说。我别过脸去，把目光投向了门外，恰巧有过一面之缘的王大姐走了进来，我马上笑盈盈地迎上去和她寒暄起来。

出发的时间到了，刘继承满屋子吵吵着，像圈小鸡儿一样，催促大家上车，我也就势牵着王大姐的手，和她一同向外面走去。前来参加活动的有二十几个人，子默的公司专门为这些人准备了一辆豪华中巴车。就在我准备登车时，子默不知什么时候站到了我身后，拽了一下我的衣袖，冷冰冰地说了句：“来坐轿车！”那语气不容置疑。

理智告诉我，不能随他去坐轿车，如果去了，刚才的表演就毫无意义了。我的脚步却不由自主地跟着他走了，仿佛这双脚并没有长在我的身上。

一位略微有些发胖的男人已经坐到车上了，我觉得他有些面熟，却想不起在哪里见过。可这位胖男人却认识我，我一上车他就冲我亲热地笑，笑出了一个漆黑锃亮的弥勒佛面谱。

“奇奇格警官你好!”

这个男人属于那种看不清年纪的人，说他三十有人信，说他四十也有人信，说他五十还有人信。之所以如此，既缘于他脸色的黝黑，又缘于肌肉的硬实。他眼睛不大却炯炯有神，嘴不小却有棱有角，尤其让我印象深刻的是他的一对眉毛，那是两道非常完美的剑眉，在宽阔饱满的额上直向两边斜插上去。但与剑不同的，那剑锋并没有直接穿进鬓角，而是在眉的尾部拐了一个非常祥和的弯儿。我仔细看了一眼他的眉毛，才知道那其实不是弯儿，而是由于眉尾的一绺眉毛过长，才导致了那种弯曲的效果。

这时刘继承也探头探脑地上了车。见我在车里，他愣了愣，但油滑的他马上就自然地笑了。于是，一切不正常在他圆滑的微笑中就都变得正常了。

子默对那辆车的司机喊了几句，才钻进驾驶室，砰的一声关上了车门，好像生了多大的气似的。坐到车里，他又回过头来，气哼哼地看了我一眼，可我依然没有接他的目光。他似乎更加生气了——他的车速快极了，转眼就把另一辆车甩得没有了踪影，我的心一阵狂跳，知道他已经把怒气发泄在速度里了。

接下来的采风活动，子默一直想找个机会和我谈，但我没有给他机会。该揭晓的，自然就会揭晓。尘封了十几年的沉重阴暗的往事，怎么能在这种喧嚣的场合往出晒呢?

二

我们采风的第一站有一个很唯美的名字：凤凰湖。

等吃饭时我才明白，原来这个所谓的凤凰湖，就是在省城发展的子默回到家乡承包的一个鱼塘，这个唯美的名字是他和几个朋友侃大山时顺嘴胡诌出来的。重获自由后的子默一路走来生意做得很杂，既炒房地产，又搞山货收购，还有一个纸壳加工厂、一个有机奶站、一个小额贷款公司，当然，这个鱼塘也应该算他生意的一部分。

说着说着，就唠到县城规划那个正在出售的冰泉小学上了。子默的脸色变了，自言自语道："那所学校要卖？我该不该把它买下来呀？"

就像条件反射似的，我脱口而出："你必须把它买下来……"

子默却像没听清我的话似的："我有必要把那里买下来！"

大家突然沉默了，是那种不知道接下来再说什么的沉默。幸好那位长眉毛的胖男人开口转移了话题。这位又黑又胖、长着两道剑眉的男人姓林，叫林子玖。他和子默的私交很深，好像还和子默一起做生意。直到听见子默突然叫了他一声"九哥"时，我的心里就豁地一下明朗了。

原来，他就是狱警九哥啊！

九哥既不会画画，又不会摄影，也就是说，他和美术家协会一点儿边都不沾，这次参加采风活动，就是来陪子默玩的。

九哥说："子默，如果有闲钱，你就把那所学校买下来。那可不是一般的老园子，那里的几棵老榆树都是好几百岁的；最珍奇的是那眼冰泉，无论冬夏始终有水，冬暖夏凉，特别是盛夏，那水更是出奇地凉，要不咋能叫冰泉呢？我小学就是在那里上的，那里的冰泉水，我可是没少喝。"

刘继承插言："我也听过不少关于那里的传闻，呃……既然是传闻，当然就有点儿邪性了……"

九哥面无表情："据说那里的前身是一个蒙古王爷家的大宅院。据说刚建校的时候，不少人还在那里挖出过宝物呢！我在史志里查到过一些记载，这位蒙古王爷好像也叫什么格。刚才我一见到奇奇格警官，不知为啥就想起了那个蒙古王爷……听说奇奇格警官也是蒙古族，我建议奇奇格警官有时间好好研究一下你的家史，这个园子备不住就是你们家老祖宗的……"

子默突然一挥大手说："就这么定了！"

我对酒桌上的话向来不当真，吃完了饭，大家就会一哄而散，至于子默到底能不能买下那所学校，那是子默的事情，和别人，包括和我，没有一点儿关系。然而，在回去的路上，子默竟真的领我们去看冰泉小学旧址上的那个园子了！就是那个当年我仅看了一眼就一辈子再也放不下的乐园。

这里闲置得太久了，到处枯枝败草。乱蓬蓬的树丛后面，那幢高脊砖瓦房一派萧条。鸟儿在乱瓦下筑巢，草儿在朽檐上扎根，好几块窗玻璃被打碎了，让人想起盲人的眼。砖瓦房的侧面原来是个花园，墙上的绿琉璃瓦虽然还反射着几缕阳光，但那圆圆的拱门却被一堆垃圾堵着。

转过砖瓦房，就看到南边小山上的那片荒芜的园林了，最显眼的当然是那几棵好几百岁的老榆树，粗壮的树干就像一把把巨伞，把那一片荒芜遮挡在他慈祥的华盖后面。看到大树，子默脸上的神情更凝重了，他不再说话，只是默默地走到了最中间的也就是最粗壮的那棵老榆树下面，深情地注视。大家都在四处看风景，没有注意到子默的神情，只有我注意到了——能够和一棵大树有如此深的缘分，这也是子默的命！

那座怪石嶙峋的无名小山就在老榆树的后面，虽然有一堵墙在山坡上拦腰截住，把山与学校隔开，但与山的气势相比，那堵墙还是显得太单薄，太微不足道了。此时，九哥所说的冰泉，正汩汩地从古铜色的山石缝隙里流出来，淙淙的水声就像一曲清弹的琵琶。

是啊！多少年了！血脉相连，何况这里的泉水还在流淌！

金钱真是了不起的东西，仅仅两天的时间，那个曾经培养了无数学子的学校，那个曾经显赫一时的蒙古王爷家的大院，就改朝换代，成了陶子默家的后花园了。同样是金钱的作用，子默仅用了一周的时间，就使这里焕然一新。杂草不见了，垃圾不见了，房子外面的窗框和玻璃都焕然一新了。

乐园重见天日后的一个下午，子默在那两个新雇来的老夫少妻的门卫小房里，招待我们吃了一顿家常便饭。当着那对老夫少妻的面，子默先问我是否可以把工作调回来。得到否定的回答后，他又掏出一把大门钥匙让我收下，我依然拒绝。话说到了这个份儿上，那对新雇来的园丁再怎么迟钝，也明白子默的意思了。那位少妻当即表示："奇奇格警官有没有钥匙都没关系，我负责给她开门关门。"

那天一同来吃饭的，还有九哥。当年通过子默的信，我对九哥了如指掌，比如身为狱警的他精通好几种拳术，曾获得过省级散打冠军，等等。如今退了休的他在子默公司里的身份也很特殊，既是高级参谋，又是生意合伙人，说不准还兼保镖。后来在乐园散步时，我也偶尔看见九哥在乐园打过几次拳。在欣赏月下风景的同时，我也有幸领略了九哥在月下舞动拳脚时矫健的身影。练武功的九哥不但与胖一点儿都不沾边，还让人看到了一种特别的美，那是蕴含在肉体表层之下的生命力在瞬间迸发时的美，让人望而生畏，陡生敬意。

那顿家常便饭，我们一直吃到月上中天。尽管我们一直都在小心地绕开过去的锋芒，但我们的交谈还是时不时地触及过去的根须。

称呼那对门卫为老夫少妻，是子默的原创。其实，那位老夫并不算太老，六十五岁，只是他的头发全都白了，加之又总是一声不吭，面无表情，所以才显得老；那位少妻其实也不年轻，六十出头了，平时精于打扮，总喜欢穿颜色鲜艳的大花裙子，所以子默才叫她少妻。也许太想在雇主心中留下好印象了，那天在饭桌边，那位少妻一直都在子默面前倾情表演。

因为自已娘家也姓陶，她缠着子默叫她表姐，子默就真的叫了。可她依然不罢休，接着逼子默叫她丈夫为表姐夫，子默也叫了。她便更加高兴，又缠着九哥和我也都这么叫。从此，在场的人就都管这对少妻老夫叫起表姐和表姐夫了。

这么叫着叫着，我却一直没有想起问表姐夫的真实姓名。很久以后我才知道，原来他竟然就是曲庭，算起来当然是长辈。

三

我和子默相识的地方，是一个名叫美丽的小镇。在美丽，只要是没有庄稼的地方，只要是没有房子的地方，只要是没有路的地方，就到处长满了树。镇上树最多、品种最全的，当属美丽镇中学了。

因为一种查不出病因的怪病，使我没能在应届考上大学。这种怪病简直是我生命里的白魔。刚发病的时候，眼前先是出现了一点微弱的白光，尽管微弱，还是挡住了人的视线。接着那白光就渐渐明亮了，明亮成一条弯弯曲曲的小蛇在视线里抖动。睁着眼睛看世界，世界只剩下了那条抖动的白光；闭上眼睛想躲开世界，世界还是那条抖动的白光。抖着抖着，那白光就越来越长、越来越虚，渐渐地虚成一个怪异的白圈，等白圈渐渐变大，终于大出了视线范围，头便开始剧烈地疼起来。那可是一种空前绝后的痛啊……

白魔袭来的时候，我正参加高考，因为看不清试卷影响了成绩。考试结束了，白魔依然不走，它总定期或不定期地前来骚扰我，让我每隔三五天都要经历一番炼狱般的劫难。为了整治白魔，我那个纯蒙古族的、当过兵的爸爸领我跑了多少家医院啊。尽管这些医院的级别不同，可检查的结果却惊人的相似，那就是查不出病因。

为了疗养，爸爸通过关系，把我送到了风景美丽、空气清新的美丽镇中学，当了一名代课老师。当时正赶上美丽镇中学搞教学改革，没想到，我那以孩子玩家家式的心态胡搞出来的“螺旋式分组教学法”竟然一举成名，得到教育局领导的认可，我也因此受到重用，破天荒地以一个代课老师的身份，成为初一三班的班主任兼语文老师。

那年，我十九岁。

有些老师对我的管理方式很不满意，纷纷向领导反映，说我的管理方式是极其危险的“恶搞式”，如果不控制，早晚会出大事，但孩子们可不管这些。孩子们正是不甘寂寞的年纪，老师疯，他们比老师更疯，所以那时，我的身边总会围着许多比我还要疯的孩子。外班一些渴望快乐的孩子，常常偷偷跑到我的语文课堂里来听课，子默便是前来偷享我课堂快乐的学生之一。

那时的子默还不叫陶子默，叫陶天成。本来很好听的一个名字，却总被大家倒过来喊，于是成了“成天淘”。成天淘，的确人如其名，淘得没边没际，身边也如我一样，整天都围着一群小小的追随者。他来听课和别人不一样，别人都是静悄悄地来，有的还要怯生生地和我打一声招呼。他却不管这些，想来就来，来的时候门都不敲一下，螃蟹一样横着向座位走过去，视我为无物。陶天成当时在我们学校比较出名，经常能听到老师们议论他，当然议论的都是有关他玩劣的恶作剧。

常忆枫是我们学校最出众的“才子教师”，人长得帅，而且毕业于省重点师范大学。可这么一个受过高等教育的大学毕业生，却不知为什么总和一个小孩子过不去。他好像从骨子里厌恶陶天成。有一次，他把陶天成的一份成绩单贴到了黑板报上展览，被我看到了。那时，我对常忆枫还没有什么特殊的感觉，在我苦口婆心的劝说下，常忆枫才极不情愿地把那份成绩单揭了下来。常忆枫苦着脸对我说：“你是不了解这个学生啊！我新买的自行车，车带天天都被人扎。一定是这小子带人干的，等我哪天抓到他，看我怎么收拾他！”说到这里，他又甩了甩手中的成绩单，“你再看看他的这份成绩单，这还叫人的成绩单？给条狗拴个大饼子，都能答得比他好！”

也不怪常忆枫生气，陶天成的成绩单上，所有的科目加在一起，总分都不超过四十分。但恰恰是这份最差的成绩单，吊起了我对陶天成的胃口。我教学未到一年，就使好几名差生浪子回头，陶天成应该也不能例外。

我就开始对他用起了心计。那天他又是在我已经上课后才来教室，来了依然不敲门，横着就走进来了。我发现，他的横不仅体现在走路的姿态上，也体现在看人的目光上。他有一双过大过黑的眼睛，他用那双过大过黑的眼睛横了我一眼后，就不可一世地向座位横着走去了。

我决定对他采取“高傲加冷漠”式的教育方法，视他为无物，压住他嚣张的气焰。记得那堂课我讲的是《皇帝的新衣》，本来课文就有趣，而我又暗暗使足了劲儿，始终在讲台上谈笑风生，时不时逗得学生捧腹大笑。枯燥的语文课在我的导演之下，始终笑声不断。后半堂课，陶天成一直老老实实地坐在座位上，陶醉忘我地听着，脏兮兮的脸上，时不时地露出快乐的笑容。我发现他的笑容其实很美，也很纯，正是十五岁的孩子所特有的纯真的笑容。我的心里便有底了。

四

那天，我正在上课，突然门开了，风风火火地走进来一位身穿运动衣的中年妇女。她个子不高，脸色黝黑，眼睛却异常明亮，明亮得就像婴儿的眼眸。她也不管我是否在上课，就当着全体学生的面亮起嗓门：“我想找奇奇格老师！”

我礼貌地迎上去：“我就是。”

“啊？你真是奇奇格老师吗？原来这么年轻啊！”她露出了一对大虎牙，“你这个老师可真有意思，连名字都叫得有意思！奇奇格是姓还是名啊？少数民族吧？”

“是蒙古语，花朵的意思。”

妇女便朗朗地笑了。我很喜欢她的笑容，这笑容从大大的眼睛和唇红齿白的嘴里一同涌现出来，就像清凉的风，就像透明的泉，让人的心舒畅极了。她就那么笑着说：“我是陶子默的……姨姨，叫邢麦琪，你就叫我麦琪姐吧！我听我爹说，我……外甥这些天像变了一个人儿似的，不但知道学习了，还知道干净了。他这些天总叨咕他遇到了一位叫奇奇格的好老师，说你既是教育专家、心理专家，又是语言专家、美术专家，所以我今天特意从城里赶来，就是来听你的课的！”

一番话把我说愣了：“您是谁的姨姨？”

“陶子默！”

“陶子默？”

妇女向教室里看了一眼，当她看到陶天成时，马上睁圆了眼睛，咋咋呼呼地叫道："大儿子，你这么干净！我的大儿子，你太帅了！"

一番话把学生们都说乐了。有的学生小声说："你到底姨姨，还是妈妈呀？"

子默的脸腾地一下红了，语无伦次地说："老师正上课呢，你咋这样呢……"

麦琪姐却不管这些，继续大声说："你们八成还不知道吧？我儿子……对了，我外甥没和你们说吗？我外甥改名了，不叫陶天成了，叫陶子默！为了给他改名，我找了好几个算卦的……"

在大家的笑声中，子默深深地埋下了头。我马上解围："大家不要笑了，我们的课堂是开放式课堂，让我们大家鼓掌，欢迎家长加入我们的课堂！"

那天的课，麦琪姐没有听完就匆匆离开了，因为她身上的寻呼机老是嘀嘀地响。后来我才知道，这个麦琪姐，其实就是子默的妈妈。原来有算卦的说他们母子相克，连子默学习不好也是母子相克造成的。为了能破解，算卦先生就让子默改变了对麦琪姐的称呼，后来还在城里找到了一棵老榆树给子默当了干妈。早在子默三岁时，子默的父亲就抛弃了他们娘儿俩去了南方，从此再无音信。麦琪姐是个女强人，平时搞山货收购生意，一年四季都在忙，子默从小到大，一直都是农村的姥爷和姥姥照料的。

第二天，麦琪姐又匆匆忙忙地找了我一次，商量给他儿子办转班。她说子默说了，如果想让他学习好，必须得脱离原来的那个班，尤其是远离烦人的老师常忆枫。麦琪姐还告诉我，她和这所学校的校长是同学，只要我同意，校长一定会同意。我马上就答应了。可是，我这边安排好了，等了好几天，那边却没有动静了。

一天下午，我正在教研室批作文，外面刮起了风，我起身去关窗户，无意间看到了让人揪心的一幕——

一个妇女正破马张飞地哭骂着，狠命地打着一个男孩子的耳光，声音响极了，啪啪啪地，隔了很远都能听得见。那个男孩子既不反抗，也不躲闪，木头似的垂着头任她打。接着，妇女的一声咒骂又飞进了我的耳朵："给你这个坏学生当家长，我是倒了八辈子血霉了！陶子默，你咋就不给我长点儿脸哪！"

我马上冲出了教研室，快步向陶子默母子那里奔了过去。隔着很远，我就不管不顾地喊起来了："你这个当姨姨的，咋能这么打孩子呢！"

"奇奇格老师，你来得正好！"麦琪姐看到我像看到了救星，"我这都是被逼的呀！我哪是他的姨啊！我就是他的妈！"

"即使是亲妈也不该打孩子的！还当着这么多人的面。你怎么不考虑考虑你儿子的感受呢？"

"你是不知道！我就奇怪了，你们学校到底校长说了算，还是副校长说了算？校长都答应我们子默转班了，可你们的副校长就是不同意，真是气死我了！"

一个冷冰冰的声音突然凌厉地响起："那个家长，你还在那儿干啥？你以为这是你家呀？就是原来那个班，这学能上就上，不能上赶紧走人！"

我回头一看，副校长冷如月一扭一扭地走过来。冷校长是我们学校有名的冷美人，平时不苟言笑，让人觉得高傲冷漠。因为她平时总是高高在上的，所以到这所学校工作后，我这个代课老师基本没和她有过正面接触，在路上遇见了也只是彼此点点头而已。

"冷校长，我儿子就想上奇奇格老师的班，这又不是啥违背原则的事，你就行行好通融一下吧！"麦琪姐低声下气地说。

"我说不行就不行！就这等差生，五科加起来还没到四十分呢，还东转西转的，也不怕寒碜？别说她一个代课老师了，就是陶知行转世，我也不信能把他教好了！"

这话我听着刺耳，就忘了自己的身份，张口就说："冷校长，您这样说话可不对，学生都是我们的孩子，哪能随便就下定义呢？"

冷如月那弯弯的眼睛就像两把弯弯的小刀，把我从上到下慢慢地刮了一遍。"哟！我还以为听错了呢！这个场合，全校老师挨个儿轮，也轮不到你一个代课老师说话吧？你把自己当成谁了？"

我毫不相让："冷校长，我尊重您是校长，但您也别把我们代课老师不当人。我能够当班主任，自然有当班主任的道理！如果你能网开一面，把陶子默转到我们班，凭我的能力，我自信会把他培养成才！"

冷如月突然笑了："行啊！敢不敢和我打一个赌？你敢和我打这个赌，我就让陶子默转到你们班！"

"你说吧，赌什么？"事已至此，我只有干挺着了。

"你敢保证不出半年，让陶子默考入你们班前二十名……嗯，我给你宽限一点儿，前二十五名吧，我就同意他去你们班。否则，你就卷行李卷儿走人！"

陶子默焦急地说："老师，你不能打这个赌，这个赌不公平，吃亏的总是你！"

麦琪姐也说："我儿子现在这个基础，别说二十五名了，五十名都考不进去，你这不是给奇奇格老师下套吗？行啦行啦！我们不转班了！"

情场不输人，职场不输阵，既然一着不慎，被逼到了这个份儿上，我也不能眼瞅着他们娘儿俩这么灰溜溜地走了。我神情郑重地拦住陶子默，看着他的眼睛说："陶子默！你对自己真的一点儿信心都没有吗？我相信，如果你想学习好，就一定能够学习好！"

陶子默有些为难："可是，万一……"

"没有万一，只有成功！"说完，我回头瞪着冷如月，"这个赌，我和你打！"

五

陶子默转到我的班里后，脱胎换骨了一般，一天到晚除了学习，只有学习。他那可叫疯学啊，不但割断了与社会闲杂小青年的来往，搬到学校来住，有时连饭都忘了吃，连觉都舍不得睡了，半年下来明显瘦了一圈。和陶子默一同疯的还有我，为了能让陶子默的总成绩进入班级前二十五名，我可是把所有的招数都用上了。怕陶子默身体吃不消，营养跟不上去，我边补课还边给他做好吃的。最忙最累的时候，白魔也跟着凑热闹。唉，那半年，我就差没把命交给陶子默了。

和我们一同疯的，还有冷如月。冷如月的疯体现在期末考试的监考和批阅上。为了防止陶子默作弊，这位高高在上的大校长竟然亲自去陶子默的考场监考。为了防止我批卷作弊，她还借鉴外地经验，试行了同年组老师交换评分的方法，弄得全校的老师怨声载道。令冷如月没有想到的是，她这么一疯，却把我给成全了。成绩揭晓的那一天，当陶子默以全班第十六名的总成绩，终于赢了这个全校师生都在关注的大赌之时，不仅我哭了，陶子默哭了，连平时和我要好的同年级各科老师也哭了。

可世上没有绝对的胜利。老人们常说，宁得罪十个君子，别得罪一个小人。但处于胜利状态中的我，并没有看得这么远。当时我非常乐观地预计，按这个趋势发展下去，子默的前景会更加看好，最后考上全班乃至全校状元都敢想的。

我们学校的住宿女老师除了我，还有一位教历史的“三句话不离曲庭”的曲诗涵。“三句话不离曲庭”是我对曲诗涵的概括。曲庭是曲诗涵的父亲，曲诗涵很小的时候就没了妈妈，所以她一直和父亲相依为命。也许由于父亲过于娇惯她了吧，曲诗涵从小到大，一直都不管她的父亲叫爸爸，而是直呼其名。用曲诗涵的话说，这样叫起来才显得亲密，更像是朋友。曲诗涵离不开曲庭，几天不见就像丢了魂一般，屁大点儿事也要到学校值班室打电话去和曲庭说。曲诗涵的家住在城里，年纪比我大两岁，却比我优越多了。她是正式教师，也就是说，她有可以经常请病假泡蘑菇的资本。加之她的失眠症真的很重，需要定期到医院检查，所以大部分时间，那个用老教室改成的破烂不堪、四处漏风的女教师宿舍，就我一个人居住。

常忆枫家也住城里，虽然他大部分时间要帮他农村的姐姐干农活，也就是说要住在姐姐家中，但农闲的季节，他还是要住男老师宿舍的。男老师宿舍和女老师宿舍的中间，虽然隔着男女学生宿舍，但因为他是学校里最帅的男老师，我还是能在花前月下，及时地“捕捉”到忆枫来来去去的身影。

一天晚上，忆枫令我惊喜地循着我的脚步跟上来了。我的心乱成了一团，脸不知道往哪儿摆，手脚也不知怎么放好了。正手足无措着呢，忆枫说话了：“奇奇老师，我提醒你一个事儿！那个坏小子，你得防备他！现在赌也打过了，你的面子也算争回来了，接下来你得注意一下影响了。”

“哪个坏小子？”我的思维有些短路。

“咱们这儿还能有几个坏小子？不就是陶天成吗？他对你不怀好意，你得小心了！”

“他对我不怀好意？你说什么呢，他只是一个学生。”

“你可别把他当成学生，他的心可阴着呢！不瞒你说，我都观察他好些天了，这些天的深夜，我经常看到他在你宿舍跟前鬼鬼祟祟地晃悠。”

我的脸腾地一下红了，仿佛什么隐私被忆枫瞧去了一样。我没有说话，对于忆枫的提醒，也不知道是应该表示感谢，还是表示反感。

忆枫提醒我之后没有多久，子默也来提醒我了。那天，我和子默一起从班级往宿舍走，子默突然小声对我说：“老师，我和你说一句话，但你不要生气。”

我的心便忽悠一下：“你说！”

子默郑重地说：“往后你一定要对常忆枫这个人小心点儿。常忆枫这个人太阴险了。你知道当初冷校长为什么那么反对我转到咱们班吗？我听我妈说，这都是他背后操纵的。”

我还以为他会说什么重量级的话呢，原来是小孩子的诳语。我瞪了他一眼：“你小孩子家家的，知道啥叫背后操纵？你是不是武侠小说看太多了？”

子默的脸涨红了：“老师，我说的是真的，你一定要把我的话记在心上！要不然，你会吃亏的！”

“就算他真会操纵，也干涉不了我什么。”我无所谓地说。

子默犹豫了一下，突然说：“其实，他……还是一个色狼！我听我妈说，他和你们学校的好几个女老师胡搞，包括冷如月校长！”

我立即把头摇成了拨浪鼓："不可能！尤其是冷如月校长，她都多大年纪了？比常忆枫大十五六岁呢，绝对不可能！"

子默的脸更红了："我说的都是真的！你咋就不相信我的话呢？"

我想起那天忆枫对我的"忠告"，便睨斜了一眼子默说："你说他是色狼，你有什么证据？"

子默的小脸儿慢慢地收紧了："我早晚会找到证据的！"

六

秋天来了，正是玉米鲜嫩的时候。周六的晚上，子默兴冲冲地跑到我的宿舍，说他姥姥姥爷郑重邀请我，要我去他们家吃烀玉米。正好曲诗涵从城里回来了，"三句话不离曲庭"的曲诗涵一听说有鲜玉米可吃，当然乐意一同前往。子默说明天一早来接我们。

第二天早晨，我和曲诗涵刚刚起床，子默就到了，他还约了我们班的团支部书记张学明。张学明因为脸特白，并且常常会毫无道理地红起脸，于是，大家都在背地里叫张学明同学"桃花"。"桃花"其实一点儿都不花，言谈举止总是文质彬彬的，书卷气十足。

子默和张学明每人都骑了一辆崭新的自行车，分别载着我们，玩儿似的就把我们带出了学校。顺着那条平坦的乡间大道，两辆自行车迎着初升的太阳，先是一直向东进发，接着又向北挺进。唉！那一天，从早晨开始，我就觉得一切都美极了！那一天我们过得实在是太开心太幸福了！正因为过得太开心太幸福了，所以那一天的细节直到现在，我还记得清清楚楚。

子默的姥姥姥爷是地地道道的农民。姥姥显得有些木讷，不怎么爱"上场儿"。子默的姥爷却是一个"面儿上人"，五短身材，声如洪钟。他说话的时候总是高抬着头，于是，那洪亮的声音就像是从喷泉里喷出来似的，直上云霄。

子默的姥爷特意把餐桌摆到了葡萄架的下面，一顿普普通通的农家午餐，在绿色屏障的陪衬下，让人一生都难以忘怀。其实，那天的午餐真的只是简单的午餐，只有两个菜，一个是笨鸡炖蘑菇，另一个就是烀了满满一大锅的玉米、茄子和土豆，玉米锅的正中还蒸了一碗鸡蛋辣椒酱。吃的时候，要把茄子土豆放在一起捣碎了，用辣椒酱一拌，再配以嫩葱叶……有了这道菜，再美味的笨鸡炖蘑菇也要靠后了。

子默的姥爷的确能说，凭着三寸不烂之舌，就把午餐的气氛调到了极致，以至于连滴酒不沾的曲诗涵都主动要酒喝了。喝了半杯白酒的曲诗涵，当然更唠叨了，当然更要“三句话不离曲庭”了。所以一顿饭下来，整个饭桌边就只剩下曲诗涵家的曲庭了。曲诗涵显得活泼多了，鲜亮多了，也许是那半杯酒喝的，她苍白的脸上竟然多了一抹红晕。曲诗涵告诉我们，曲庭之所以不愿意说话，是缘于他的结巴，他平时说话如果别人不仔细听，基本上听不出他结巴，可一遇到着急的事就完了，他的结巴就会非常明显。有一天，曲庭在院子里给盆景上肥料，一位领导恰巧从门前经过，为了体现平易近人，那位领导就亲切地问曲庭，你给花上的是什么肥料啊？曲庭见了领导，就有些紧张，结结巴巴地说：“我上的是硫酸……”那个领导听着奇怪，从来没听说有人会给花上硫酸的。他抬头看了看曲庭，曲庭的脸因为焦急扭成了一团，扭着扭着，终于说出了词的后半部分“……亚铁！”那个领导才明白过来，原来曲庭给花上的肥料叫硫酸亚铁……曲诗涵话音未落，酒桌边的人都已经笑得直不起腰来了。

那天的午餐，连弱不禁风的曲诗涵都喝成那个样子了，被子默的姥爷称为“性情中人”的我，当然更是在劫难逃。喝多酒的感觉真的是太爽了，飘飘乎乎，云里雾里的，觉得自己真的变成了神仙。啊！那一天，我实在是太快乐了！

最疯的时候是回校的路上，我们那可是一路欢歌啊！连唱歌走调儿的曲诗涵也跟着我们一起唱上了：“跟我走吧，天亮就出发，梦已经醒来，心不会害怕，有一个地方，那是快乐老家，它近在心灵，却远在天涯……”

俗话说，乐极生悲。

就在我们一路疯骑、一路疯唱的时候，我无意间一抬头，心不由地往下一沉——在庄稼地的深处，在那条弯弯曲曲的乡间小路的路边，与我们狭路相逢的，是同样骑着自行车的忆枫。按理说，与忆枫邂逅，一直都是我的惊喜。可等我看到忆枫脸上的表情，我就高兴不起来了。

我坐在子默的自行车上，张学明驮着曲诗涵在我们前边。见了忆枫，曲诗涵立即从自行车上跳下来了，几步蹿到我身边，六神无主地看着我说："这下子完了！"

我不明就里："完了？你说什么完了？"

曲诗涵便凑到我的耳边说："他也喝多了！完了，今天可是酒鬼碰见酒鬼了……"

忆枫下了自行车，向我们这边走过来。他先是瞪了一眼曲诗涵，又瞟了瞟我，这才从牙缝里挤出一句话："你们……真是不可救药！"

我不得不佩服曲诗涵的观察力，直到此时，我才闻到了一股浓重的酒味。

"我们怎么不可救药了？"子默挑衅地看着他。

"我们老师们说话，有你接茬儿的份儿吗？"忆枫没好气地说。

子默的声音反倒加大了："老师说话更得讲道理！"

"这么没大没小！你以为你是谁呀？"忆枫狠狠地推了一下子默。

子默被他推了一个趔趄，嗷的一声，小老虎一般向忆枫冲了过去。幸好我快一步拦住了他。"子默，陶子默，你控制点儿自己！"

忆枫气哼哼地瞪着我说："你好好看看，这就是你这个优秀教师教出的好学生，都敢打老师了！"

"行了，行了，都控制一下情绪吧！老师没有老师的样儿，学生也没有学生的样儿，这样吵下去有意思吗？"曲诗涵细声细语地劝着，可大家都在气头上，根本没人听她的话。

子默像一头未驯服的狮子，一挺一挺地向前蹿着，我和张学明两个人都拉不住。我的力气都要耗尽了，生怕他们真的打起来，只得哀求地看着子默说："子默，求你了……"

这一招的确好使，子默的咆哮突然停顿了，一把拽住了我，担心地说："你……又犯病了吗？"

我觉得应该哭，眼泪果真一串串地落下来。

子默咬了咬牙，对张学明说：“先把老师送回去……”说着把我扶到自行车上。

我刚坐好，子默就把车子蹬起来了。一阵凉风渐渐吹干了脸上的泪水，也让我懵懂的大脑清醒了些。我这才想起去看张学明，却见张学明独自一个人骑着自行车追赶我们。我让子默立即停车等他。

“老师，你好点儿没？”子默边撑住自行车，边抬头看我一眼。

我长长地叹了一口气：“子默，他是老师，你是学生，今天怎么说都是你不对！”

子默说：“他这样的人咋配当老师呢？”

“他现在毕竟是老师，所以，再生气你也得控制！”说着话，张学明追了上来，和我们并肩前行。我着急地问他：“曲老师怎么没和你一起回来？”

张学明说：“常老师拉着她不让走，曲老师就让我先回来了。”

子默猛地拍了车子：“我刚才气蒙了，咋忘了曲老师？不行，我们得接她去。”

我怕子默再跟忆枫打起来，就制止说：“我们走吧，常老师能送她回来。”

子默越来越焦急了：“我怕的就是他！你不要忘了，他是色狼……”

我瞪了子默一眼：“你胡说什么！”

子默那明亮的大眸子闪了闪：“要不让张学明先送你回去，我去看看？”

我看了看手表，时间来不及了：“不行，晚自习时间就要到了，校长会检查的！我们先回学校。”

急匆匆赶到学校，已经晚自习了，我们就直接去了班级。好不容易熬到了下晚自习的时间，我跑回宿舍，可宿舍的门却是早晨临走时的样子，曲诗涵还没有回来。我的心便抽紧了，失魂落魄地向校门口走去，远远看见曲诗涵顺着校园林荫路独自一人走了过来。她走得很慢，有气无力的。如水的月色下，曲诗涵就那么失魂落魄地走着；路灯下，她苍白如纸的脸上，那双细长的丹凤眼显得迷迷离离的。

"诗涵，你怎么了？"我叫了她一声。

近在咫尺她竟吓了一跳，愣了半天才明白我在叫她，便立在那里不动了。

"曲老师，你看到陶子默了吗？"张学明和几个男学生夹着书本围拢过来。

曲诗涵愣了一下，反问道："陶子默没在学校吗？"

张学明说："他应该是接你去了！"

"他去接我了？我没见到他呀？"

我觉得曲诗涵很累，就走过去扶住了她，冲着张学明他们摆了摆手："你们都回宿舍吧。"

看着张学明他们离开了，曲诗涵见我审视地看着她，突然站直了，故作轻松地一笑："我没事，可能是喝多了吧。"说着就往宿舍那边走了。

晚上，我突然被一种奇怪的声音惊醒。在深夜里，它既像猫头鹰的低笑，又像是鬼魅的梦呓，让人不仅觉得恐怖，更觉得窒息。我听了好半天才听明白，那声音来自曲诗涵，根本就不是笑声，而是压抑着的抽泣……

七

第二天上午，我在走廊里遇到了忆枫。忆枫穿着黑西服，夹着数学书，顺着走廊大步流星地走过来，走出了一个青年男子最潇洒的步履。他看到我，笑了，笑得轻松自然，仿佛头天晚上根本就没有和子默打过架似的。

他凑到我的身边小声说："昨天怨我，没有控制好情绪，让你害怕了！唉！现在想想也怪没趣的，他一个小毛孩子，我咋能和他一般见识呢？"

一番话说得我冰冷的心突然暖了暖，与他的距离也似乎拉近了。我脱口便问："你昨天为什么不把曲老师送回来？"

忆枫愣了愣："我……我的自行车爆胎了，只得回我姐姐家补车胎了。"

"又是陶子默他们干的？"

"不是，这次不是他干的，这次是真扎了。"

上课的铃声响了，忆枫又关切地看了看我，轻轻地捏了捏我的肩膀，这才一步三回头地走了。我被他这突如其来的亲昵举动弄得有些发愣，傻傻地站在那里，看着他走进教室。那一整天，我的心始终氤氲着那种怪怪的愉悦，无论是走路还是做事，都觉得激情澎湃，有一股使不完的力量。

当我和曲诗涵面对面坐在小食堂吃饭的时候，我突然噗哧一声笑出来，笑得曲诗涵像遇见了鬼一样，瞪圆了她那双古典的丹凤眼，审视地看了我半天。去盛饭的时候，已经吃完了饭的忆枫突然趁别人不备，把一张小纸条塞到了我的手心里。

意想不到的事情发生了——曲诗涵啪的一声把手中的筷子摔在了桌子上，呼地站起身离开了，她的碗里还有半碗饭呢。

"曲诗涵，你抽什么风？"我冲她的背影喊道。

曲诗涵走得更快了，出门时，她还重重地摔了一下门。

"你刚才和小曲子说啥了？把她给气成这样？"做饭的师傅问我。

"没说啥呀！"我一脸无辜。

唉！人活在世间，真的不容易，好不容易有了这么一点儿可怜的小幸福，突然之间就被破坏掉了。我默默打开已经被我攥得发潮的纸条看了一眼，那些柔软的字就像面条，缠得我说不清道不明地烦："冷校长要我替她去县里参加一个培训，明上午的车，大约得一周时间，想你！"

忆枫走了，把我的心也带走了。

晚上，我一点儿睡意都没有，隔着混沌的夜，我看了看曲诗涵，此时的她正一动不动地躺在那片混沌中，不知道是睡着了，还是如我一样正在干熬。我们两个人的小床仅仅隔着一张小书桌，我却觉得我们相隔那么远，远到了天涯海角。

就这么胡思乱想着，意识渐渐模糊。接着，我就分不清是梦境还是真实了。我看见曲诗涵披散着长发，穿着她平时经常穿的白底蓝花睡裙，在小小的寝室里慢慢地走着、走着。她的脚步拖沓，在寂静的夜里发出嚓嚓嚓的声音。

“曲姐，你干什么？”我惊恐地问。

曲诗涵向我转过身来。她的双眼瞪得大大的，里面却空无一物。恐惧使我绷紧了身体，大脑也渐渐清醒了，我猜想曲诗涵可能是在梦游，梦游的人可是什么事都能干得出来的……

这时，横放在炉子上的炉钩子绊了曲诗涵一下，发出当啷啷的脆响，曲诗涵周身一震，脚步突然就停下了。可她依然没有醒来，依然那么空洞地瞪了我半天，才慢慢地转过身去。接着，她幽幽地叹了一口气，迟钝地爬到床上，在躺下前，她甚至还拍了拍她的枕头，拢了拢她的长发。

曲诗涵睡着了，我却在颤抖。接着，那个久违的白魔又来了……

再次醒来的时候，第一节课都上了半堂了。我艰难地从床上爬起来，只觉得头昏脑涨，浑身上下哪儿都疼。曲诗涵早已出去了，她的床也如以往那样收拾得利利索索的。我一边揉了揉热得烫手的脑门，一边拿过我放在床头的小镜子照了照，仅仅一宿的折腾，就使我完完全全地变样了。

门吱呀一声开了，我以为是曲诗涵回来了，抬头一看，进来的人竟然是一身红色呢绒套裙的冷如月。冷如月一看见我，就哈哈哈地大笑了起来："女强人也有狼狈的时候啊！"

校长驾到，我慌乱地给她让座，却无话可说，同时也很奇怪她为什么总是这么精力充沛。

冷如月终于不笑了，上前摸了摸我的额头："这不高烧了吗？我说呢，你咋也泡起蘑菇来了！眼睛怎么肿成这样？哭了吗？"她一扭身坐在了我的床边。"是不是遇到什么不顺心的事了？不介意的话，就和姐姐说说……"

我突然想到曲诗涵的事该不该向她汇报一下。

冷如月看到了我的犹疑，收住了脸上的笑容问："你呀，年纪轻轻的，疑心咋这么重？以前那点儿事，我根本没放在心上。咱们两个都是强人，俩强人碰一块儿了，哪能没个磕磕碰碰的，别往心里去。我有体会，外表越强，心里的难处也就越多，尤其是女人。今天早晨教导主任点名时，都给你记迟到了，你知道记迟到的后果吧？通报，还要扣工资，再说影响也不好啊！所以我特意找了他，替你撒谎说你请假了，才把这事摆平。”

我的心便慢慢地有些热了，一同发热的还有我的眼睛。

“好了，洗一洗先吃点儿东西吧！我特意让后厨帮你做了一碗热汤面，大师傅还给你煮了两个荷包蛋呢！”冷如月把饭盒递给我。

我的眼泪噼里啪啦地流了出来，有几滴还落到了那个漂亮的饭盒里。

“哭什么呀！也是，虽然能力大，毕竟年纪小。行了，别哭了，往后姐姐多疼你一些就是了！”她边说边抚了抚我的头发。

即使为了救曲诗涵的命，我也该把曲诗涵的事告诉她。这么想着，我就语无伦次地把曲诗涵的事向冷如月学了一遍。

冷如月撇了撇嘴说：“我还以为什么大不了的事呢。你不用害怕，她那个人总是神叨叨的，以前还说过要自杀呢。啥梦游啊！纯粹是做戏！格儿，你不如我了解她。她那个人呀，纯粹是个神经病。她的神经病是家族遗传的，你知道她妈妈是咋死的吗？大冬天疯跑出去找不到家冻死的，就死在后面的野甸子里！哼！这个曲诗涵，都是校长给惯的，这不是惯出脾气来了吗？你瞧瞧这个班儿让她上的，哪叫上班啊，简直是疗养。现在校长快转走了，我也快接班了，在我接班前，必须得好好整顿整顿这些坏习气！”冷如月越说越气。

我有点儿后悔告诉她这些了，因为我相信，曲诗涵的梦游绝对不是装的。

冷如月走了，我的心反倒更沉重了。我怎么这么愚蠢呢？怎么能把曲诗涵的这些隐私之事告诉冷如月呢？冷如月如果揪住曲诗涵不放，曲诗涵怎么受得了？

两节语文课我不知道怎么上的，上到最后几乎所有的学生都看出我有病了。下课后，子默跑到了我的身边，看着我的脸色问：“用不用我陪你去医院啊？”

我马上摇摇头说：“不用，没事的！”

子默说：“那你下午就好好休息吧！班级这边你放心，有我呢！”

下午，班长宁馨、团支书张学明和一些学生都陆陆续续跑到宿舍看望我，怕影响他们学习，我特意嘱咐宁馨，要她告诉大家不许再来看我。子默却是宁馨无法制止的，他不仅来了，而且撵都撵不走，还帮我生起了炉子，给我煮了一碗方便面。

晚上很晚了，曲诗涵才郁郁寡欢地回来。我几次想和她说几句，可又不知到底说什么好，想把和冷如月的交谈告诉她，又怕她误解，结果一句话都没有说。

八

最担心的事还是发生了。

第二天下午，学校召开全校教职工大会。我一进会场，就觉出了这次会议的不同寻常。不仅开会的人从来没有过地全，而且会场出奇地寂静，连平时经常开玩笑的人都正襟危坐了。

经常不参加会议的曲诗涵，这次当然参加了，只是来得晚一些。也许是会议室里特殊的光线晃的吧，此时她的脸色显得比以往还要白，一点儿血色都没有。来了也不与任何人打招呼，见门边有一个空位，就一屁股坐了下来。

会议由冷如月主持。开始时并没显得有什么特别，教导主任和后勤主任分别做了工作报告。不知是因为报告都很简短，还是会场气氛始终庄严，两个主任做报告时，大家都没有交头结耳，也没有打盹。然后是校长讲话，校长在清嗓子时，我的心提到了嗓子眼儿，听到最后，我那悬着的心才慢慢归位。校长的讲话和以前差不多，不疼不痒，大家的感觉也和我一样吧？一开始大家也都在认真地听，听着听着，神经就都松弛下来了，校长讲话即将结束之时，会场里甚至出现了久违的嗡嗡声。

就在大家以为会议就要结束的时候，冷如月开口了。冷如月的讲话有些突兀，既没有铺垫，也没有讲话稿，冷如月就那么瞪圆了那双弯月样的眼睛，严肃地看着大家说："目前，我们学校在师德师风方面存在着一些不容忽视的问题，部分教师心浮气躁，不干事业，只图享受。为了严明纪律，改进作风，全面提升教学质量，下面，我就开展教师队伍思想作风教育整顿工作讲几点意见。"

会场一下子静下来。冷如月冷峻地环视了大家一眼："目前我们学校存在着非常严重的问题，不严格履行请假制度，随意批假，有的人甚至为一些教师请假出谋划策、弄虚作假，助长了不正之风。"她说这些话的时候，所有人都把目光投向了校长。大家觉得冷如月这些话纯粹是冲着校长说的，因为学校有明文规定，只有校长才有权给老师批假。

冷如月接着就点名批评了曲诗涵，不仅批评她经常请病假耽误上课，还说她夜里假装梦游吓唬人，试图以装病逃避处分。

我的头顿时嗡嗡直响。冷如月说这些话的时候，不仅曲诗涵愤怒地回头看了我一眼，好多老师也都用刀子般的目光锋利地刮我。我看了一眼忆枫，他也正用恼怒的眼光瞪着我——我这还是第一次如此清晰地读懂了他的目光。我一下子崩溃了，罪人似的低下了头，觉得自己的末日到了……

事后，我曾为自己当时的"低头认罪"万分后悔，后悔当时为什么没有站起来反驳冷如月，仿佛自己真的成了搬弄是非、挑拨离间的罪人。

会议结束后，大家就乱哄哄地往出走。曲诗涵依然木木地在座位上坐着。我向曲诗涵走了过去，当着大家的面对曲诗涵说："曲姐，对不起，我说那些话，真的没有别的意思，我只是怕……"

还没等我说完，曲诗涵慢慢站起来，突然一甩胳膊，狠狠地打了我一个耳光！我只觉得耳朵里嗡的一声巨响，接着周围的一切就都模糊不清了，脚步声、议论声一下子都变小了，变远了……

那天晚自习时，我看见子默的座位空着。我向张学明那里看过去，张学明的脸忽地一下成了桃花，他忙不迭地避开我的视线，把头垂得更低了。子默去哪儿了？我暗暗祈祷，但愿他别做出什么傻事来。

自从闹别扭后，我和曲诗涵就不在一起用餐了。为了躲开她，每到吃饭的时候，我不是早一些去，就是晚一些去。这天中午，我直到忙完了班级的事，才来到餐厅。大多数老师都离开了，偌大的餐厅里，只有忆枫一个人坐在那里。我猜想，他之所以吃得那么慢，一定是在等我吧？

我没有搭理忆枫，拿了一个干净的饭碗便去饭锅里盛饭。盛完饭回到桌边，忆枫已经帮我把菜端过来了，笑着对我说："大师傅有点儿事出去了，我怕你吃不到饭，才答应帮他在这里照看一下。"

"你走吧，这里我替他照看。"我冷冰冰地说。

忆枫诡秘地笑了，压低声音说："有一个消息，你一定非常感兴趣，是关于冷如月的。"

我心里一动，虽然嘴里依然味如嚼蜡地吃着饭，但耳朵已经敏感地立起来了。

"冷如月可丢老人了！"忆枫又吃吃地笑，"昨天晚上，冷如月和她的一个铁子幽会时，被人给祸害了！她和她的铁子是在一个套间里扯犊子的，把衣服都脱到外面的大屋里了。也不知道谁那么胆大，趁他们扯犊子时，把他们的衣服都给偷走了！两个人都没办法出屋了，冷如月只好给她的王八头丈夫打电话，后来听说是她那个王八头丈夫用毯子把她给包回去的，哈哈哈……"

我没有笑。当然，我也没有说话，因为我实在不知道说什么好。

"你是木头人咋的？我都讲得这么精彩了，你也不肯对我笑一笑？"忆枫说。

我咽下了最后一口饭，愤愤地咬着牙说："这里可是学校啊！她可是堂堂的副校长啊！她都乱到这个程度了，怎么没有人出来管管她？"

"这种事谁能管啊？你没听过那句话吗，红鞋绿裤腿儿，当家的不嫌，别人白咕嘟嘴！"

"你们这些男人真够胸怀宽广的！"

"现在就这个世道。既然大家都是聪明人，所以就谁都不嫌谁了。”说完这句话，他火辣辣地看着我，呼吸就渐渐地粗重了。他猛地拽住我的手，“晚上，我们也出去玩玩行不行？”

我一愣，一时没弄明白他的意思。

忆枫便更紧地抓住了我的手，眼睛里燃烧着火焰：“我……想你了！晚上我们出去玩玩行吗？”

我终于听明白他的话了，甩开他的手，呼地一下站起身来。但我的手臂随即被他给拽住了，接着，忆枫就向我靠了过来。我这才意识到偌大的饭厅里只有我们两个人。我使出吃奶的力气拼命反抗，狠狠地扇了忆枫一个耳光。

忆枫捂住脸，手也不由得放开了我。我不敢再停留一秒钟，疯了似的向外跑去。跑出那扇门的一瞬间，我听到忆枫的声音：“你一个代课的，就跟我装吧！早晚你都是我常忆枫的……”

我满面泪水地跑着，跑着，疯跑在正午的阳光里……

九

好消息来的时候，一点儿预兆都没有。子默的作文竟然获了全县一等奖，县里发通知要子默去参加颁奖大会，作为他的指导老师，我当然也要一同前往。

临行前我才知道，这次去县城，不仅仅是我和子默两个人，学校还另外安排了一个曲诗涵。在汽车站，当我把疑问的目光投到曲诗涵的脸上时，曲诗涵一耸肩膀说：“我也不想当你们的灯泡，可校长就是这么安排的，说是让我顺便回家看看。你放心，这两天你们想做什么就做什么，我不会打扰你们的。”

我直视着曲诗涵：“我希望你这两天全程跟踪我们，一分钟都不要离开。”

颁奖会在县进修学校进行，开得干巴巴的。从开始到最后，除了几分钟的颁奖仪式外，全都是各级领导们在讲话。领导们虽然各有各的长相，但因为都是陌生的，也都是一种腔调，所以我谁都没有记住，我能够记起来的只有子默那一分多钟的颁奖仪式。《运动员进行曲》响起来，子默和几个学生都戴着大红花走上了主席台，主席台上的领导给每个学生颁发了一个金光闪闪的大奖杯和一个红彤彤的证书，颁奖仪式就结束了。在大家乱哄哄地向外面走时，我看见一位摄影师正在给一个获奖的学生拍照，我走到那个师傅面前，请他给我们师生俩照了一张合影。在那张照片里，子默胸前戴着大红花，手捧着那个金灿灿的奖杯，我们两个都开心地笑着。那是我和子默唯一的合影。

中午，县教育局专门为参会者安排了午饭，饭后，大家自由活动。我们一起去了子默在获奖作文中写到的那个乐园。

这所花园式的小学此时正值壮年。小路边，树荫下，鸟儿啁啾，花香扑鼻。雨后的操场，静而寥阔，空气中泛着一股特别清新的气息。站在操场向远处看，那真是“杳远山林千层绿，幽园无处不煽情”。近的是满眼滴翠的植物园，远的就是那有着几棵百年老榆树的山岗。榆树林撑起了一片巨大的浓荫，有许多鸟儿在那里飞来飞去。也许在学校与孩子们相处久了，这里的鸟儿都不怕人，我们还未走近，那鸟儿便都叽叽喳喳地欢叫起来，一边鸣叫着，一边在我们的头上盘旋。更奇的风景在山脚下呢！只见蜿蜒的断桥下，嶙峋的山石旁，一弯活水正发出淙淙的细响，而活水的源头，就是冰泉。

也许是怕我们的聒噪破坏了诗的意境吧，此时此刻，我们三个人谁都没有说话，只是默默地走着，默默地看着，默默地想着。子默走到一棵最粗最壮的老榆树下就停下了，抬起头向那树上看，脸上凝结了一种我从来都没有见过的神情。我奇怪他这突然的静穆，便走过去看了看他的脸。他有些羞涩地笑了，小声说：“她是我妈！”

我一时没有弄明白，迷惑地看了看这棵大树，又看了看他。

子默又说：“我妈不是给我认了一棵大树当干妈吗？就是这棵树！”

我这才恍然大悟。我认真看了看这棵树，不知为什么，我突然在这棵树上看到了一种非常特别的表情。那是什么样的表情？慈祥？宽厚？庄严？豁达？我一连想了好些类似的形容词，可这些词汇都不确切。

子默抚摸着这棵老榆树："也不知道是心理原因还是怎么的，自从认了她做干妈后，我总会不知不觉地思念起她。也不知道她到底有多大岁数了，我想她怎么也得超过一百岁了。"

我感慨万分："这些大树能够历经百年保存下来，真不容易呀！"

子默说："我听我妈说，原来真有一些人打过这些树的主意，但后来都遭报应了。"

曲诗涵不知啥时候走了过来，听了子默的话，接口道："前些年几个人偷偷地放过一棵树，可那棵树倒下后，所有的这些树就都流起树液来，大家都说，这些树液就是老榆树的泪，因为树是最重感情的。后来听说那几个放树的人最后都没得好，死的死，病的病，从那以后就再也没有人敢打这些树的主意了。"

走出植物园，走过操场，就是那排红砖青瓦的平房了。砖瓦房的侧面是一个小花园，用一道带有绿琉璃瓦的花墙隔着，正因为有花墙隔着，才越发觉得那花园很神秘。我隔着墙正向小花园里望呢，突然一声惊呼，把我吓了一跳。

"陶子默！你咋在这儿呢？你啥时候回来的？咋不先回家呢？哎哟喂！这不是格儿老师吗？曲老师也来了？哎呀，今天到底啥日子啊？你们咋都来了……"

迎面披一身晚霞风风火火地走过来的，竟然是子默的妈妈——麦琪姐。

与她的活泼快乐形成明显反差的，是她身后的那位一袭黑衣、瘦骨嶙峋、形同槁木、面无表情的陌生女人。

"呃……你们到这里干啥来了？"子默问他妈妈。

"干啥来了，还不是为了你嘛！这两天也不知道咋了，天天做梦梦到你，每次做梦你都在惹祸，不和你细说了，反正老吓人了。我实在是太闹心了，就去找你胡姨了，你胡姨可忙了，可为了给你消灾，还是陪我来了。"麦琪姐边说边打开背兜的拉链，露出里面的一捆香，转头又问女人，"子默恰巧回来了，用不用让他过去磕一个头再走？"

女人漠然地看了看子默，木木地说："不是恰巧，是命中注定！"别看她长得骨瘦如柴的，可音域却很宽，嘶哑的嗓音显得空荡荡的，好像不是从嘴里说出来的，而是从胸腔里飘出来的。

“你听到胡姨的话了吧？命中注定！你就得跟我们一起去！”麦琪姐边说边抓住了子默的手，生怕他跑了似的，又回头对我和曲诗涵说，“格儿老师，你们俩在这儿稍等我们一会儿，千万别走！一会儿我请你们吃饭！”说罢也不管我们是否答应，拉起子默一阵风似的走了。那个叫胡姨的女人也迈开瘦骨嶙峋的两条细腿跟在后面，一行人转眼就消失在那幢长长的砖瓦房后面……

曲诗涵酸酸地说：“格儿老师，叫得多亲啊，跟一家人似的！”

我的脸红了一下：“你怎么说话呢？我们是老师，到什么时候我们都只是师生关系。”

曲诗涵嘴一撇：“你这个人呀，总是心里想一套，嘴里说一套，和谁都没有一句真话。我不是当面损你，照你这么处下去，到最后你一个朋友都不会有的。”

十

回到学校，曲诗涵就不知去向了。那天她回来得很晚，一定是在哪里喝了酒，带回了一身的酒气。本来我已经入睡了，可她无意中的一句话一下子让我精神起来。曲诗涵说：“常忆枫这回可要发财了，发大财了。”

我马上睁开眼睛：“他发啥大财了？”

“你连这么大的事儿都没听说？大家都说常忆枫挖坟时挖到了一个太岁！”

“啥？挖坟？太岁？啥叫太岁？”

“太岁是一种非常怪的东西，你说它是植物，又不是植物，你说它是动物，又不是动物，你说它是菌类，又不是菌类……”

“你说绕口令呢？到底是什么东西呀？”我越听越糊涂。

“反正就是介于藻类和原生动物之间的东西。这么说吧，它其实就是一个肉团子，《本草纲目》称它为肉灵芝，也有人管它叫肉蘑菇，古代帝王们都把这种肉团子当成长生不老的药材。你没听过一句老话吗？不要在太岁头上动土。如果发现太岁之后还动土，就会招致灾祸。”

“你是说常忆枫在挖坟时挖到的？他好日子不过，干啥想起去挖坟了？”

“我也是听得糊里糊涂的。”曲诗涵说完，便哈欠连天地脱鞋上床，想起了什么，又冲我说，“听说那个肉团子就在常忆枫的宿舍里放着呢，不少老师都看到了，明天我们也去看看？”

我马上把头摇成拨浪鼓：“我可不去！没工夫。”

我躺下了，却根本睡不着。我觉得常忆枫这个人真的很邪性，连发财都发得邪性，总有一种做鬼似的感觉。那天晚上，我一直没能睡得踏实。

第二天早晨，我看见一辆警车停在男老师宿舍前，有很多人进进出出的，便觉得很奇怪。可奇怪就奇怪了，我并没有向任何人询问，也没有再向那边望一眼，就快步向班级走去。吃早餐的时候没有看见常忆枫的影子，我就想起了早晨的那辆警车，是不是真的和常忆枫有关？

我正这么胡思乱想着，曲诗涵一步三摇地进来了。她哈欠连天地盛了一碗饭，还鬼魅似的扫了我一眼，阴阳怪气地说：“想知道常忆枫出啥事儿了吧？常忆枫的太岁昨天夜里被人偷走了。警察查了半天也没查出个什么结果。现在他正在床上挺尸呢，我看他脸色白得像一张纸，就像得了一场大病似的。你是不是应该去看看他呀？”

“我可没有时间去看他，我和他没有一毛钱的关系。”我冷笑一声，“这钱财呀，就是这样的怪物，啥道来的，啥道走！”

曲诗涵又开始梦魇了。

午夜，我被她凄厉的惨叫声惊醒。我只得爬起来，披上衣服，头重脚轻地走到她的身边。曲诗涵马上伸出汗淋淋的冰手拽住了我，就像抓住了一根救命稻草：“怎么办啊！这可怎么办啊！我真的活不起了！”

“怎么了？”我柔声问道。

"我又梦见我妈妈了，我这已经是第三次梦见她了。还是那个荒凉的地方，就像天塌地陷似的一个地方，我妈妈就那么坐在一片废墟里冲我哭。她说她的脑袋丢了，胳膊丢了，腿也丢了，什么都找不见了，她让我快点儿救救她！可我怎么救她呀？"曲诗涵的眼泪簌簌流淌。

"只不过是一个梦，可不能太把梦当真，别想那么多了，睡吧！现在刚刚一点多钟，离天亮还有很长时间呢！"我强行把曲诗涵按倒了，并帮她盖好被子。

可即使躺下了，曲诗涵还是不肯松开我的手："我真的不敢再睡了，太可怕了！"

当我的眼睛与曲诗涵那无助的目光相对时，我的心软了。"你放心吧！有我在，你什么都不用怕的！"

安慰了许久，曲诗涵终于安安稳稳地睡着了，甚至打起了呼噜。我却再也无法进入梦乡。拿过闹钟看了看时间，我悄悄爬了起来。

深秋的校园还沉浸在沉沉的梦里，树木花草都结着一层相同色调的薄霜，在冷风中瑟瑟发抖。我裹紧了身上的单衣，把两只手缩进袖筒。突然，隔着清晨那薄薄的、冷冷的雾气，我看到常忆枫像鬼魅一般从学校的大门底下钻进来。他这是刚刚从外面回来吗？我颇觉奇怪。为了避免和他碰面，我快走了几步，隐身到教室前面那突起的墙垛边。

一向玉树临风的常忆枫，此时却是从未有过的狼狈，只见他一身灰土，蓬头垢面，爬进大门后，他就那么孤魂野鬼一般缩着身弯着腰快步前行，转眼就消失在林荫小路的深处。

一种异样的感觉突然从我心底升起，将我曾经心仪的偶像一下子就投到了平庸的海里，连点儿涟漪都没泛起。就像《霍乱时期的爱情》中的女主人公费尔明娜猛一回头，看见她狂热爱上的恋人，竟然是如此猥琐的小丑时一样，我也有一种受骗上当的感觉。我轻轻冷笑了一声，便再不愿多看他一眼，也再不愿多想他一会儿，以最快的速度打开了班级那把冰冷的铁锁。

十一

那天早晨，我一口气吃了三个大包子、两碗粥，最后都撑得弯不下腰了。吃完了包子，我又给曲诗涵买了两个，大步流星端回了宿舍。看宿舍的老教师见了我，远远地就笑："年轻真好！真有活力！奇奇老师，每次见你连跑带颠地走路，我都替你高兴。"

早晨的空气太新鲜了，阳光太明媚了，和这一切相比，我那挡着窗帘的宿舍，便如同鬼屋一般令人窒息。和我离开时一样，曲诗涵形容枯槁地躺在床上，眼皮颤动着，也不知是真睡还是装睡。我没敢惊动她，把包子轻轻地放在她的小桌子上，就带上门出去了。离开宿舍后，我的心情便不如刚才透亮了，曲诗涵实在是太可怜了，可我不知道怎么才能帮助她。

随着一阵突突声，一辆崭新锃亮的红色摩托车停在我面前，吓了我一跳。我一抬头，见常忆枫戴着一顶说不出式样的红色头盔，穿一套黑色的皮衣皮裤正冲我盛气凌人地笑："这摩托车怎么样？我新买的，豪爵牌的，花了我一万多元呢！"

"你……有钱了？"我想起学校里传说的他发财的事。

"是啊！我发财了！发大财了！这回你该同意嫁给我了吧？"忆枫趾高气扬地看着我。

"你发不发财和我有什么关系？"我转身就走。

常忆枫一把拽住我："别走啊！做人是不是应该有点儿良心啊？我所做的一切都是为了谁呀？为了和你在一起，我吃了多少苦你知道吗？来，坐上来，我带你在校园里显摆显摆！"

"我可没那个闲心！"我撒腿就向班级教室跑去，等跑到班级前面的小树林，我才敢放慢脚步，回头看了一眼。直到这时我才发现，我差点儿错过了精彩的镜头。

此时的操场上，常忆枫已成一道风景，远远近近的各个角落里，几乎到处都是翘首观望的师生。就在刚才常忆枫拦住我的地方，一个女人手拿着一根树条子，正疯了似的满操场追打常忆枫，摩托车也不知什么时候被推倒在地上。常忆枫一边缩脖躬腰地跑，一边双手护着头。周围传来一阵哄笑。常忆枫可能是恼了，突然就不再躲避了，他猛地站直身子，冲那个女人吼了一声什么，一把夺过女人手中的树条子，拎小鸡儿一般把那个女人拎了起来，胳膊一甩就扔出去了。

“哇！”就像有人在指挥一样，远远近近的很多人突然一齐惊叫。

那个女人挣扎着坐了起来，哭嚎着，咒骂着，可惜离得太远，实在听不清她到底在咒骂什么。

有人在后面捅了我一下，我一回头，才看到子默不知什么时候已站在了我身后。

“他没把你怎么样吧？”子默声音虽低，却充满了阴冷的气息。

“没有。”我低声说。

“那个女人是谁？她疯了吗？”

“回班级吧，别管这些事。”我瞥见到那个女人第一眼，就知道她是冷如月了。

“你得多加小心了，他们现在都疯了。”子默在我的身后小声说，“往后不要单独离开学校，必须要离开时，一定告诉我一声。”

我回头看了他一眼，想冲他笑一笑，可我清楚地看到，子默那清澈的大眸子里全都是担忧。

“你要小心曲老师！”子默又说。

“我要防备她？”我觉得蹊跷。

“她追求常忆枫的事，现在别说老师了，连学生都知道了！她现在天天往常忆枫的宿舍钻，不是洗衣服，就是烧炉子……常忆枫经常当着大家的面骂她，可无论咋骂她，她都不生气，你说她有多贱？”

我惊讶地张大了嘴：“老师间的事你怎么能乱讲！能那样吗？曲老师自尊心很强的。”

子默哼了一声：“她也就在你面前强吧！”

“她追求常忆枫，我防备她做什么？”

“你咋就这么傻呢？她不是追不到手吗？你就是她的障碍，她都要恨死你了！什么抑郁症，什么梦游，那都是冲你来的。”

“行啦行啦！你还是把心思用在学习上吧！我的事你就别管了，你也管不了。”这么说着，我已经到了宿舍的门前。

子默向宿舍里看了一眼，压低声音说：“防人之心不可无，我刚才的话你别当耳旁风。”他就那么黑着脸转身离开了。

我看着他倔强的身影渐渐远去，越看越觉得陌生——他是不是过于早熟了？

正这么想着，常忆枫不知从什么地方冒了出来，一下子就抓住了我。还没等我叫出声，嘴就被他狠狠捂住了。接着，他挟住了我，飞快地向树林那边跑去。惊恐中，我向子默离开的方向看了一眼，他依然倔强地向前走着，没有回头。

子默担心得没错，我真的遭劫了！

我拼命地挣扎着，但我的挣扎在常忆枫的铁臂之下没有一点儿用处。常忆枫一直把我挟到学校南边的柴火堆边才放下，可手依然紧紧地捂着我的嘴。此时别说我喊不出声来，即使能喊出声，谁又能听得到呢？

“我这么做，全都是你逼的！我实在是太爱你了！你要是跟了我，让我死我都干……”常忆枫把我压在地上，我能感觉到他浑身颤抖得厉害。

那本关于防身术的书是怎么说的来着？对，用脚踢他的私处……趁他腾出手解裤腰带的时候，我瞅准这一空隙，狠狠一脚踢出去。随着“嗷”的一声惨叫，常忆枫就弯下腰去了。

我看都没看他一眼，转身就跑，跑过了那个荒草兮兮的篮球场，跑过了那条画着粗粗白灰线的环形跑道……在我刚刚跑进小树林时，一个黑影突然冲出来挡住了我的去路。我一惊，刚要择路再逃，听到了一个熟悉的声音：“老师！”

我的眼睛一热，绷紧的神经也立即松弛下来了：“子默！”

十二

曲诗涵又在哭，这次是无声地哭，眼泪鼻涕一起往下流。看见我，她哭着说：“这回可真的完了，她没了家，不得天天晚上来找我？”

我莫名其妙：“谁啊？”

曲诗涵哭哭啼啼地告诉我一件匪夷所思的事情。她总是梦见自己的母亲向她哭诉，脑袋没了，胳膊腿没了。她放心不下，就去了趟殡仪馆，想看看母亲的骨灰盒。结果殡仪馆的人不让看，争执了半天，殡仪馆的人只得告诉她，骨灰盒丢了，不止丢了她母亲的，一共丢了八个。偷骨灰盒的家伙还打来勒索电话，要十万块钱。殡仪馆方面已经报警了，因为担心丢骨灰盒的家属来闹事，所以这件事一直保密。

我只好安慰她：“别担心，警察很快就能破案的。”

正好子默邀请我去他姥姥家吃杀猪菜，为了让曲诗涵换换心情，我把她也叫上了。

此时，这个农家小院没有了秋日的风光，果树上的叶子落了，菜畦里的蔬菜也收了，但园子里那金灿灿的玉米堆，红彤彤的高粱垛，紫滢滢的向日葵头却错落有致，十分养眼。这次当然不能在外面吃了，但坐在屋子里的火炕上，更有一种家的热乎气儿。那是真正的杀猪菜，切得细细的酸菜，切得薄薄的肉片，再配几朵紫红色的血肠段，真是色香味俱全啊！

因为下午要上课，我们谁都没有陪姥爷喝酒，姥爷也不劝我们，自斟自饮，自得其乐。见曲诗涵脸色不好，吃的也少，姥爷便问她是不是闹什么毛病了。曲诗涵的眼圈儿就红了。我说了曲诗涵妈妈骨灰盒的事情。姥爷放下酒杯说：“现在的人可真是的，想钱都想疯了，咋啥钱都敢挣呢？”接着说起了张铁家的一件事。张铁的父母都是农民，但张铁是个包工头，有很多钱，在城里有楼，据说还养了个女人。前一段日子，张铁重新整修了他们家的祖坟，可装修完的第二天，祖坟里的棺材不翼而飞。接着就有一张纸条飘到了他们家的院子里，让张铁用六万元换回棺材。张铁把钱放到了指定地方，才把棺材找了回来。

“张铁家？”子默犹疑地看了姥爷一眼，“就是后屯子的那个张铁？”

姥爷点点头："可不是他家嘛！要是论起来，咱们两家还沾点儿亲戚呢！"

子默突然没头没脑地说："常忆枫的姐姐家也在那个屯子住。"

提起常忆枫，大家突然没话了。

姥爷突然想起什么，对曲诗涵说："上次你们走后，我一想起你父亲的事，还忍不住笑。今天你怎么不唠他了？"

曲诗涵的脸色就阴了，声音也阴阴的："他死了！"

"死了？"子默的姥爷惊讶地说，"怎么突然就死了呢？得啥病死的？"

我笑笑说："姥爷，你别信她的话！因为他父亲找了一个后老伴，她不愿意，和她父亲呕气呢！"

姥爷笑了："少年夫妻老来伴儿，老年人怕的就是孤独，这个后老伴儿，你应该支持他找。"

曲诗涵突然抬起潮红的眼睛："姥爷，你信梦吗？这段日子我妈总给我托梦！总梦见她在一片废墟里哭，不是说她脑袋丢了，就是说她胳膊丢了。你看现在，她的骨灰盒真丢了。"

姥爷想了想说："孩子，即使再怪你也别信，就是信了也于事无补，最后还不是自寻烦恼吗？"

"你妈妈的骨灰盒，我想办法帮你找！"子默突然说。

我心里一沉，一股不祥的预感涌上了心头。我盯了子默一会儿，见他始终都不肯抬头看我一眼，就叭的一声放下筷子说："陶子默，今天当着姥爷姥姥的面，我再郑重警告你一次，往后你只管学好你的功课，我们大人的事，你别掺和！"

十三

下课铃声响了。张主任跑过来，气喘吁吁地请我去校长室。

经过教研室的窗口时，我发现每个窗口都有几双窥视我的眼睛。刚一进校长室，张主任就在外面把门关严了。校长正给坐在沙发上的两个穿警服的人递烟倒水，其中年岁大一些的人瞧着很面熟，以前经常在街上看到他；另一个二十多岁，穿着不规范的警服，好像是个协警。

见我进去，校长便指着那位警察说："这位是派出所的孟所长，他有一件事情想向你了解一下。"校长介绍完，也带门出去了。

孟所长很礼貌地让我坐下来，说："我们今天要对一起案件进行调查，希望您能配合我们。"

我说："您能不能先告诉我，此时的我是以什么身份接受您的询问呢？是嫌疑人，还是证人？"

"如果您最近受到过什么不法侵害或骚扰，那您就应该是受害人。我们接到报案，说有学生反映，您遭到了骚扰，为了保障您的安全，我们自然得询问一下。"

我说："我是受到过骚扰。"

孟所长便不说话了。那个协警摊开了他面前的本子准备记录。

我接着说："有一天半夜，有一只黄皮子突然跑到了我的宿舍，当时就我一个人在宿舍里住，吓得我半宿没睡觉。这个算是骚扰吧？"

孟所长笑了："这个嘛，也应该算是骚扰。不过这种骚扰不用我们警察出面。除了这个，还有没有别的骚扰，比如说性骚扰……"

"孟所长是在诱导我吗？"

孟所长一愣："我只是按法律程序询问。"

我轻轻一笑："我虽然只是一名普通的代课老师，但我也懂一点儿法律常识。在对受害人进行询问时，警察既不能进行'诱导'，也不能在被害人不愿积极配合时施加压力，从他嘴里硬掏材料。法律是这么规定的吧？"

孟所长连连点头："是有这样的规定。"

"那我现在什么都不想说，我可以走了吗？"

"可以。"

我稳稳当当地向外走去，刚要推门，就听孟所长说："要是将来我们公安局招干，我建议你来报考！像你这样的人才，要是当警察，一定非常棒。”

校长、冷如月和张主任等几个人都在隔壁的屋子里候着，见我出来了，校长马上回到他的办公室。他一打开门，我就听到那个孟所长声音洪亮地说：“你们学校连代课老师都这么厉害，真是藏龙卧虎啊！”

教研室静得有些怪异。大家看我的目光，就像眼睛里面挂了神灯，闪闪烁烁的。我坐到自己的办公桌，开始看书。大家你看看我，我看看你，似乎都憋了一肚子的话要问我，见我这个态度，又都把话咽回去了。从我这里掏不出信息了，有人便把目光投向了外面，果然又有了新的发现。只听靠窗坐的王小平老师神秘兮兮地说：“你们看，你们看，曲诗涵也被警察叫去审问了。”我注意到，王小平用的是“审问”两个字。

晚上，推开宿舍的门，曲诗涵就咋咋呼呼地喊道：“今天可真他妈的长见识了！”这是我第一次听曲诗涵骂人。曲诗涵抱着膀子在屋里走了两圈儿，突然伸出一根食指，宣言似的说，“人不要脸，天下无敌！”

我听着挺新鲜，笑着问：“你今天咋了？吃错药了？”

曲诗涵说：“通过今天的事我才知道，这世上不要脸的比不要命的更可怕！都不要脸成啥样了？疯了！冷如月真的是疯了！”

我微微一笑，静听下文。

“行了，你别装了！你被警察叫去审问的事，地球人都知道了！你是不是也没有承认自己受到过骚扰？”

我点了点头。

曲诗涵说：“接着警察把我也叫去了，问我是否受到了谁的骚扰！我当然也没有受到骚扰。也许因为这个，警察才说冷如月报假案。接着你猜怎么着，接着冷如月就疯了，直接指控常忆枫强奸了她，还当众拿出了一个臭烘烘的小裤头。”

“啊？”我着实吃了一惊。

“警察几乎审问了常忆枫一个下午，又找了很多相关的人去证明！也不知道常忆枫到底怎么说的，反正最后还是不了了之，说他们之间就是男女作风问题。唉！冷如月这回可是赔了夫人又折兵！”

十四

第二天一早，麦琪姐来了。

我亲热地攥住了她的手，她的手凉凉的，像一块冰。

“我是昨天晚上到的，还没看到子默呢！”麦琪姐说话的声音有气无力，脸色也不好。

“那我去叫子默出来。”

“不用！我一会儿还要出去办事，晚上再见他。”说完了，她依然不肯放下我的手，“中午我请你吃饭，就咱们俩，你一定答应我。”

中午一下课，我就直奔姐妹饭店，打开单间的门，麦琪姐已经坐在那里了。外面阴天，室内昏暗，麦琪姐的脸色就成了黑灰色了。

“麦琪姐，你怎么了？身体不好吗？”我关切地问。

麦琪姐勉强笑了笑说：“有一些不舒服，可能累到了。”

说了几句话，菜就上来了，吉菜炒粉、炒黑白菜，还有饺子。

“真好吃。整天吃我们食堂的饭，吃得我都要厌食了！”我冲麦琪姐感激地笑。

“那你就多吃点儿。”

“你怎么不吃呀？”我觉得麦琪姐有什么难言之隐，便真诚地说，“麦琪姐，我在心里早已把您当成了亲姐姐，您有什么话，尽管和我说。”

麦琪姐的脸色就更黯淡了，她慢慢地从座位上站起身，突然噗通一声，跪在了我的面前。

我几乎魂都飞了：“你怎么了？麦琪姐？”

麦琪姐就跪在那儿哭起来了，怎么扶她都不肯起来。没办法，我也只好跪下了。

麦琪姐哽咽着说：“格儿，我知道你对子默好……”

“那您也不用给我下跪呀！”费了好大的劲儿，我才把麦琪姐拉起来。

麦琪姐坐到了椅子上，好像眼泪终于流干了，才深深地喘了口气说：“唉！憋了好久了，今天我终于哭出来了！”

“您……到底遇到什么事了？”我小心翼翼地问。

“麦琪姐这回可是遇到天大的事了！我得了肝癌，现在已到了晚期，没几天活头儿了。”

我只觉大脑里嗡的一声响：“您说什么？肝癌？”

“两个多月前查出来的。我咨询过了，这种病到最后，就是干等着死的废人了，本人遭罪，亲人看着更揪心。我在南方找到了一家癌症康复中心，他们那里条件很好，还能给办理后事。我已经决定到那里去死了。”麦琪姐说这些话时，语气越来越平静，神色也越来越冷峻。

我有一种恍然如梦的感觉。“您的意思……您患病的事，直到现在，您的亲人们……还都不知道吗？”

“这件事现在除了你，其他人都不知道。我今天来求你，就是想让你帮我实现这个愿望。”麦琪姐慢慢地打开兜子，拿出厚厚的一沓东西，“我这些年在外面打拼，还以为攒了很多钱，可处理完那些乱七八糟的债务后，一算总账，才知道并没有攒下多少。”麦琪姐把一个存折放在我面前，“我给我父母留了五万，这存折里还有五万，我现在交给你，求你帮我供子默上完高中。要是他能考上大学，你再帮我把城里的那套房子卖了……我最放心不下的，是我的父母。昨天晚上我和他们说，我要去南方做生意。还好，这么多年了，他们早就习惯我走南闯北了。我写好了一些信，我想求你隔个一年半载的，就帮我给他们寄一封，这样他们就不会怀疑了。等到他们越来越老了，越来越糊涂了，也就慢慢地忘了我了。”说到这里，她凄然地笑了。

我张了张嘴，竟然一句话都说不出来。

麦琪姐又拿出最后一封信，那是一封厚厚的信，她小心翼翼地展开，看了看，脸上便溢出了一缕甜蜜的笑意：“作为一个女人，在人世间走一遭，我最觉得欣慰的一件事，就是生了子默这个儿子。你不知道我有多爱他！可他最后到底能出息成啥样，我这辈子是看不到了！我死以后，有人会把我的骨灰给你寄过来的，到时候还得麻烦你把它埋在子默认的干妈——也就是那棵大树的下面。这封信是我写给子默的，你最好等他考上大学后再交给他。”说完，麦琪姐便把信郑重地交到我的手上。

我接过麦琪姐的信，仅仅看了一眼那上面的称呼，泪水就扑簌簌地流淌下来。“子默，我的大儿子，我最爱的最令我骄傲的大儿子……”

我万万没有想到，一向风风火火、粗枝大叶的麦琪姐，字却写得相当漂亮，不仅个个方严正大，丰腴雄浑，还兼有篆隶和魏晋的古风，骨力遒劲，大气磅礴。当时看这封信的时候，我万万没有想到，从此以后，我就和她的这种“麦琪体”摽上劲了。为了模仿她的字体，我贪黑起早，不知下了多少功夫，最后写出的字不仅个个都酷似“麦琪体”，而且我还因此广收学子，使这种“麦琪体”发扬光大。

麦琪姐呀，你这么好的人，为什么偏偏这么短命呢？想到这里，泪水又汩汩地涌了出来。我站起身，向天举起了右手：“麦琪姐，您求我的这几件事，我件件都答应您！我相信我件件都能帮您办好！您就放心吧！”

麦琪姐笑了，欣慰地笑了，再次轻轻地拿起了那封信，充满爱恋地看了一眼又一眼。我记住了她的眼神，记住了一位伟大坚强的母亲看她儿子时的眼神。

十五

“我们俩这次可要立大功了！那个案子就要破了！”子默高兴地对我说，他身边还站着一个和他年岁差不多的小子，面生，不像是我们学校的。

看我没反应，子默耐心地解释：“小武子这些天一直都在跟踪常忆枫，他发现常忆枫和校园基地的牛二瞪经常在一起。牛二瞪你知道吧？就是校园基地的工友，那个老光棍，两只眼睛总是瞪得老大老大的那个。那天趁牛二瞪不在家，小武子就偷偷地跑到校园基地侦查了一回，真是瞎猫碰到了死耗子！在菜窖里，他看到那里面藏了四个骨灰盒。”

“啥叫瞎猫碰到了死耗子？这叫智慧懂不懂？”小武子不愿意听了。

“对，这叫智慧！”子默笑了，接着说，“刚才小武子到学校找我，问我接下来该怎么办。这还不好办吗？报案啊！所以，刚才我们俩就用电话报了案。”

“用电话报案？”我有些不明白。

“就得用电话报案啊！还是匿名的呢！”小武子说，“咱们这么小的地方，万一要是让人家知道这事是我们捅出去的，这邻里邻居的，抬头不见低头见，别说过后报复咱，就是背后指着咱脊梁骨，咱也犯不上啊！”

回到了教研室，我发现大家的表情多了一层诡异，说起话来也都讳莫如深的。王小平压低声音告诉我：“常忆枫被警察抓走了！”

“啊？为什么啊？”我假装吃惊。

“说是他偷了殡仪馆里的骨灰盒，然后敲诈殡仪馆。这下子常忆枫可完了，要是判了刑，公职丢了不说，这辈子也毁了！这个小常，他可真是白聪明了，为了这点儿钱，犯得着吗？听说警察早就怀疑他了，上次那两个警察来咱们学校调查，表面上是调查骚扰的，其实暗里就是为了那起案子来的，声东击西。”

看了看表，马上就中午，我没回办公室，直接走到曲诗涵的办公室，想看看她的反应。没想到白跑了一趟，不仅曲诗涵不在，办公室也空无一人。

整个一下午，我都过得忐忑不安的，生怕曲诗涵会出什么事情。下午都快下班了，才看见曲诗涵有气无力地踏雪而归。我马上迎了上去：“你去哪儿了？”

曲诗涵木木地看了我一眼，冷漠地说：“殡仪馆。”

我俩一起来到食堂，大师傅正站在门口望着，见了我们俩，就说：“你们要是再晚来一步，我就走了！”

曲诗涵没好气地说：“这刚几点啊你就走？着急去死啊？”

大师傅奇怪地看了曲诗涵一眼：“小曲老师吃枪药了咋的？”想了想，突然理解了似的笑了，“我知道你为啥生气了。”接着便忙着给我们盛菜，“不是说晚上电视要播放他那个案子吗？我着急走是想回家看新闻去。”

曲诗涵冷笑：“常忆枫怎么就那么遭人恨了？听到他被抓的消息，你瞧瞧你们一个个乐的，像过年似的！现在的人，我是看明白了，全都是落井下石的坏蛋！按理，我还是受害人家属呢，也没像你们这样。”

我奇怪地看着她：“可不是，你要是不说这个茬儿我倒忘了！他偷了你妈妈的骨灰盒，你真的一点儿都不怨他？”

曲诗涵说：“我怨他啥呀？我还觉得这是一种缘分呢！那里那么多的骨灰盒，他为啥偏偏相中我妈的那个了？这不是缘分是什么？”说着说着她突然一捂嘴，三步并作两步跑到门外去干呕。

我关切地说：“你最近咋的了？咋一吃饭就恶心？”突然看到大师傅的眼睛里有一缕光亮异样地一闪，原来他在向我使眼色。

果然，曲诗涵隔着门冲我发起火来了：“你什么意思啊你？吃饭恶心了有啥奇怪的？我可警告你啊，你少给我整事儿！”

曲诗涵呕够了，也骂够了，回到桌子边，咽药似的吃了半碗饭，实在吃不下了，就把饭碗往桌子上重重一放，也不收拾，噌噌噌几步出了食堂。我冲师傅抱歉一笑，一路小跑着追了出来。曲诗涵正往宿舍的方向走，一回头看我追上来了，突然来了个一百八十度大转身，向值班室去了。

值班室里烟雾腾腾的，两张小床上都坐满了人，大多数是住宿的男老师，他们正一边吞云吐雾，一边嘻嘻哈哈地说着什么。吊在墙角的那个蒙着灰的十九英寸彩电正在播放广告，一个女里女气的小伙子正冲着大家喊：“要想皮肤好，早晚用大宝！”

见我和曲诗涵突然走了进来，大多数男老师们都绷住不笑了。王小平站起身给我们让了一个地方。我冲王小平说了一声谢谢，便拉着曲诗涵挤坐在床头，嘴里无话找话：“王老师白天值班，晚上还值宿呀？”

王老师说：“这不是要播那个案子嘛，想看完了节目再走。”边说边看了看墙上的钟。

一位老师说：“好像得播完新闻才能播案子吧？”

另一位老师说：“接下来有一个法制纵横节目，案子都在那里面播。”

大家都不说话了，认真地看起电视新闻来，有的人还偷偷瞥了一眼曲诗涵。

一个年轻老师打破了沉默：“原来我一直挺羡慕常老师的呢，长得多帅呀，还有钱！可谁承想他的钱都是这么来的呀。”

有人接茬儿：“谁能想到他会是这种人呢！”

“说他妈啥呢？是不是说我呢？我是哪种人哪？”一个嗓门突然亮了起来，接着，屋子里就静了，静得连电视都没声了，仿佛连空中的烟气都不敢流动了。

我向门边一看，思维顿如空中的烟气，凝滞了。常忆枫穿着一身浅蓝色的牛仔服，气势汹汹地出现在门边。

曲诗涵慢慢站起来了，眼睛里渐渐蓄满了泪水，嘴也颤抖起来，好像有千言万语在嘴边拥挤着。

常忆枫看了我一眼，突然怪异地一笑：“今天到底是啥日子呀？人凑得这么全？连仙女儿也下凡了？”

“他们都说你被抓起来了！你没啥事吧？”曲诗涵终于说出话来了。

“没事就好！没事就好！我说呢，常老师怎么能做出那种事来？”王小平他们直到这时才反应过来，纷纷站起身给常忆枫让座。王小平问，“那……那个案子，到底是谁干的？”

常忆枫指着电视机说：“想知道谁干的，问我干啥呀？看电视啊！”

大家这才发现，牛二瞪已经直挺挺地坐在电视里了，正傻子似的对着大家瞪着那双牛样的大眼睛。屏幕下方推出了一行醒目的大字："骨灰贼"要发"死人财"。

十六

第二天上午，我发现子默的脸始终都是阴的。上午最后一节课是语文课，放学时，我向他使了一个眼色，他果然一直都在座位边磨蹭着，直到学生都走净了，才站起身，慢慢地走到我身边。

"说说吧，咋的啦？"我没有抬头看他，故意拉着长声问。

"你知道常忆枫为什么被无罪释放了吗？"子默忿忿地问我。

"那件事，不是牛二瞪干的吗？"

"牛二瞪？他哪有那个心眼子？他在这起案子里，充其量只能称得上是个小帮凶，常忆枫才是真正的主谋。牛二瞪能把所有的罪行都揽过来，都是冷如月背后操纵的。人家说，冷如月为了保常忆枫，花了三四万呢。"

"即使牛二瞪真的愿意全都揽过来，警察也不能违法啊？"

"警察就知道找证据。现在人家是周瑜打黄盖，一个愿打一个愿挨，警察找不到证据就得干瞪眼儿。"

我想起了那个姓孟的所长，瞧他的长相应该是个很有正义感的人，便说："我相信警察不会就此罢休的。"

子默恨恨地踢了一下桌子腿："还有四个骨灰盒没找到呢。哼！都是一群废物！"

刚出教室，忆枫就拦住了我，小声说："你咋还傻呼呼的上课呢？快去问问校长吧！代课考试的准考证都发下来了，没有你的。"

我的心一紧，马上向校长室跑去。校长一看见我就站起身来："我正要派人去找你呢！"说罢，走过来关上了门，"你代课老师考试的事，找的那个人是谁呀？你抓紧问问吧！准考证都发下来了，没有你的呀！我刚才特意给县教育局打了电话，他们又帮我查了一下名单，说根本就没有你的名字。"

我马上拿出钱包，找出了麦琪姐交给我的那张纸，手抖抖地拨通了那个陌生的号码。一个声音低沉的男人接听了电话。

我说："朱主任，您的号码是邢麦琪交给我的，我是……"

"你是奇奇格老师吧？"那个低沉的声音突然就不低沉了，"我知道你给我打电话是什么意思。这样吧，你还是回城一趟吧，我们当面说。"

朱主任眉清目秀、温文尔雅。面对面坐下后，我再次打量朱主任，觉得好像在哪里见过似的。见我如此望着他，朱主任就微微一笑，他这一笑，我记忆的闸门猛地打开了："朱老师，原来是您呀！"

我和朱老师有过一面之缘，准确地说，他应该算是对我有知遇之恩的老师。我刚刚到美丽镇中学教书的时候，曾经尝试过一个名为"螺旋式分组教学法"的教学改革，当时就是朱主任带着人来听的课。在讲评的时候，朱主任对我的教学法给予了非常高的评价，我也因了这些评价才受到学校的重用。当时的我居然没想到打听打听，那个高高地坐在评判台上的领导到底姓甚名谁。如今在这样的情况下再一次见到恩师，我怎么能不百感交集？

"最近还好吗？"朱主任亲切地问。

"唉！不好！"我的眼圈就红了。

"是，我也知道你不是很好。"朱主任点了点头。"对了，邢麦琪到哪儿去了？怎么突然就联系不上了？"

我马上摇了摇头："不知道啊！"

朱主任说："你坐了大半天的车，一定饿了，先吃饭！"说着按了一下墙上的按钮，很快，女服务员进来了，朱主任说，"把饺子包了吧。"

我突然想起了麦琪姐请我吃的那顿饭，也是两个菜一盘饺子，唉！不知道麦琪姐现在怎么样了，一股伤感就涌上了心头。

大概是发觉我情绪不高，朱主任叹了口气，放下筷子，从衣兜里掏出一个信封，轻轻地放到我的面前："按理，我是不应该把这封信交给你看的。"

我忐忑不安地打开了信，一行大字映入眼帘："举报信：美丽镇代课老师胡搞师生恋。举报人：冷如月、曲诗涵等……”

我顿时什么都明白了。

“这封信，特殊就特殊在是实名，我们最怕的就是这类信。”

我苦笑：“即使不是实名，我也知道这封信是谁写的，我实在是太熟悉她的字了。”

“是啊！就是你身边的人。麻烦也就麻烦在这里。如果是匿名的，我们完全可以不管不问，但实名就没有办法了。”

“如果是诬告，也没有办法吗？”我的心沉了下去。

“可是，遇到这类事情，你怎么去查实它是不是诬告呢？你没听说过‘三人成虎’吗？”

看完信，不知为什么，我不仅不颤抖了，而且笑了，当然，是冷笑。

“哼！哼！哼！”我冷笑着说，“这真是一个黑白颠倒的社会！”

十七

从那天开始，我就经常这么冷笑了：“哼！哼！哼！”

当心怀鬼胎的曲诗涵脸上带着假笑，虚情假意地接过我手里的兜子时，我冲她冷笑；当冷如月扬起盘得高高的发髻，人模狗样地从我身边走过时，我冲她冷笑；当常忆枫鬼鬼祟祟地飘到我的身边，小声询问我事情办得怎么样了时，我依然这么冷笑。

“你到底怎么回事啊？犯神经了吗？我和你说话你听没听见？”曲诗涵睁圆了眼睛看着我。

“哼！哼！哼！”

“我再和你说一遍，你听不听我可不管了！”曲诗涵说，“陶子默的姥爷来学校找你两次了，好像遇到了啥急事。他说你如果回来，马上到他家里去一趟。”

难道子默出事了？我惊出了一身冷汗，拔腿就向校门外跑去。

子默的姥爷家不知为什么，也显得破败了。虽然园子里堆着相同的玉米，相同的高粱，相同的向日葵，可呈现在眼里的除了凄凉，还是凄凉。院子虽然收拾了，但房顶上那被风雕得奇形怪状的“连绵雪山”还是压住了房屋的气势，使偌大的房屋不得不屈尊地躬下身来，摆出了一副苟延残喘的挣扎姿态。

陶子默的姥爷正满面愁容地坐在炕上抽烟，刚刚几天不见，他显得衰老了许多。老人看见了我，面如死灰的脸庞立即就鲜活了，黯淡的双眼也闪出了一股明亮的希翼：“奇奇老师，你可来了！”

“出什么事情了吗？”我向四周看了看，“子默呢？”

“被我锁起来了！”姥爷气哼哼地向西屋扬了扬下巴。“唉！我那个闺女，也不知道遇到啥事了，说找不见就找不见了，原来留的电话号码不知为啥都打不通了。这小子就着急了，非要去南方找他的妈去。你说南方那么大，一个半大小子上哪儿找去呀？别当妈的找不到，儿子再丢了。”

我顿时明白了，马上点了点头说：“您不让他去对！可您好好劝他呀，不一定非把他锁上吧？”

“是啊！有话好好商量啊！哪有这么干的？”子默的声音就像困兽的低吼，从西屋传出来。

“我劝他听吗？幸亏我看得紧，要不然早没影了。”

我模仿麦琪姐写字，就是从那天晚上开始的。

我深入研究了麦琪姐留给子默和她父母的信，除了家常话之外，唯有的几句流露真情的话又显得很悲凉，如果把这样的信给他们邮过去，他们不但不会安心，甚至会引发更多的担忧。因为这个，我才决定模仿麦琪姐的字体写信。好在我在美术方面功底较为深厚，仅仅模仿了三天，就自认为可以达到以假乱真的地步了。

信的问题解决了，可邮寄的问题却又让我费了很多心思。想来想去，我突然想到了我在南方工作的一位表姐，看来要想弄假成真，还真得麻烦她给转邮了。

我表姐很热心，很快就把第一封信给我转回来了。当我把那封已被印上南方某城市邮戳的信拿到手中时，心里就开始忐忑了。一直挨到下午上自习时，我才把子默从教室里叫了出来，默默不语地把信交到了子默的手上。

当着我的面，子默就撕开了那封信，在子默看信的时候，我的心依然抑制不住地狂跳着，幸好子默并没有产生一丝怀疑。他长长地吸了口气，有些闷闷不乐地对我说："这家伙，到南方走了一趟，连性格都有些变了，还学会说一些文绉绉的肉麻话了。"

我一惊，马上说："人在远方，当然会特别想念亲人的，所以流露一些柔情蜜意，也应该理解。"

"还不仅这些呢！好像突然得道成仙了似的，还别说，有几句话还挺有哲理！不信你看看……"子默边说边把信交给了我。

"你的私信……我还是别看了。"我推辞着。

"咱俩谁跟谁呀？"子默硬是把信塞到我手里。

我只得接过信，假装认真地看了一遍。不知为什么，此时用旁观者的眼光再看这封信，突然有了一种恍如隔世的感觉，仿佛这信真是身在远方的麦琪姐写来的。

看着看着，眼泪也不自觉地涌了出来。

"你咋的啦？哭了吗？"子默问我。

我赶紧别过头去："我只是有些感动，也有些羡慕你！子默，你真幸福！你有一个世界上最爱你的妈妈。"

"是啊！我也这样想！"子默深深地叹了一口气，突然想起了什么，"对了，我得请一会儿假，抓紧把信给我姥爷姥姥看看去。"

十八

有失就有得，失去了转正的机会，我的日子反倒变得清静了。最明显的反应是周围的人都不怎么关注我了，尤其是常忆枫，再不像以前那样总是想方设法地瞒着冷如月向我献殷勤了。常忆枫不追我了，冷如月之流当然也就不再把我当对手了。常忆枫目前正和曲诗涵谈婚论嫁，所以冷如月那刀子一般的目光早就赤裸裸地转移到了曲诗涵的头上。再以后，冷如月就开始向我"示好"了，甚至还当着很多人的面公开地向我示了一次好。

那是一次全校教职工大会，也不知道是通知开会的教师真的搞错了，还是那个主持会议的校团委书记故意当众要让我难堪，当我夹着个笔记本走进会场，刚刚找了个位置坐下时，坐在主席台上的团委书记像是突然想起了什么似的，对着话筒清了清嗓子说："今天的会议，不是正式的老师就不用参加了。"

由于心不在焉，一开始，我并没有听懂他那句话的含义，当我看到几乎全会场的人都向我投来了关注的目光时，我还奇怪地四望呢。这时，就听到团委书记又对着话筒说："不是正式的老师可以退场了。"

我的脸刷地一下烧起了火，第一个反应就是站起身尽快逃离。当着众人的面，我一步步艰难地在人群中找着缝隙往出走。刚走到一半儿时，就听冷如月那清亮亮的声音从话筒里传出来："格儿就不用退场了！格儿虽然是代课老师，但她是优秀班主任，我觉得她有必要听一听会议内容。"

我没有说话，也没有停下脚步，继续磕磕碰碰地往外面走。

冷如月又说："格儿你别走，一会儿还得研究青年骨干教师培训的事，这次培训你也参加，我特意给你弄了个指标……"

接到麦琪姐的骨灰盒包裹单时，我正在监考。当收发室的老师把那张普通的包裹单隔着门送到我的手中时，我的心就开始抖个不停了。因为我不仅在寄件人地址一栏里看到了"癌症康复中心"的字样，还在"内件品名"一栏里看到了"药品"两个字，这正是麦琪姐临走时特意告诉过我的"暗语"。

她真的死了吗？她就这么死了吗？我假装无意地瞟了子默一眼，子默正在注意地看着我，看得我心慌意乱起来，仿佛那个秘密已经被他洞察于心了。

那天下午，我没敢去取包裹单。晚上，我翻来覆去，折腾到早晨，终于想出了一个两全其美的办法。我望着那张已被我揉搓得出了摺儿的包裹单，默默地说："麦琪姐，你放心！我一定做得比你计划的还要好！我一定不让你留有一点儿遗憾！”

尽管有十足的心理准备，可当那个用白花旗布包裹的四四方方的小盒子被那个脸上长满了酒刺的营业员交到我的手上时，我还是倒抽了一口凉气。盒子里是一个用塑料袋封死了的红色小布袋，边上还有麦琪姐的身份证、火化证明，以及癌症康复中心出具的一些相关证明材料。我轻轻地把那个小小的红布袋托到了手上——我手中托的就是那个可佩可敬的麦琪姐啊！

我把麦琪姐的那些证件收藏了，又把红布小包按原样装进了那个厚厚的塑料袋子里密封了，再把塑料袋子按原样装进了盒子里。怕将来木头腐烂变质，我又找了一个更结实的塑料袋子，把盒子也密封好后，装进了我的双挎大书包里。接着，我就背着那个大书包直向子默的姥姥家进发了。一边走，我一边默默地和我背上的书包说：“麦琪姐，我先领你去看看妈妈爸爸，我一定要让你和他们见上最后一面！”话未说完，泪水就再次濡湿了眼睛。

我驮着“麦琪姐”去姥姥家的借口，就是找子默的姥爷请假，让子默陪我到城里去一趟。去城里的理由是我姐姐有一件贵重的东西让我送到城里，我一个人带着怕不安全。

我去的时候，姥姥正坐在炕边缝着一个破了口子的大麻袋，姥爷在外面的仓房里掏着什么，脸上满是灰尘。我背着那个大书包，屋里屋外地跟在姥爷身后走来走去，嘴里絮絮地说着那个事先编好的谎言。当然，我的心里也始终未间断地和麦琪姐说话：“麦琪姐，好好看看你的家吧！好好看看你的爸爸妈妈吧！这是你最后一次见他们了，有什么话你就和他们都说了吧！”

十九

我的第三步计划，就是在学校东边的那个姐妹饭店，也就是麦琪姐在生前最后请我吃饭的那家饭店，和子默一起吃顿饺子。

等子默终于吃饱了，我才声音低沉地说出了我的请求：“子默，有件事……你必须得帮助我！”

“你说吧！让我帮你干啥？”子默很有力量地晃了晃头。

“我要你帮帮我可怜的姐姐。”我说，“她是我最好的姐姐，值得我用生命去珍惜。我姐姐从小就命运多舛，她是个弃婴，是我妈妈在医院的长椅上捡来的。我小时候，姐姐一直待我很好，领着我玩，给我检查作业，有好吃的，她宁可自己不吃，也要让给我吃。姐姐嫁了人以后，姐夫对她很不好，仅仅过了两年就把她抛弃了。此后她就一个人生活。她生性刚强，不到万不得已，什么事都自己撑着，所以结婚以后，她和我的联系就少了。”

子默同情地叹了口气：“你姐姐也这么不幸啊！”

“昨天，我突然接到了一个便条，就是你考试时我接到的。原来，我姐姐已经在三天前，因为车祸去世了。”

“啊？去世了？”子默惊讶地张大了嘴。

我的眼泪就流下来了：“是的，我亲爱的姐姐已经离开我三天了！她说她不能入婆家的坟地，她希望我把她的骨灰埋在一个风景秀丽的地方。”

子默疑惑地看着我：“可……我能帮你什么忙呢？”

我抹了一把眼泪，说：“我想来想去，突然想到了你妈妈帮你认的干妈——就是那棵大榆树。今天找你来，就是想求你，把我姐姐埋在那棵大树的底下。”

“可……这件事，我是不是得和我妈妈商量一下啊？我妈妈又联系不上……”子默为难地拍了拍椅子背儿。

我拿过书包，打开，向他露了露里面的盒子。“这里面装着的，就是我姐姐的骨灰！”

子默的脸色立刻严峻起来，他默默地接过书包，放在手里掂了掂，声音就软了：“唉！你的姐姐真的很可怜！”

子默把书包拉锁拉严，又把带子系好，却不把书包还给我，而是放到了自己身边。

我疑惑地看着他，他便无奈地笑了，拍了拍书包说：“我同意把你姐姐埋在我干妈身边了。”

人都说母子的心是相连的，子默能够答应，一定是麦琪姐在冥冥之中和他说了什么吧？我正这么胡思乱想着呢，就听子默忧伤地说："我觉得你姐姐很像我妈妈，她们都是苦命人。唉！"边说边把书包慢慢地抱在了自己的怀里。

"麦琪姐啊麦琪姐！妹妹这样安排，你满意吗？"我心里默念着。

冷如月在全校教职工大会上提及的"青年骨干教师培训"如期举行，地点就在那个有着成吉思汗大庙的神秘而美丽的城市。

"咱们学校一共去五个人，明天早晨就出发，你也不用准备什么，带上洗漱用具就行了。"下班的路上，冷如月突然笑盈盈地走到我身边，声音里透着无比的温柔。

"我们毕业班就要寒假补课了，我去了我的课怎么办？"

"有课不会调吗？你真是死心眼！"冷如月拍了拍我的肩膀，意味深长地盯着我说，"别老用这种目光看着我！有些事情，你看到的并不都是真的。"说罢便踩着小碎步一步三摇地离开了。

我抬头看了看天，又看了看四周的树，天的确是真实的天，厚厚的云缝里，有耀眼的光透出来晃人的眼；树也的确是真实的树，秃枝干巴巴地在冷风里支楞着，几个方便袋的残片旗帜般地在枝头飘扬。

子默听说我要和冷如月、常忆枫之流一起去培训，有些担心。"我听说那个大庙就建在悬崖上，地势非常险峻。要是去庙里参观，你一定要小心站在你身边的人，最好和他们拉开一段距离……"

我心里暗笑子默到底还是个孩子，他们再胆大包天，也不至于当着那么多人的面害人吧？

二十

天刚蒙蒙亮，参加培训的教师们就聚在校门口等车了。教育局专门为北片的几所学校派来了一辆中巴车，所以一同来等车的还有许多其他学校的老师。大家有的熟悉、有的陌生，但无论是熟悉的还是陌生的，见了面仅仅点点头而已，谁也不肯多说一句话。是啊！天太冷了，一说话门牙就冻得生疼。

常忆枫一上车就坐到了我身边的座位上。尾随着常忆枫上车的，是香气四溢的曲诗涵，也不知她是从哪儿弄来的有着这种怪怪味道的香水。见常忆枫和我坐在一起，曲诗涵的脸色骤变。我立刻意识到事态的严重性，随即起身离座，迈开大步往后面走，可走了几步我才发现，后面已经没有空位了。

我顽固地站在过道上，心里也想好了，宁可就这么一路站着，也不和常忆枫坐在一起。

冷如月突然说："来，格儿，干吗站着？再不咱俩挤一挤！"说罢便站起身。

"我走还不行吗？"常忆枫马上举手投降，一躬身站了起来，从我身边挤了过去，把坐在曲诗涵身边的王小平从座位上拽起来，一屁股坐在王小平的座位上。

有人就吃吃地笑了。曲诗涵也笑了，是那种似乎很害羞、很无奈，也很甜蜜的抿嘴一笑。

两个小时之后，车驶进市区，左拐右拐，把我们拉到了一个偌大的院子里。这是一幢二层小楼，很破旧，楼门口的一块小黑板上毛草草地写着关于培训的作息时间。尽管在报到时我一直默默祈祷，不要把我和冷如月、曲诗涵分到一个屋子，可在我祈祷的时候神灵一定在睡午觉，随即我就看到，在贴有我名字的门上，还有冷如月、曲诗涵的名字。

培训很正规，课程也排得满满的，一堂课连着一堂课。听讲课的老师说，培训结束时还要考试并排名，我就来了劲头，不仅认真听课，还做了大量的笔记。课堂也许是这个世界最纯净最安全的所在，坐在课堂里，我不仅不用防备冷如月她们了，平时觉得很大很大的忧伤，一面对黑板就都显得小了。有那么一阵儿，我恍惚觉得自己又回到了高中时代。那几天，我的生活就像钟摆，总是在两个点之间摇摆着。白天固守着一方小课桌，听课，看书；晚上固守着一张小床，看书，睡觉。同屋还有个外校老师，家就住在附近，她仅在报到那天来过一次，接着就只见兜子不见人了。曲诗涵和冷如月不知什么时候握手言和了，她们每天晚上都要去常忆枫的屋子打麻将，常常玩到凌晨才回来。她们越是玩得上瘾，我越是觉得安全，我甚至希望她们能永远这么玩下去，把我这个人彻底忘记，那我的日子就真的安宁了。

晚上搓麻将，白天就得补充睡眠，所以冷如月她们经常缺课。不仅她们两人不来，别的老师也都显得很随便，能够坚持听课的人一天比一天少。培训进行到第五天，课堂上只剩下十几个人了。因为人少，老师讲课也没有了精神，有的老师干脆就不讲了，把要考的题直接往黑板上一抄完事。直到快要考试了，那些缺课的人才想起来着急，四处找熟人借笔记抄答案。

机遇总是留给有准备的人。那次考试，我的感觉从来没有这么好过。培训的总负责人是一位白发苍苍、面目慈善的老人，我不知道他到底是多大的官，也不知道他到底多大年纪，只知道他姓王，大家都叫他王书记。在我答题的时候，来考场巡视的王书记曾在我的桌边驻足片刻，这一驻足，他就再不肯放过我了，又先后两次走进考场专门看我答题。王书记的举动更增加了我的信心，当我把卷子交到监考老师手中时，我就已经嗅到成功的气味了。

考试结束后，就是集体逛大庙。王书记远远看到了我，马上快步走过来和我热情地握手说："你叫奇奇格吧？你的字写得太漂亮了！那是什么体呀？题答得也棒！素质这么高，是哪所大学毕业的？"

我的脸就红了："我……高中，我是代课老师。"

王书记就愣住了："代课老师？这次来参加培训的不都是正式老师吗？"

我一时不知道说什么好，一回头，突然看见常忆枫和冷如月顺着台阶走上来，就抱歉地冲王书记点了点头，逃也似的进了庙。

总结表彰大会上，我占尽了风光。我不仅如愿以偿，夺得了状元的头衔，还在众目睽睽之下，光荣地走到了主席台上，从白发苍苍的王书记手中接过了一本红彤彤的证书和一支金灿灿的状元笔。

当天晚上全体聚餐，我破天荒地喝了不少酒。

二十一

我真的醉了。

但即使醉了，我还能准确地摸到我的宿舍，关上门后，还没忘了从里面按上了那个球状的暗锁。

饭厅里的歌声一波一波地传过来，显得很缥缈。我懒懒地斜靠在被子上，悠悠睡去，还做了一个奇怪的梦。梦中，我的耳畔依然飘着歌声，我就那么软绵绵地踩着歌声，在大庙里独行，无意间一抬头，突然看见成吉思汗向我走来了。他气宇轩昂，风度翩翩，走起路来衣袂飘飘，宛如乘风。梦中的成吉思汗穿着练功时常穿的白色练功服，更奇怪的是，见到了成吉思汗，我并不觉得激动，反而相当平静，平静得就像见到了我那个纯蒙古族的兵爸爸。成吉思汗仿佛也认识我似的，快步向我走来，接着就握住了我的手。我至今依然能够记起我们两手相握时那幸福的感觉，成吉思汗的手大大的、软软的，非常温暖，他就那么一边亲切地握着我的手，一边语调平稳地说："格儿，你别在那里混了，去考警察吧，去伸张正义……"

"那我的学生怎么办？"

成吉思汗刚要说什么，我就被一阵烦人的"当当"声惊醒了。我不情愿地睁开眼睛，茫然四顾，当发现我只身一人蜷缩在黑乎乎的宿舍时，一种空前的失落便充溢了全身。

那烦人的"当当"声还在不紧不慢、不高不低地响着，那是敲门的声音，是冷如月或曲诗涵敲门的声音。我的床就在门边，不用下地，仅仅一探身就把那圆球状的门锁扭开了。我厌恶地向门边瞟了一眼，整个人就像遭了电击一般呆住了——常忆枫像个巨大的魔鬼闯了进来。

直到这时，思维才真正回到我的大脑。我想关门，来不及了！我想往门外跑，也来不及了！常忆枫满脸都是邪恶的笑容，慢慢地把门关严了，向我逼了过来。我瞅准一个空子，狠狠地踹了他一脚。也许刚刚梦醒的缘故，我的脚软绵无力，踢在他的身上竟然没有任何作用。

常忆枫恶魔一般狞笑着，笑容里全是志在必得。我抓起床头柜下面的暖壶，举起来就向常忆枫扔了过去。常忆枫一躲，没打到他，只听砰的一声巨响，暖壶就在曲诗涵的床下炸开了，一块碎玻璃片飞到了我的脚脖子上，先是一凉，接着就有血淌下来。可我已经顾不上这些了，因为常忆枫已经把我拉到了他臭烘烘的怀里。我拼了命地挣扎着，狠狠地咬了他一口，他嗷的一声怪叫后，就把我狠狠地摁倒在冷如月的床上……

“完了！这回可真完了！”我绝望了。

突然，嗒的一声，门锁被扭开了，紧接着，宿舍里的灯也亮了，我看到曲诗涵无声地站在门边，脸色惨白。

“曲姐，救我！”仿佛即将淹死的人突然抓住了救生的绳索，我猛一挺身，就把常忆枫掀了下去。常忆枫当然不肯放过我，再一次向我扑来。曲诗涵就疯子一般冲过来，她一边对常忆枫又抓又挠，一边声嘶力竭地大骂：“常忆枫！你这个狗杂种！你就积点儿德吧！别再祸害人了！”

我趁机挣脱而出，不管不顾地跑出门后，才敢回头看一眼。白惨惨的灯光下，我看到常忆枫脸都变了形，正一步一步向曲诗涵逼去。曲诗涵被他的气势吓住了，她不再呼喊，也不再疯狂，只是一步一步地向后退着。我喊了一声：“曲姐快跑！”

但来不及了，常忆枫已经抓住了她，对她又踢又打，一边打一边恶狠狠地咒骂：“你干啥老是跟着我？你干啥老是阴魂不散！想给我当媳妇？下辈子吧！”

曲诗涵无处躲避，只能任常忆枫的拳头无情地落在自己的身上。

“哈！我说呢，这人咋一个个都没影了呢，原来都上这儿拍电影来了！这拍的是啥片呀？”身后突然响起冷如月阴冷的声音。

见了冷如月，常忆枫似乎更来劲儿了，只见他飞起一脚，把瘦弱的曲诗涵踢倒在那个碎暖壶的“废墟”上。

“忆枫，你这么做可过分了！”冷如月走到曲诗涵身边，试图扶起她。

曲诗涵慢慢地抬起头来，看到冷如月，她突然把脸扭过去，任自己就那么可怜巴巴地坐在那片狼藉里。这时，冷如月突然惊叫一声：“你流血了！”

我循着她的目光看去，一股鲜血正从曲诗涵的裤管里流淌出来。曲诗涵看了看自己的裤管，脸上的表情就不仅仅是扭曲了，还有痉挛。

气愤让我的大脑一片空白，我咬着牙，指着常忆枫发誓说：“常忆枫！你等着！这次我绝不会放过你！我一定要去告你！告你强奸未遂！我一定要把你告到监狱里！”

不知是我的话震慑了他，还是曲诗涵的流血让他害怕了，我看到常忆枫的眼中闪过一丝胆怯。“你拿出证据来呀？”

我看着曲诗涵说：“曲姐就是证据！她不仅是目击证人，还是受害者！”

听了我的话，大家的目光都落到了曲诗涵的脸上，曲诗涵的脸还是那么扭曲着，她也用一种复杂的目光看着大家。

冷如月把曲诗涵从地上扶了起来。“忆枫那天不是说过要娶你吗？他一定会娶你的！诗涵，你不会傻到真要去告你的丈夫吧？”

曲诗涵低头看了一眼自己依然流着血的裤管，突然，脸上现出了一种万念俱灰的神情。

冷如月瞪了常忆枫一眼，常忆枫马上过来搂住曲诗涵，柔情地说：“你这个傻子，刚才我说的都是气话，我这个人，什么时候说话不算数了？你看，流了这么多血！要不要紧啊？我带你去医院吧！”说着，一下子就抱起了她，大步流星地向外面走去。走到门边时，常忆枫还挑战似的横了我一眼。

我一把抓住了曲诗涵的胳膊，“曲姐！你不能再忍他了！他就是深渊！他就是地狱！”

曲诗涵却甩掉了我的手，慢慢地把眼睛闭上了，在走廊昏暗的灯光下，我看到一滴清泪挂在她颤抖的眼睫毛上……

一种悲凉，让我顿觉全身无力。我慢慢地蹲在地上，眼泪像喷薄而出的冰泉。我不甘心！突然，一个亲切的声音在我耳畔幽幽地响起："格儿，你别在那里混了，去考警察吧，去伸张正义……"

这是谁说的话？

"要是将来我们公安局招干，我建议你来报考！像你这样的人才，要是当警察，一定非常棒。"派出所孟所长的声音也在耳边响起。

二十二

春天到底是什么季节啊？以前看似可怕的事情，在那个时节都变得祥和了。那时，无论是我，还是我的学生，学习的劲头都空前高涨，我们那可是比赛着学习呀！连班级里的墙报，都瞪圆了挑衅的眼睛！前边的倒计时指示板，标示着高考一天天临近；后面的那幅标语几乎占了整整一面墙，那是子默写的："看谁能赢在考场！"

那段日子，我白天在班级里和学生一起比赛着学，晚上更是挑灯夜读直到深夜。按理，作为老师，我是不该当着学生的面学自己的功课的，可我的学生们不仅理解我的这种"开小差儿"，甚至还和我叫起劲儿来了，见我学得认真，他们学得更加认真。

对于我在宿舍里的挑灯夜读，曲诗涵也表现出了极大的宽容。那段日子，她就是一个幸福满满的"预备新娘"，也不再计较我的"长明灯"了，用她自己的话说，是幸福使她变得如此宽容。

"你不知道忆枫现在对我有多好，他可真是浪子回头了，不仅不再出去拈花惹草了，连对冷如月，他也总是很被动地与她相处。"

"啥叫'被动地相处'？"我明知故问。

"就是如果冷如月不纠缠他，他决不会主动去找冷如月。唉！也难为他了。"

如果我当时稍微留一点儿心，也许能从曲诗涵的话里听出一些怪异。可惜，那时我全身心投入复习，所以忽视了一些细节，以至于最后酿成大祸。

曲诗涵当时是这么说的："其实，与其他人相比，我倒更喜欢那个'史上最可爱的女人——芸娘'。"

我便傻乎乎地问："芸娘是谁？"

"还说自己饱读诗书呢，连这么著名的女子你都不知道？她是清代著名的小家碧玉，温柔细腻，善解人意，又富有生活情趣。最令人敬佩的是，她还热衷于为丈夫物色小老婆……你想一想，哪个男人不喜欢这样的妻子呢？所以林语堂才把她称为'史上最可爱的女人'。"

这到底是什么逻辑呢？只可惜我当时听了也就听了，别说思索了，连嘲笑她的话都没舍得说一句，接着就"一心只读圣贤书"去了。

那天上午，我是在小树林前遇到曲诗涵的。曲诗涵对我笑了笑，朝她新房的方向指了一下："这真是天下大势，合久必分，分久必合。"

我莫名其妙："你啥意思？"

曲诗涵说："我刚才看见忆枫和子默两人去我家新房了，瞧那样子还挺亲密，一路有说有笑的。"

"你是说陶子默？"我难以置信，"这怎么可能呢？"

曲诗涵说："一开始我也觉得奇怪，转念一想就不奇怪了。忆枫现在脾气多好呀，多随和呀，他一定和子默握手言和了。"

本来，我是应该去教研室的，因为下节课我们班上数学。但因为不放心子默，我还是转过身向班级走去。快走到班级时，我看见张学明从厕所那边慢悠悠地走过来，就问他："陶子默玩什么花样呢？我听说他和常忆枫一起出去了？"

张学明一愣："陶子默怎么能和常忆枫一起出去呢？去哪儿了？"

"曲老师说去她的新房了。我咋想咋觉得奇怪，就过来问问。"

我们两个就这么一边说着，一边走到了教室门前，往里面看了看，陶子默的座位果然是空的。

张学明就朝陶子默的同桌喊："老三，你知道陶子默到哪里去了吗？"

老三说："刚下课时，我看见常老师把他叫走了。"

我的心就沉下去了，这么说，曲诗涵看到的都是真的。

回到教研室，我看了一会儿书，却什么都没看进去，总觉得心慌慌的。没办法，我又来到了教室，隔着窗，我看到数学老师正在黑板上写着什么，而陶子默的座位依然空着……我再也无法在办公室里坐下去了，转身就向曲诗涵的新房走去。

曲诗涵的新房不仅不新，还是一幢相当老的房子。房子不大不小，正两间，房前有一个小小的院子，院门虚掩着。我打开门走进院子，小小的院子里静悄悄的，一点儿声音都没有。门前除了一口废井，还有一块新开垦的小菜园，里面的田梗都打好了，被分隔出一小块一小块的长方形，就像打了格子的数学作业本。看来，常忆枫真的如曲诗涵所说，是学好了。"有时间你去我家看看吧，那小园子让忆枫侍弄的，老好老好了！"曲诗涵不止一次这么夸奖常忆枫。

子默能在这小屋子里吗？隔着窗，我向屋里望了望，却什么都没有看到，因为屋子里挂着一块小布帘，那块布帘我非常熟悉，那是用曲诗涵的小床单改制的。我小心地走到门边，试着拽了拽门，门竟然是虚掩着的。

"子默！你在屋里吗？"我小声问了问。这时，我听到一阵像是什么东西摩擦的声音，我心里一紧，难道子默出事了？我的大脑一片空白，立即打开门冲进屋去，"子默！你怎么了？"

突然，一个人影从另一间屋里闪出来，我刚要回头看，就觉得什么东西重重地砸在我的后颈上，我眼前一黑，就什么也不知道了……

等我醒来，恶魔常忆枫就站在我的面前，而我被结结实实地绑在床上，连嘴都被手巾塞上了。我只觉得脑袋轰的一声，整个身体便向下坠去，我看到地狱之门正在向我洞开。如果说当时我还心存一丝希望，那就是希望自己能够立即死去！可是，我连死的能力都丧失了……

突然，我听见急促的敲门声，接着外面传来子默的声音："老师！你在屋里吗？"他一定也像我刚才那样，想通过窗子往里看，当然，他什么都看不到。

我想大声喊，却发不出声音。常忆枫愣了一下，立即拿起床单，呼地一下把我全身都蒙上了。就在床单蒙上我的那一瞬间，敲门声突然停了，屋子里顿时一片寂静，是那种令人窒息的寂静。紧接着，哗啦一声巨响，窗子就被什么东西砸开了。

“老师，你在屋里吗？”子默的声音在头顶上响起来，近在咫尺。

“你私闯民宅什么意思！这里又不是你们学校，你上这里找什么老师？真是胡闹！”常忆枫斥责道。

“你把我们老师藏到哪里去了？”就听扑通一声响，我知道那是子默跳进屋里了。

“你再这么胡闹，我可不客气了！”我听到常忆枫气极败坏的声音。

话音还未落，我身上的床单就被子默掀开了，常忆枫拦都没有拦住。接着，我们三个人就呆愣在那里了。在刺眼的阳光下，我看见子默睁圆了他那双油黑油黑的眼睛，那到底是什么样的一种眼神啊！有惊恐，有心痛，有愤怒……

从小到大，我曾在无数个影视剧里看到过杀人的场景，那些场景虽然各不相同，但给人的刺激却是相同的，除了惨烈，还有血腥。但那天的杀人场面却平静极了，普通极了，似乎还未开始就结束了。没有打斗，没有厮杀，有的只是平静，令人窒息的平静……

遇事总是很冲动的陶子默此时一反常态，脸上出现了少有的冷峻神情。他没有说话，当然更没有叫嚣，只是慢慢地回过身去，在转身的瞬间，我看到忆枫急匆匆抓起的剪纸刀银光一闪，就到了子默的手里……

明媚的阳光从半开的窗子里温柔地射了进来，在子默孩子气的脸上涂了一层特别的光泽。那种光泽虽然很柔美，我却觉得心里一紧，预感常忆枫完了。因为我在子默的脸上，看到了一个十七岁的少年不应有的杀气，这股杀气从他眼里喷射而出。

我没看清子默是怎么扑过去的，也没看清他是怎样把刀子刺进常忆枫的心脏的，我只听到了扑哧一声闷响，接着，就看见常忆枫捂住前胸坐了下去，他脸上的狞笑还未及消逝，紧接着就被惊恐替代了。

常忆枫惊恐地看了看我，看了看子默，然后才低下头看了看自己正在用手紧紧握着的、刀刃已经完全插进前胸的那个刀把。也许直到此时他才终于弄明白发生了什么事吧？鲜红鲜红的血正从他的白衬衫里汩汩地涌出来，接着，常忆枫就跪下了。在跪下的时候，常忆枫还试图用手捂住那个刀口，但随即，他的手就松开了，偌大的身躯轰然倒在地上……

“忆枫——”一声哀号突然打破了室内的静寂，直向天棚上刺去！门边，面色惨白的曲诗涵不知什么时候站到了那里，她就那么直直地叫了一声，就向前一扑，软绵绵地昏倒在了常忆枫的脚下……

接着，我就什么也看不见了——我知道，白魔来了。

二十三

宋代禅宗大师青原行思曾提出过参禅的三重境界：参禅之初，看山是山，看水是水；禅有悟时，看山不是山，看水不是水；禅中彻悟，看山仍然是山，看水仍然是水。

十几年后，身为警察的我再站在乐园，不敢说进入了三重境界，但经历了这么多的风风雨雨，面对这里的山水时，我看到眼里的，的确只剩下山水了。

当暴跳如雷的子默终于得知了母亲的事情后，他突然变得平静了，平静得就像那天他一刀杀死了常忆枫那般。沉默了好久，子默才嘶哑着嗓子说：“其实，这个结果，我早就想到了。只不过，我始终都在逃避，始终不愿意相信这个事实。”说到这里，两行清泪缓缓地流出了眼眶，一滴一滴地打落在他的衣衫上。

我走到冰泉旁，蹲在那里专心地看水。正是黄昏，乐园里静极了，静得连鸟儿虫儿都不忍叫了，一片薄薄的暮色就像纱，给静谧的山水蒙上了一层奇丽的色彩。冰泉水汩汩地从洁白的石缝间流出来，我无语地看着那泉水，看着看着就周身一震，因为我突然就想到了常忆枫那正流血的前胸……

也许我脸上的惊惶提醒了他，子默脱口而出：“我听说，曲诗涵老师……到底还是上吊了……”

“不要说了！”我向他哀号了一声，就像当年曲诗涵面对常忆枫尸体时的哀号。

我的脸色一定非常可怖吧，以至于把子默都吓着了。他想上前扶我，手伸出来了却又缩回去，他想张口说句什么，嗫嚅了两下又合上了嘴——隔了十七年的岁月，他还像上学时一样怕我。

“老师，对不起……”他忐忑不安地说。

是的，我是子默的老师，无论时光过去了多少年，无论世事发生了怎样的变化，我依然是子默的老师。

我深深地吸了口气，抬起头望着那棵大榆树。“是的，曲诗涵就吊死在这棵大树上。她死以后，人们在她的衣兜里发现了一封绝命书……”

子默的脸色黯淡了：“性格真的决定命运。就像曲老师，她一个心眼儿地就想往死路上奔，她这种性格，神仙也救不了她。”

我叹了口气：“曲老师的确是太可怜了！她死去一个月以后，我在公安局看到了她的绝命书，原来那天的事情都是她一手设计的，她是总导演。”

子默惊讶地看着我：“什么？这怎么可能呢？”

“我也不相信，但事实就是这样。”我平静地说。

“也怪我，太思念我妈妈了。常忆枫告诉我，说我妈妈回来了，我顿时乐得大脑一片空白，迷迷糊糊就打了一辆车回家了。回到家才明白过来，才知道自己被骗了。”子默气哼哼地说。

我摆了摆手：“别再怨天尤人了，如果非要怨，就怨我们自己吧！这个世界上没有神，谁也葬送不了谁，我们的路都是我们自己走的，不是吗？”

“是啊。”子默深吸了一口长气，“这里太美了！我必须要让这里发挥它应有的作用。我要把这里修缮起来，让这里成为真正意义上的乐园。”

我看了看远方的山，看了看山上那五彩的雾：“其实，真正美丽的山水是用不着修缮的，最应该修缮的，是人的心灵。”

二十四

“你的手机为啥老是关机?”这是九哥见到我的第一句话。

“我休假的时候，总是关机的。”我解释说。

见家里突然来了一位陌生男人，我的兵爸爸立即从他的“练功房”里出来了，一双过于傻大的眼睛里，明晃晃地写满了“虎视眈眈”。

“是大叔吧！我是奇奇格的朋友，我叫林子玖，您就叫我老九吧。”九哥笑容可掬地自报家门。见爸爸一身练功服，精神矍铄，他还由衷地赞叹了一句，“大叔身体这么好，是不是也喜欢武术啊?”

兵爸爸上上下下打量了九哥好一会儿，终于爽朗地笑了：“武术谈不上，平时就是喜欢练练腿脚。”

“你们俩倒是能谈得来！九哥的八极拳打得相当漂亮。”我给兵爸爸介绍。

兵爸爸更加好奇了，嗓子眼儿里堵满了想说的话，但他硬是把那一大车的话给咽回去了，礼貌地说：“你们进屋唠吧！等你啥时候有时间，专门到大叔这里玩儿，让大叔看看你的功夫到底什么样。”兵爸爸边说边退了出去，临走时，还细心地帮我们关上了门。

“你爸爸挺有意思！”九哥端端正正地坐在椅子上，举手投足像极了一名武林高手。

本打算跟他详细说说老爸的，但想到九哥这么急匆匆地找我，一定有什么急事，就省略了。

九哥咳了一声，突然压低声音说：“子默正在办理离婚手续……”

我一惊：“您说什么?子默要离婚?”

九哥惊讶地看着我：“怎么?你不知道吗?”

“我不知道啊！过得好好的，他干啥要离婚?”

“他要和你结婚的事，没和你商量吗?”九哥像看怪物一样看着我。

“和我结婚?”我有些懵了，“真是笑话，我啥时候答应和他结婚了?”

九哥理解地说：“你虽然没有口头答应他，但你一直都在用行动等他，整整十七年了，等得也够漫长的了！你们之间有些事情，的确用不着商量的。”

“我虽然十七年未嫁，但我并不是在等子默。”我申辩。

九哥听了微微一笑：“奇奇不是一个会撒谎的人。”

“可我说的都是真的!”为了证明自己说的都是真的，我甚至向九哥瞪圆了眼睛。

九哥字斟句酌地说：“奇奇，九哥和你说，无论你对子默……持啥态度，都请你耐心地给他一些时间，你可不能再跟他玩消失了！这么多年，子默过得很苦，他再经不起这样的打击了!”九哥平时说话，除了棱角分明的嘴唇微动，脸部肌肉哪儿都不动，可此时的九哥却激动起来了，不仅两道剑眉抖动了，连眼圈都红了。

我的心一热，眼圈儿也跟着热了起来，但我控制住自己的情绪，借着清嗓子时的咳嗽，硬是把那眼泪给吞了回去。

临走时，九哥特意到我那个兵爸爸的“练功房”转了一圈。对于九哥的造访，兵爸爸表现出了十八分的高兴，自从九哥进屋后，他的嘴一直都在不停地说着，还炫耀了他的十八般兵器。从此以后，九哥和兵爸爸就经常这样在一起切磋了。当然，这是后话。

九哥走后，我的大脑一直处于迷离状态，我不知道应该如何面对这突如其来的变化。爸爸不懂我的心，一个劲儿地瞎搅和：“闺女，你一定要相信爸爸的眼光，老九这个男人真是个少见的好男人！你可不能错过机会。”这是兵爸爸第一次对我的婚姻指手画脚。

晚上，妈妈回家，兵爸爸在第一时间就把九哥造访这件“天大的事”通报给了妈妈。这一通报可糟了，有了妈妈的加盟，小小的屋子里就再也装不下别的声音了。为了躲开母亲的唠叨，我只好郁郁地走出家门，再一次来到了乐园。

还未进大门，就看见园丁表姐从门卫小屋的窗子里伸出头来向我招手：“小祖宗，你可来了！”

表姐一路小跑到门边，一边手忙脚乱地给我开门锁，一边絮絮叨叨：“哎哟喂！你的手机怎么关机了？这几天有老多人来这里找你呢！陶总找过你，你九哥找过你，那个美术家协会的刘主席也找过你。对了，还有一个我不认识的男人……”表姐说着说着，突然直了眼睛，冲我身后喊道，“你这个孩子，听不懂人话咋的？我不是说了嘛，这个园子是私人的园子，不让外人随便溜达的。”

我回头一看，发现紧贴着我的身后，不知啥时候多了一个身材纤弱的女孩儿。我看了一眼那个女孩儿的眉眼，不知为什么，心里便有一种不祥的感觉。这个女孩儿真是太特别了！不仅长相特别，穿着特别，连憔悴不堪的神情也特别……

“说你呢！你聋了咋的？这个园子不能让你进！”表姐更凶了。

女孩儿怯生生地看了我一眼，目光里充满了哀求。

“你让她进来吧，不就是想逛逛园子吗？”我对表姐说。

表姐犹豫了一下，这才把门再次打开。等女孩儿怯生生地走进门，表姐突然走上前，理直气壮地就把女孩儿的全身摸了个遍。面对表姐的无礼，女孩儿什么也不说，甚至面无表情地摊开了双臂，任表姐搜身。

实在找不出什么可疑的东西，表姐才说：“进去玩一会儿就走吧，到时候别等我赶你啊！”

女孩儿默默地点了点头，就向园子里轻飘飘地走去了。我一直看着女孩儿走远，才小声埋怨表姐：“你干什么呢？你不知道随便搜身是犯法的事吗？”

表姐一边往小屋里走一边说：“小祖宗，你没看那孩子是啥眼神吗？她那种样子像是来逛园子的吗？我怎么看怎么觉得她是来上吊的。刚才我摸她就是想看看她带没带绳子。”

我不禁苦笑：“就算她想死，也不一定非得来这里上吊呀。”

“这你就不懂了！”表姐神情诡异地凑近了我，“你没听说过这园子里的那棵大榆树下吊死过人吗？我听老人们说，一个地方要是吊死了人，那个地方就早晚还得吊死人。因为吊死鬼阴魂不散，如果不想方设法再勾走一个替死鬼的话，它就不能投胎转世。”

“不要胡说了！”一声凄厉的咆哮突然在耳边响起。

我循声望去，这才发现小屋的角落里正蜷缩着一脸愤怒的表姐夫。表姐夫的脸色非常不好，不仅苍白，而且还有些扭曲。我仔细看了一眼表姐夫，突然就想起他长得像谁了，是的，他长得太像曲诗涵了——那眉眼儿，那神情，简直是一个模子里刻出来的。

人与人之间真是太缺乏关怀，太缺乏沟通了！这个孤独的老人，每天都生活在自己的心灵里，在他最想不开的时候，如果有人及时开导他一下，他是不是就不会走上那条路了呢？只可惜当时我那颗小小的头颅里，堵的全都是自己的心事。

“他被查出患了尿毒症后，就一直想死。你知道他为啥偏偏要上吊吗？他就是想让他的女儿早一些托生。”曲庭死后，表姐曾专门给我打过一次电话，说起了这件事。当然，这也是后话。

和表姐闲聊了一会儿，我落落寡欢地向园子里走去。转过那趟高脊的砖瓦房，穿过一片修剪得齐齐整整的小树林，我看见那个女孩儿正微低着头，在一簇花树边默立着。见我走过来，女孩儿犹豫了一下，便向我这里迎过来。瞧她看我时那哀怨的眼神，我心里不由得又是一紧。看来，表姐说得不假，这个女孩儿并不是来逛园子的。

我想躲已经来不及了，女孩儿凄楚地冲我叫了一声：“大姐。”

“我们认识吗？”离近了一看，我发现她长得非常漂亮，不仅眼睛水灵灵地黑，皮肤也白嫩得一按就能出水儿。尽管她面容憔悴，但这反而给她的美增加了一种楚楚动人的韵味。

女孩儿突然就冲我跪下了，泪流满面地说：“大姐，求求你了！求你救救我！我是子默的妻子，子默现在正在四处找我，非要跟我离婚不可。大姐，我不想和子默离婚，求求你了，大姐！”

“你求错人了！”我冷冷地说，心里却是无比痛惜。

“我没有求错人，你一定能帮我的！我知道你和子默的感情很深，我也知道子默为了你，什么事都能干得出来。是啊，他杀人的事都干了，还有什么事情干不出来呢？大姐，你放心，你和子默无论干什么，我都支持你们，我宁可给子默做小，只要子默能留下我……”

“为了一个比自己大那么多的男人，轻易就给别人下跪，你不觉得亏吗？”我讥讽地问。

“可这个男人……是子默啊！”女孩儿捂住了脸，长泣不止。

我的心突然一动——这语气怎么这么熟悉呢？当年曲诗涵对常忆枫不也是这样吗？

“为了子默，别说让我跪，就是让我死，我也愿意！”女孩儿突然不哭了，恶狠狠地擦了把泪水。“大姐，我不是为了我自己来求你的，我是为我肚子里的孩子。子默非要我把孩子做掉，可这毕竟是一条命啊！求你高抬贵手给我们母子一条生路吧！”

我冷酷地说：“你还真不如把这个孩子做掉！”

“你怎么这么狠毒？就没有一点儿同情心吗？”女孩儿的口气越来越硬了。

“我即使有同情心，对你有用吗？对你们的婚姻有用吗？如果不自立，你就永远摆脱不了对你狠毒的人！现在这个人是我，将来就有可能是别人。你永远都这么跪在地上求下去吗？我告诉你，小姑娘，讨来的幸福，永远都是泡沫！”抛下这些话，我就大踏步地走了，向乐园深处走了，头都没有回一下。但在我心底，我希望这个女孩儿能明白，我说的这些，都是我曾经亲身经历的血和泪。我不在意她恨我，如果这能帮她变得坚强一些的话——我不希望任何一个人走曲诗涵的老路。

回到家中，我打开了一直处于关机状态的手机，凭生第一次，也是最后一次给子默打了个电话。

“奇奇吗？谢天谢地，你终于肯给我打电话了！”子默的声音里透着急切。

我的眼泪流淌着，我的心痉挛着，但我终于控制住自己的情绪，平静地说：“我是你老师，无论什么时候，我都只是你的老师。我今天给你打电话，只是想告诉你，我十七年的单身和你没有一点儿关系。”

二十五

我再一次回到家乡，已经是五年以后的事了。

到家时已经深夜，可我却没有睡意，躺在床上辗转反侧。听爸爸说，这几年我的家乡发生了太多的变化。那个乐园呢？那个乐园有什么变化？

终于熬到了第二天，没想到天公突然阴了脸，下起了绵绵细雨。望着细密的雨丝，我的心里便涌上了一股子沮丧。爸爸对我说："多睡一会儿吧！等睡足了，天也晴了，到时候我建议你去看看杏花，南山上的杏花全开了。"

我惊奇地看着爸爸："南山上……什么时候有杏花了？"

"这你就不知道了吧？前几年，咱们县里大搞了一次千万亩森林培植工程，南山上的杏花就是那时候栽种的。"爸爸笑着说。

"啊？真是这么好吗？那我现在就去！"我立即屋里屋外地寻找雨伞。

到了，终于到了！我朝思暮想的乐园，乍一看她，我竟有些认不出来了，还以为自己走错了路。等驻足片刻，我才明白，原来乐园已经向公众开放了。昔日的围墙不见了，这里早已变成了有山有水的文化娱乐广场。

因为是早晨，也因为下着雨，广场上游人寥寥，所以此时的乐园，便又一次变成了属于我的乐园了。我在乐园里漫步，顺着那条有着神秘图案的卵石路向前走，远方突然出现了一抹特殊的红。我凝神一看，才知道她就是子默的干妈——那棵最粗最大的老榆树。她现在已经是一棵真真正正的"神树"了，粗壮的枝干上挂满了祈福的彩带，远远望去，巨大的红冠就像一柄撑起的太阳伞，华盖遮天，逼入眼中的只有红彤彤的一片。在她的后方，被一层薄薄的白雾笼罩着的，是一片又一片粉白色的云霞，美得就像飘逸的梦——我知道，那就是父亲说的杏花林。

雨渐渐地停了，阳光渐渐地明朗了起来，来广场上游逛的人也渐渐地多了。有一位满脸沧桑的老太太，背着一个大背兜，风尘仆仆地走到这棵大树下，一看就知是专门奔着这棵神树来的。她旁若无人地双膝跪在地上，目光中闪着期待，嘴里还絮絮地说着什么。

我突然又心疼起子默的干妈来了。一棵树，仅仅是一棵树而已，本来是需要人类疼爱的，却要承载这么多的责任，她会不会感到累呢？我又想到了深埋在树下的麦琪姐，对于这些人的骚扰，她会不会觉得烦呢？

这么想着，我信步向前走去，穿过一片李子林，无意间向后面瞟了一眼，我就愣在那里了。我竟然看到了一座“庙”，一座通体洁白的闪着圣洁光芒的庙宇。这是我见过的最独一无二的庙宇了。我向前走了几步，才渐渐看明白了，原来这座所谓的白色庙宇，前身就是乐园里的那幢高脊砖瓦房，它只是被装修成了庙宇的样子。庙宇中间的大门四敞大开着，比原来的门开阔了许多，洁白的门柱上，悬挂着黑白分明的大牌子。看了一眼牌子上的字，泪水又模糊了我的双眼：“琪奇传统文化公益学校”。

啊！琪奇！这到底是一个什么样的名字呀？为什么仅仅看一眼这个名字，我就已经泪流满面？

我怯生生地走进门廊，门廊两侧的墙壁上，镶着两个巨大的电子橱窗，展示着学校里的一些活动情况。在学校简介一栏里，我看到了这样的文字：“琪奇传统文化公益学校是以弘扬中华民族优秀传统文化为宗旨的机构。本机构所有费用全免，运营资金和中心设备全部来自社会各界爱心人士的捐助。欢迎各界人士参加我们的课程，中心全体义工期待您的到来！”

我默默地擦干了眼泪，再次仔细地看了看那个电子橱窗，找了好半天，才在一个标有学校负责人的滚动栏目里，看到了并不起眼的三个小字：陶子默。